D1729625

Αλεξανδρα

ΑΛΚΗ ΖΕΗ
ΚΟΝΤΑ ΣΤΙΣ ΡΑΓΙΕΣ

ΕΡΓΑ ΤΗΣ ΑΛΚΗΣ ΖΕΗ

Το Καπλάνι της Βιτρίνας, 1η έκδ. Θεμέλιο, 2η έκδ. Κέδρος, 1974. Αντ. έως 2001, 194η χιλιάδα.

Έχει μεταφραστεί: αγγλικά (3 εκδόσεις: ΗΠΑ, Καναδάς, Αγγλία), ρωσικά, εστονικά, νορβηγικά, φινλανδικά, ιαπωνέζικα, δανέζικα, γερμανικά, γαλλικά, ισπανικά, σουηδικά, ολλανδικά, ουγγρικά, καταλάνικα, πορτογαλικά, αραβικά, ιταλικά, τουρκικά, αλβανικά, αρμένικα, βουλγάρικα.

Ο Μεγάλος Περίπατος του Πέτρου, 1η έκδ. Κέδρος, 1971. Αντ. έως 2001, 260η χιλιάδα.

Έχει μεταφραστεί: αγγλικά (3 εκδόσεις: ΗΠΑ, Καναδάς, Αγγλία), φινλανδικά, ιαπωνέζικα, γαλλικά, γερμανικά, ρωσικά, ιταλικά, σουηδικά, δανέζικα, νορβηγικά, ολλανδικά, ισπανικά, καταλάνικα.

Ο θείος Πλάτων, 1η έκδ. Κέδρος, 1975. Αντ. έως 2002, 68η χιλιάδα.

Έχει μεταφραστεί στα γαλλικά.

Κοντά στις ράγιες, 1η έκδ. Κέδρος, 1977. Αντ. έως 2002, 112η χιλιάδα.

Έχει μεταφραστεί στα αγγλικά.

Αρβυλάκια και γόβες, 1η έκδ. Κέδρος, 1977. Αντ. έως 2000, 25η χιλιάδα.

Μια Κυριακή του Απρίλη, 1η έκδ. Κέδρος, 1981. Αντ. έως 1998, 18η χιλιάδα.

Έχει μεταφραστεί στα γαλλικά, ισπανικά, καταλάνικα.

Τα παπούτσια του Αννίβα, 1η έκδ. Κέδρος, 1982. Αντ. έως 1998, 20η χιλιάδα.

Η Αρραβωνιαστικιά του Αχιλλέα, 1η έκδ. Κέδρος, 1987. Αντ. έως 2001, 138η χιλιάδα.

Έχει μεταφραστεί: γαλλικά, αγγλικά, γερμανικά, δανέζικα.

Θέατρο για παιδιά, 1η έκδ. Κέδρος, 1993. Αντ. έως 1999, 4η χιλιάδα.

Η μωβ ομπρέλα, Κέδρος, 1η έκδ. Κέδρος, 1995. Αντ. έως 2001, 45η χιλιάδα.

ΒΡΑΒΕΙΑ: *Το Καπλάνι της Βιτρίνας, Ο Μεγάλος Περίπατος του Πέτρου* και το *Κοντά στις ράγιες* έχουν βραβευτεί στις Η.Π.Α. με το βραβείο Mildred L. Batchelder, για το καλύτερο ξένο παιδικό βιβλίο μεταφρασμένο στα αγγλικά (1968, 1973 και 1979 αντίστοιχα). Το *Θέατρο για παιδιά* πήρε το Κρατικό Βραβείο Παιδικής Λογοτεχνίας για το 1992.

Μεταφράσεις

Β. Πάνοβα: *Ο Σεριόζα,* Θεμέλιο.
Β. Νεκράσοφ: *Στα χαρακώματα του Στάλινγκραντ,* Θεμέλιο.
Τσινγκίζ Αϊτμάτοφ: *Τζαμίλια,* Θεμέλιο.
Ν. Κοστέρινα: *Ημερολόγιο,* Θεμέλιο.
Τζ. Ροντάρι: *Ο Κρεμμυδάκης και η παρέα τού,* Κέδρος.
Τζ. Ροντάρι: *Παραμύθια για να σπάτε κέφι,* Κέδρος.
Τζ. Ροντάρι: *Η τερεζούλα-τοσηδούλα,* Κέδρος.
Έντιτα Μόρρις: *Είμαι καλά, το αυτό επιθυμώ και για σας,* Θεμέλιο.
Μ. Ντε Βασκονσέλος: *Όμορφη Πορτοκαλιά μου,* Κέδρος.
Μ. Γκρίππε: *Ο νυχτερινός μπαμπάς,* Κέδρος.

ΑΛΚΗ ΖΕΗ

ΚΟΝΤΑ ΣΤΙΣ ΡΑΓΙΕΣ

ΜΥΘΙΣΤΟΡΗΜΑ
Βασισμένο στο έργο της Α. Μπρουστέιν:
«Ο δρόμος που ξανοίγεται μπροστά»

ΕΚΑΤΟΣΤΗ ΔΩΔΕΚΑΤΗ ΧΙΛΙΑΔΑ

ΚΕΔΡΟΣ

ISBN 960-04-0008-3

© *Άλκη Ζέη, 1977, 1987*

ΣΑΝ ΠΡΟΛΟΓΟΣ

Σκαλίζοντας κάτι κούτες που είχα τοποθετήσει όλα τα παιδικά βιβλία των παιδιών μου, γιατί μεγάλωσαν πια, βρήκα ένα χοντρό βιβλίο που κάτι μου θύμιζε το εξώφυλλό του. Μου ήρθε στο νου ένα κοριτσάκι οχτώ χρονώ να το κρατάει στα χέρια του, καθισμένο κάτω από ένα μεγάλο δέντρο, μασουλώντας μήλα, και να 'ναι βυθισμένο στο διάβασμα. Το δέντρο και το κοριτσάκι – η κόρη μου – ήτανε πολύ μακριά, σ' ένα δάσος στα περίχωρα της Μόσχας. Εμείς είμαστε μια οικογένεια που τριγυρνάμε τις χώρες σαν τους τσιγγάνους. Όχι γιατί έχουμε αρκούδες που χορεύουν με ταμπούρλο ή μαϊμούδες που κρατάνε ένα καθρεφτάκι στο χέρι και λέμε: «κάνε πώς βάφονται οι κοπέλες», αλλά κάτι πόλεμοι, που τους λένε εμφύλιους, κάτι δικτατορίες, μας έκαναν να ξενιτευόμαστε, να ξαναγυρνάμε στην Ελλάδα, να ξαναφεύγουμε. Τώρα, κείνο το οχτάχρονο κοριτσάκι που είναι πια φοιτήτρια, βρήκε το βιβλίο και ξαναβυθίστηκε να το διαβάζει όπως όταν ήτανε μικρή. Μετά το πήρα να το διαβάσω κι εγώ. Η συγγραφέας του, Αλεξάνδρα Μπρουστέιν, ήτανε δέκα χρονώ γύρω στα 1900, όταν στη Ρωσία κυβερνούσαν οι τσάροι. Διαβάζοντας το βιβλίο της, που λέγεται: «Ο δρόμος που ξανοίγεται μπροστά», βρήκα πολλά πράγματα ακαταλαβίστικα για τη δική μας εποχή, μα και πολλά που θαρρείς και είχανε συμβεί στην Ελλάδα, άλλα στη δικτατορία του Μεταξά κι άλλα στη δικτατορία του 1967.

7

Στην αρχή σκέφτηκα απλούστατα να διασκευάσω το βιβλίο, μα όσο προχωρούσα μπερδεύονταν ανάμεσα στις γραμμές του οι αναμνήσεις μου και οι δικές μου εμπειρίες, τα πρόσωπα του βιβλίου δίνανε τη θέση τους σε άλλα δικά μου κι αποφάσισα να ξαναδιηγηθώ το βιβλίο. Έτσι έγινε, όπως κάποια γιαγιά, που έχει πει ένα παραμύθι κι ύστερα από γενιά σε γενιά, από στόμα σε στόμα, καθένας που το διηγιέται το ξαναπλάθει με το δικό του τρόπο, κρατάει ό,τι του 'χει μείνει πιο έντονο, μπερδεύει άλλες δικές του ιστορίες και συγκινήσεις, το ξαναζωντανεύει, χωρίς όμως να χαθεί ο αρχικός του μύθος. Η μικρή Σάσα – η ηρωίδα του βιβλίου που ζούσε την εποχή των τσάρων – μπερδεύτηκε με το κοριτσάκι που ήμουνα εγώ την εποχή της δικτατορίας του Μεταξά και μ' όλα τα δεκάχρονα κοριτσάκια της δικτατορίας του 1967.

Τα γεγονότα όμως της εποχής εκείνης δεν τα προσάρμοσα στις δικές μας μέρες. Τ' άφησα ακριβώς όπως ήτανε, παρμένα από ντοκουμέντα του καιρού εκείνου. Μα πόσο μοιάζουνε και πόσο θυμίζουνε τα δικά μας!

Τον τίτλο «Κοντά στις ράγιες», κι όλη την αρχή του βιβλίου, τον πήρα από το πρώτο διήγημα που έγραψα σαν ήμουνα δεκάξι χρονώ και δημοσιεύτηκε σ' ένα περιοδικό που έβγαινε τότε, τη «Νεανική Φωνή». Μιλούσε για ένα κορίτσι που κοιτούσε από το παράθυρό του τις ράγιες του τρένου που τράβαγαν πέρα μακριά ατέλειωτα.

Άλκη Ζέη

8

ΟΙ ΚΑΘΡΕΦΤΟΥΛΕΣ ΚΙ Η ΣΑΜΟΒΑΡΟΥΛΑ

Κάθομαι κοντά στο παράθυρο και κοιτάζω τις ράγιες του τρένου που τραβάνε πέρα μακριά. Τις ίδιες ράγιες που περνάνε εδώ μπροστά μου, αν τις πάρεις ίσια ίσια, φτάνεις και ίσαμε την Πετρούπολη.

– Σα βάλεις το αυτί σου πλάι στις ράγιες, ακούς τη βουή του τρένου που έρχεται, λέει ο μπαμπάς.

– Κι είναι μακριά; ρωτάω.

– Πολύ μακριά. «... κι ο Σπανός έβαλε το αυτί του στη γη κι άκουσε το ποδοβολητό των δράκων. Πήρε δρόμο και το 'σκασε. Το αυτί της γης τον γλίτωσε...»

– Τι είναι το αυτί της γης; ρώτησα τη μαμά.

– Τίποτα, το παραμύθι το λέει.

Να, που δεν το 'λεγε μόνο το παραμύθι. Γιατί εγώ πήγα κι ακούμπησα μια μέρα το αυτί μου στις ράγιες κι ένιωσα στο μάγουλό μου τη δροσιά από το κρύο σίδερο. Κι όταν άκουσα το βουητό του τρένου, γύρισα τρεχάλα στο σπίτι, μήπως και δεν το προλάβω και κάθισα στο παράθυρο και περίμενα, περίμενα, ατέλειωτη ώρα, όσο να φανεί.

Η μαμά κάθε τόσο λέει:

– Ν' αλλάξουμε σπίτι. Δεν μπορώ μέσα στη νύχτα όταν σφυρίζει το τρένο.

Εμένα μ' αρέσει, και μέσα στη νύχτα ακόμα, ν' ακούω

9

το σφύριγμά του, μα πιότερο απ' όλα να κοιτάζω τις ράγιες, έτσι γυαλιστερές, γυαλιστερές που τραβάνε πέρα, μακριά.

Αν είχα μια αδελφούλα ή έναν αδελφό, θα καθόταν τώρα δα κοντά μου στο παράθυρο και θα κουβεντιάζαμε για τις ράγιες, για το κουνέλι που το πάτησε το τρένο και για χίλια δυο άλλα που οι μεγάλοι βαριούνται να τα συζητάνε. Είμαι μοναχοκόρη. Μια πλήξη σκέτη. Δεν έχω ούτε με ποιον να παίξω, ούτε με ποιον να τσακωθώ.

Πάω και στέκομαι μπροστά στον τρίπτυχο καθρέφτη που είναι στην τουαλέτα της μαμάς και βλέπω μέσα τις τρεις αδελφούλες μου. Τις Καθρεφτούλες, όπως τις βάφτισα. Είναι κι οι τρεις φτυστές εγώ, κακοχτενισμένες, μ' ένα φιόγκο που γέρνει στο ένα πλάι και τους σκεπάζει το μισό μάτι.

– Γεια σας, κάνω μ' ένα χαμόγελο ίσαμε τ' αυτιά.

– Γεια σας, ανοιγοκλείνουν κι αυτές τα χείλια τους χωρίς φωνή και σκάνε το ίδιο χαμόγελο.

Βγάζω τη γλώσσα μου, την τεντώνω ν' ακουμπήσει τη μύτη μου, ύστερα την πάω πέρα δώθε, την καταπίνω και οι Καθρεφτούλες το ίδιο. Πλήξη σκέτη. Έτσι τρέχω κι εγώ να παρηγορηθώ με τη Σαμοβαρούλα, την άλλη μου αδελφούλα που είναι τουλάχιστον πιο διασκεδαστική.

Πάνω στον μπουφέ της τραπεζαρίας στέκει αστραφτερό και φρεσκογυαλισμένο το σαμοβάρι. Τραβάω μια καρέκλα, γονατίζω πάνω της και κοιτάζω την αδελφούλα μου. Μπορεί να 'χει κι αυτή ένα φιόγκο που πέφτει μονόπαντα, μα δεν είναι φτυστή εγώ, όπως οι Καθρεφτούλες. Αν πάω κοντά κοντά στο σαμοβάρι, τα μάγουλά της φουσκώνουν σαν μπαλόνια χωρίς να 'χω φουσκώσει εγώ τα δικά μου· αν τραβηχτώ πιο πέρα, βλέπω μια Σαμοβαρούλα αδύνατη αδύνατη, με κάτι ρουφηγμένα μάγουλα και κάτι μακρόστενα παράξενα μάτια. Είναι πολύ αστείο.

– Πώς τα καταφέρνεις έτσι; της λέω και δοκιμάζω να φουσκώσω τα μάγουλά μου κι ύστερα να τα ρουφήξω μονομιάς.

Μπαίνει όμως η μαμά στο δωμάτιο κι η Σαμοβαρούλα παίρνει δρόμο.

– Πάλι κάνεις γκριμάτσες μπροστά στο σαμοβάρι σαν μαϊμού, με μαλώνει η μαμά. Έγινες δέκα χρονώ και φέρνεσαι σαν νήπιο.

– Βαριέμαι, της λέω, με μια παραπονιάρικη φωνή, που μόνο τα μοναχοκόριτσα μπορούνε να την κάνουν έτσι.

– Πήγαινε να παίξεις ντάμα με τη φροϊλάιν Τσιτσίλχεν.

Δεν της απαντάω. Περιμένω να βγει από το δωμάτιο και τότε γυρίζω και λέω στη Σαμοβαρούλα:

– Η φροϊλάιν Τσιτσίλχεν είναι χαζή.

«Χαζή», σχηματίζουν και τα μισόστραβα χείλη της μέσα στο σαμοβάρι.

Η φροϊλάιν Τσιτσίλχεν είναι Γερμανίδα και μου τη φέρανε να μου μάθει γερμανικά. Είναι όμως θεόκουτη. Μας κατέφτασε εδώ και έξι μήνες από τη Γερμανία, εγώ κιόλας διαβάζω μικρά παραμυθάκια στα γερμανικά, κουτσομιλάω μαζί της κι εκείνη δεν έμαθε στη γλώσσα μας ούτε τις πιο απλές λέξεις για να συνεννοείται: «ψωμί», «σκατά», «στο διάολο».

Αχ, πώς δεν τη χωνεύω! Έχει γαλάζια ξεπλυμένα μάτια σαν τις κούκλες στις βιτρίνες και μαλλιά σαν άχερο. Μα και κείνη μου 'χει θαρρώ... μια συμπάθεια! Εγώ τρελαίνομαι να ρωτάω. Ο μπαμπάς λέει πως οι ερωτήσεις ξεπηδάνε από το κεφάλι μου, σαν τα μανιτάρια ύστερα από μια ψιλή βροχούλα. Κι η Τσιτσίλχεν, ένας Θεός ξέρει πόσο βαριέται ν' απαντάει, πόσο με βαριέται με το ρώτα ρώτα. «Πρέπει οι άνθρωποι να πεθαίνουν το δίχως άλλο;», «Τι γίνονται οι μύγες το χειμώνα;», «Γιατί ο θείος μου που αρραβωνιάστηκε ζήτησε το χέρι της νύφης;» Βροχή πέφτουν στο κεφάλι της κακομοίρας της Τσιτσίλχεν. Κι εκείνη μισανοίγει στην αρχή το στόμα της, το ξανακλείνει κι ύστερα λέει πάντα την ίδια φράση: «Κι από πού να το ξέρω εγώ;» Μόνο ένας άνθρωπος στον κόσμο δε με βαριέται κι απαντάει στα ερωτήματά μου κι ας είναι και κουτά πολλές φορές. Αυτός είναι ο μπαμπάς μου. Μονάχα που δεν έχει σχεδόν ποτέ καιρό. Ή θα τρέχει από άρρωστο σε άρρωστο ή θα πηγαίνει στο νοσοκομείο ή, όπως τώρα δα, που μόλις γύρισε από κει ψόφιος στην κούραση... Είναι Κυριακή πρωί. Όλη τη χτεσινή νύχτα την πέρασε κοντά τον άρρωστό του, γιατί του είχε κάνει μια δύσκολη εγχείρηση κι εγώ τον περίμενα από τις εφτά να γυρίσει για να τον ρωτήσω: πώς γίνεται να μεγαλώνει το πόδι μου έτσι, που να μη μου μπαίνουν τα καλά μου τα παπούτσια, ενώ την περασμένη Κυριακή ακόμα μου πήγαιναν μια χαρά;

Μα ενώ κοίταζα τις ράγιες, τον είδα να μπαίνει από την καγκελόπορτα με τους ώμους σκυφτούς από την κούραση κι όλα μου τα μανιταράκια – τα ερωτήματα ήθελα να πω – ξανατρύπωσαν κάπου βαθιά στο κεφάλι μου.

– Καλημέρα, Κουκούτσι (είναι το παρατσούκλι μου, μα μόνο ο μπαμπάς με φωνάζει έτσι), μου λέει κουρασμένα και κάθεται όπως είναι με το παλτό κοντά στο τραπέζι, ενώ η μαμά τρέχει να του φέρει το πρωινό του. Ύστερα πέφτει να κοιμηθεί στο ντιβάνι του γραφείου του και σκεπάζεται με μια παλιά γούνα, που φορούσε κάποτε η μαμά για καλή. Όλοι περπάμε στις μύτες και μιλάμε ψιθυριστά, ακόμα και η Ντούνια – η πρώην νταντά μου – που έχει φωνή τρομπόνι.

Η Ντούνια κάθεται στην κουζίνα, τρίβει τις κατσαρόλες της και μουρμουρίζει σε μια ανάκατη γλώσσα, όπως

μιλάει ο περισσότερος κόσμος στη μικρή μας πόλη, ρω-
σικο-πολωνικο-λιθουανικά.
— Να 'τανε άλλος γιατρός με τόση δουλειά θα κολύμ-
παγε στο χρυσάφι.

Στην κουζίνα κάθεται και πίνει τσάι — που το χύνει
και το ρουφάει μέσα από το πιατάκι — ο Ραφάλ, που
δουλειά του είναι να πηγαίνει στα σπίτια και να γυαλί-
ζει το παρκέτο. Σήμερα ήρθε να μας ρωτήσει πότε τον
χρειαζόμαστε. Δεν κουβαλάει μαζί του ούτε παρκετίνη
ούτε βούρτσες και παρκετόπανα. Έτσι η Ντούνια τον
δέχτηκε σαν επίσκεψη και του 'βγαλε τσάι και μαρμελά-
δα αγριοφράουλες.
Εγώ πάω και στέκομαι στην πόρτα της κουζίνας, με το
'να πόδι λυγισμένο πίσω. Μπορεί να μοιάζω και πελαρ-
γός.
— Χίλιες φορές του το έχω πει να γιατρεύει μονάχα
τους πλούσιους, συνεχίζει τη μουρμούρα η Ντούνια.
— Κι αυτός; ενδιαφέρεται ο Ραφάλ.
— Στου κουφού την πόρτα όσο θέλεις βρόντα, αναστε-
νάζει η Ντούνια. Δεν ακούει κανέναν. Όπου φτωχός
και που δεν έχει στον ήλιο μοίρα, εκεί τρέχει. Κι οι φτω-
χοί τι πληρώνουν; Ψείρες, που μας τις κουβαλάει πολλές
φορές πάνω στο πανωφόρι του.
— Μπας και δεν ξέρει ο γιατρός σας να γιατρεύει
πλούσιους; κάνει δειλά δειλά ο Ραφάλ.
— Δεν ξέρει; πετάγεται ίσαμε πάνω η Ντούνια. Και
ποιος ξεγέννησε τη στρατηγίνα, που την είχανε για χά-
ρο; Μέχρι κι από την Πετρούπολη φέρανε γιατρό κι
εκείνος: «νίπτω τας χείρας μου». Ο δικός μας όμως,
χραπ χραπ, κόψε ράψε, και στρατηγίνα και στρατηγάκι
ζούνε και βασιλεύουν. Άκου δεν ξέρει τους πλούσιους!
Ο Ραφάλ ρουφάει το τσάι του, εγώ αλλάζω πόδι γιατί
πιάστηκε το ένα και ξάφνου η καρδιά μου χοροπηδάει,
γιατί άκουσα το ντιβανάκι της τραπεζαρίας να τρίζει,

13

σημάδι πως ξύπνησε ο μπαμπάς. Και η ώρα που ξυπνάει, όσο να ξαναφύγει στα βιαστικά, είναι η ώρα μου. Ας είναι και είκοσι, και δέκα λεπτά. Είναι όμως δικά μου, καταδικά μου.

Έτρεξα στις μύτες των ποδιών στην τραπεζαρία και τον είδα να χασμουριέται και να τεντώνει τα χέρια του έξω από τη γούνα.

– Κουκούτσι! με πήρε το μάτι του.

– Μπαμπά, να μην αλλάξουμε σπίτι, του λέω και γονατίζω πλάι στο ντιβανάκι να τον αγκαλιάσω.

Ο μπαμπάς ξαναχασμουριέται.

– Πώς σου κατέβηκε τώρα δα, Κουκουτσάκι μου;

– Η μαμά λέει, δεν μπορεί ν' ακούει τη νύχτα το τρένο, κάνω με τη χαϊδεμένη φωνή της μοναχοκόρης.

Ξέρω πως ο μπαμπάς δεν τη χωνεύει αυτή τη φωνή, γι' αυτό γρήγορα την αλλάζω.

– Εμένα μ' αρέσει εδώ που είμαστε. Να κάθομαι στο παράθυρο και να βλέπω τις ράγιες που τραβούν πέρα.

Πριν προλάβει ο μπαμπάς να πει τίποτα ξεφύτρωσε μεμιάς το μανιταράκι στο κεφάλι μου.

– Μπαμπά, τι γίνεται κει πέρα;

– Πού;

– Εκεί πέρα που πάνε οι ράγιες, στην Πετρούπολη.

Ο μπαμπάς ανακαθίζει στο ντιβανάκι, ύστερα πετάει τη γούνα, κατεβάζει τα πόδια του κι αρχίζει να βάζει τις μπότες του.

– Αυτό θα το συζητήσουμε, όταν θα 'χεις μια μακριά μακριά κοτσίδα.

Όταν θα 'χω κοτσίδα. Ύστερα, ξέρω εγώ, από εκατό χρόνια, δηλαδή κοντά στο 2.000! Να περιμένω ίσαμε τότε, για να μάθω τι γίνεται κει που τραβάνε οι ράγιες! Κι αυτά τα βρομόμαλλα δε λένε να μακρύνουν. Δοκιμάζουν κάθε τόσο κι η μαμά κι η Τσιτσίλχεν και η Ντούνια να μου φτιάξουνε δύο τρισάθλια κοτσιδάκια, μα δεν κατα-

φέρνουν να δέσουνε ούτε κορδέλα ούτε σπαγκάκι καν.
— Μπαμπά...
Δεν τελειώνω τη φράση μου κι ο μπαμπάς πετάγεται όρθιος.
— Δώδεκα η ώρα, άργησα.
Η Ντούνια έχει φανεί στην πόρτα και μουρμουρίζει, μη χάσει τη συνήθειά της.
— Ψες βράδυ ήρθε πάλι ένας καθώς πρέπει να σας ζητήσει για άρρωστο, μα σεις γλεντοκοπάγατε όλη νύχτα με τους ψωριάρηδες.
— Δεν γλεντοκόπαγα, γελάει ο μπαμπάς. Έκανα μια εγχείρηση, να ευχαριστιέσαι να τη βλέπεις.
— Και παρά; κάνει η Ντούνια.
— Παρά, παρά, απαντάει εκείνος και κουμπώνει το παλτό του. Πού να βρούνε παρά άνθρωποι που βάζουνε ενέχυρο το σαμοβάρι τους και τα μαχαιροπίρουνά τους για να πληρώσουνε το νοσοκομείο.
— Ο καθώς πρέπει όμως θα πλήρωνε: νταν, νταν, πεισμώνει η Ντούνια.
— Κι ο άλλος θα 'τανε σήμερα κάτω από το χώμα.
Δεν είπε τίποτε άλλο ο μπαμπάς. Μου τσίμπησε τη μύτη και βγήκε.
Η Ντούνια κι εγώ τρέχουμε στο παράθυρο να τον δούμε που φεύγει.
Η μαμά τον προλαβαίνει στην πόρτα και του δίνει ένα καθαρό μαντίλι.
Αδύνατο να μην ξεχάσει κάτι ο Σουσάμης μου (του έχω κι εγώ παρατσούκλι). Τον λέω έτσι, γιατί πάντα έχει μέσα στην τσέπη του και μασουλάει, όσο να τρέξει από τον έναν άρρωστο στον άλλο, κάτι φριχτές καραμελίτσες με σουσάμι. Δεν τις τρώει κανένας στο σπίτι κι άμα αγοράζουμε σακούλα με διάφορες καραμέλες αυτές περισσεύουνε πάντα κι ο μπαμπάς τις μαζεύει.
— Τι θα κάνεις, Σάσενκα; (με λένε Σάσα, δηλαδή Αλε-

15

ξάνδρα), ρωτάει η μαμά, που μπαίνει στην τραπεζαρία με την Τσιτσίλχεν ξοπίσω.

– Θα παίξουμε μαζί, λέει εκείνη και θα πούμε και γερμανικά τραγουδάκια.

Με παίρνει από το χέρι να πάμε στο δωμάτιό μου κι ακούω πίσω από την πλάτη μου την Ντούνια που μουρμουρίζει:

– Τσάκωσε ο λύκος το αρνάκι.

Τα παιχνίδια με την Τσιτσίλχεν είναι πλήξη σκέτη. Αν είχα τώρα αδελφό ή αδελφή, θα μπορούσαμε, μόλις εκείνη μας γυρίζει την πλάτη, να της βγάζουμε τη γλώσσα, να τη μουντζώνουμε και να σκαρφιζόμαστε χίλιες δυο φάρσες. Μα μόνη μου, με τις Καθρεφτούλες και τη Σαμοβαρούλα, τι να κάνω;

– Έκανες την προσευχούλα σου χτες βράδυ; πετάει ξάφνου μια κουβέντα η Τσιτσίλχεν.

– Δεεεε... θυμάμαι απαντάω και κοκκινίζω σαν παντζάρι, γιατί ξέρω πως λέω ψέματα και πως θυμάμαι πολύ καλά πως δεν έκανα προσευχή.

Μόλις ήρθε η Τσιτσίλχεν σπίτι μας έβγαλε μια καινούρια μόδα. Πριν πέσω να κοιμηθώ, πρέπει να γονατίσω πάνω στο κρεβάτι μου και να πω στα γερμανικά μια προσευχή. Τα Σαββατόβραδα όμως, που η φροϊλάιν Τσιτσίλχεν βγαίνει έξω, με βάζει να κοιμηθώ η Ντούνια.

– Αυτό μας έλειπε, θυμώνει, να λες προσευχές στο Θεό της Τσιτσίλχεν.

– Πού είναι ο Θεός, Σουσάμη; ρώτησα μια φορά τον μπαμπά:

– Εδώ μέσα, μου απάντησε κι ακούμπησε το δάχτυλό του πάνω στο στέρνο του.

Αν το 'χε ακουμπήσει στην καρδιά, μπορεί κάτι να καταλάβαινα. Νομίζω πως και να μου φυτρώσουν κοτσίδες μακριές ίσαμε τα γόνατα όλο και κάτι δε θα καταλαβαίνω. Ένα όμως ξέρω, πως έχει δίκιο η Ντούνια και πως ο Θεός της Τσιτσίλχεν είναι ένας κακός και άγριος Θεός. Μια, λέει, γκρέμισε δυο πολιτείες, μια έκανε κάποια γυναίκα να γίνει στήλη άλατος και μια είπε στον κακομοίρη τον Αβραάμ: «Αν μ' αγαπάς, πρέπει να σφάξεις το παιδί σου». Η ίδια η Τσιτσίλχεν, λέει, είδε με τα μάτια της πως ο Θεός σκότωσε ένα παλικάρι. Έβρεχε, πέφτανε αστραπές και το παλικάρι είχε φυλαχτεί κάτω από ένα δέντρο. «Τρελάθηκε ο Θεούλης, φώναξε, και πετάει στρακαστρούκες.» Και τότε έριξε ο Θεός τον κεραυνό πάνω στο δέντρο και πάει το παλικάρι. Άκου να σκοτώσει κάποιον γιατί αστειεύτηκε!

– Όχι, λέω με πείσμα στην Τσιτσίλχεν, δεν έριξε ο Θεός τον κεραυνό. Είναι ηλεκτρισμός. Ο μπαμπάς μού είπε πως ο κεραυνός είναι ηλεκτρισμός και όταν έχει μπόρα δεν κάνει να στεκόμαστε κάτω από τα δέντρα. Χίλιες φορές προτιμάω το Θεό που είναι μέσα στο στήθος του μπαμπά, ξεφωνίζω.

– Κακόμοιρο παιδί... κακόμοιρο, μισοκλαίει εκείνη.

– Γιατί κακόμοιρο παιδί; Εγώ δεν έχω μπαμπά τον Αβραάμ και για τίποτα στον κόσμο ο δικός μου δε θα με σφάξει.

– Όχι, πεισμώνει η Τσιτσίλχεν, είσαι κακόμοιρο, κι όσοι δεν πιστεύουν στο Θεό, τους βάζουν φυλακή σα μεγαλώσουν. Κι εσένα, άμα μεγαλώσεις κι έχεις τέτοιες ιδέες, θα σε βάλουν φυλακή.

– Δε θέλω καθόλου να με βάλουν φυλακή, τσιρίζω και χτυπάω τα πόδια μου σαν κακομαθημένο παιδί.

– Καλά, καλά, με μαλαγανεύει η Τσιτσίχλεν, έλα τώρα να τραγουδήσουμε το «φεργκισμαϊνίχτ».

Με πιάνει από τα δυο χέρια κι αρχίζει να με φέρνει βόλτες γύρω γύρω και να τραγουδάει γερμανικά με μια ψιλή ψιλή φωνή. Τραγουδάω κι εγώ τσιριχτά το τραγούδι που μου 'χει μάθει:

17

Στον γκρεμνό πήγε να κόψει
ένα άνθος ο καλός μου,
το φεργκισμαϊνίχτ.
Και, αχ, γκρεμίζεται και πέφτει
και φωνάζει ο καλός μου:
αχ, φεργκισμαϊνίχτ.

Όλη αυτή η φοβερή λέξη, φεργκισμαϊνίχτ, θα πει: μη με λησμόνει. Και δώστου φέρνουμε βόλτες γύρω και «διασκεδάζουμε» και ξάφνου χτύπησε το κουδούνι, δυνατά, συνέχεια, το κουδούνισμα του μπαμπά. Έκανα να της ξεφύγω, να τρέξω να τον προϋπαντήσω, μα πού να μ' αφήσει εκείνη και δώστου γύρους και «φεργκισμαϊνίχτ», ώσπου μπήκε ο μπαμπάς στο δωμάτιο. Εγώ, παρ' όλες τις βόλτες, στέκω ακίνητη μπροστά του. Η Τσιτσίλχεν πάει σαν μεθυσμένη και πέφτει στο κρεβάτι.

– Πάμε, λέει ο μπαμπάς. Στείλανε οι Σαμπανόφ το αμαξάκι να με πάρει. Κάποια στομαχαρία θα πάθανε πάλι οι φιλενάδες σου, η Ζόγια ή η Ρίτα. Θες, Κουκουτσάκι, να 'ρθεις μαζί;

– Έι, φεργκισμαϊνίχτ, ξεφώνισα από χαρά. Φύγαμε!

Δε μ' αφήσανε όμως να φύγω αμέσως. Ξεπετάχτηκαν η μαμά και η Ντούνια. Η μια άρχισε να με χτενίζει και να μου δένει φρεσκοσιδερωμένο φιόγκο, η άλλη να μου αλλάζει καλτσάκια και παπούτσια και οι δυο μαζί να με συμβουλεύουν:

– Να μη φας πολλά γλυκά.

– Να μην παίξετε κουτσό και κλοτσάς την πέτρα με τα καλά σου παπούτσια.

– Πριν καθίσεις, να τραβάς το φόρεμά σου μη ζαρώσει.

– Ίγκορ, λέει η μαμά τού μπαμπά (τον μπαμπά μου τον λένε Ίγκορ), πριν φύγετε, κοίταξε να μην είναι

18

ιδρωμένη από τα παιχνίδια η Σάσενκα και να της κουμπώσεις καλά το παλτό.

Ο μπαμπάς λέει πολλές φορές πως αν δεν ήμουνα μοναχοκόρη, δε θα τρέχανε ξοπίσω μου η μαμά και η Ντούνια.

Αχ, ας είχα πέντε αδελφάκια.

– Νά 'ρθω, γιατρέ, κι εγώ μαζί σας, λέει η Τσιτσίλχεν που ξεζαλίστηκε και σηκώθηκε από το κρεβάτι.

– Όχι, σας ευχαριστώ, φροϊλάιν, λέει ο μπαμπάς, αλλά το αμαξάκι έχει δυο θέσεις. Ζήτω! Φεύγουμε οι δυο μας, ο Σουσάμης και το Κουκούτσι. Ω, φεργκισμαϊνίχτ!

Έξω από την πόλη είναι ένα μεγάλο εργοστάσιο μπίρας. Το εργοστάσιο ανήκει στους Σαμπανόφ. Τους ξέρω από τότε που γεννήθηκα. Είναι πελάτες του μπαμπά. Η Ρίτα και η Ζόγια, οι κόρες τους, είναι φιλενάδες μου και, μόλο που δεν είναι μοναχοκόρες, είναι τρεις φορές πιο χαϊδεμένες από μένα.

«Δε θα την κάνετε σαν τα Σαμπανοβάκια», φωνάζει πολλές φορές ο μπαμπάς στη μαμά και στην Ντούνια, όταν τις ακούει να με ρωτούν χίλιες φορές αν δεν κρύωσα, αν δεν πονεί ο λαιμός μου, η κοιλιά μου...

Τα Σαμπανοβάκια τα βλέπω κάθε φορά που αρρωσταίνει (ή τις περισσότερες φορές νομίζει πως είναι άρρωστος) κάποιος από το σπίτι τους και στέλνουνε το αμαξάκι να πάρει τον μπαμπά.

Παίρνουμε τότε το δρόμο οι τρεις μας: ο μπαμπάς, εγώ και ο αμαξάς των Σαμπανόφ, ο Γιαν, που ο μπαμπάς τον λέει: Ο Γιαν το Αμίλητο Νερό. Σ' όλο το δρόμο δε βγάζει άχνα.

– Πώς τα πας, Γιαν, καλά; ρωτάει ο μπαμπάς.

– Αχά, κάνει ο Γιαν, χωρίς να γυρίσει το κεφάλι του.

– Η γυναίκα σου καλά;

19

- Αχά.
- Τα παιδιά θα 'ναι κοτζάμ άντρες πια.
- Αχά.
Μόλις βγούμε από την πόλη και πιάσουμε τα λιβάδια, τότε ο Γιαν αρχίζει το τραγούδι. Χωρίς λόγια, έναν ήχο μονότονο.

Τού-τα, τού-τα του λιαλιά
Τού-τα, τού-τα του λιαλιά.

Ποτέ όμως δεν τ' αρχίζει όσο είμαστε μέσα στην πόλη. Καμιά φορά, ενώ περνάμε μπροστά από τα τελευταία σπίτια, ο μπαμπάς τού λέει:
- Δεν τραγουδάς, Γιαν.
- Για μεθυσμένο με περνάς, αφεντικό;
Λέει ολόκληρη φράση στα ξαφνικά και πάλι σωπαίνει. Δρόμο παίρνουμε, δρόμο αφήνουμε. Τρίζουνε οι σιδερένιες ρόδες του αμαξιού πάνω στα ξύλινα γεφύρια. Περάσαμε το πρώτο, το δεύτερο και άμα φτάσουμε και στο τρίτο γεφύρι είμαστε πια κοντά στο σπίτι των Σαμπανόφ.
- Πάρε μια βαθιά ανάσα, λέει ο μπαμπάς, ως τον αφαλό.
Ανασαίνω βαθιά ως τον αφαλό, ζουλάω μάλιστα την κοιλιά μου για να πάρω περισσότερο αέρα. Γύρω μας είναι τόσο όμορφα τα λιβάδια κι ο ήλιος, που αποξεχνιέμαι και δε ρωτάω τίποτα τον μπαμπά, όσο και να μου φυτρώνουν μανιταράκια. Ο Γιαν τραγουδάει τα «τουλιαλιά» του. Μια χελώνα σέρνεται στη χλόη με τα χελωνάκια της ξοπίσω. Ο μπαμπάς έχει κλειστά τα μάτια, μπορεί και να κοιμάται, μα το κεφάλι του στέκει ολόρθο.
- Μπαμπά, πες μου γιατί οι χελώνες...
Δεν αποτέλειωσα τη φράση μου και, να, φάνηκε το άσπρο σπίτι των Σαμπανόφ. Θα 'χει και δώδεκα δωμάτια.

20

Μόλις μας βλέπουν από μακριά, τα παράθυρα γεμίζουν κόσμο κι όσο πλησιάζουμε ακούγονται φωνές, γέλια, καλωσορίσματα, γαβγίσματα.

– Ήρθε, ήρθε η φιλεναδούλα μου, πηδάει στο λαιμό μου η Ρίτα.

Η Ζόγια μ' αγκαλιάζει από την πλάτη.

– Το 'λεγα εγώ πως θα 'ρθεις.

– Επακόλουθο, επακόλουθο, λέει η θεία Ζένια, η θεία των κοριτσιών που πάντα μιλάει λίγο ακαταλαβίστικα.

Το σπίτι των Σαμπανόφ, όπως κάθε σπίτι, έχει τη δική του μυρωδιά. Αυτό μυρίζει λίγο μπίρα, λίγο φρεσκοπλασμένη ζύμη και μια σταλίτσα σκυλίλα. Από τη μια φορά ως την άλλη ξεχνάω και τη μυρωδιά του, μα μόλις πατήσω το πόδι μου στο κατώφλι του, με συνεπαίρνει και χαίρομαι σαν να συνάντησα κάποιον που αγαπούσα κι είχα καιρό να τον δω. Ξεχνάω ακόμα και τις ζήλιες που κάνουν για μένα η Ρίτα κι η Ζόγια, μα μόλις τις αντικρίσω μου το θυμίζουν αμέσως.

– Βέβαια, εσύ ήρθες για τη σιχαμένη τη Ριτούλα σου, τσιρίζει η Ζόγια και μ' αρχίζει στις αγκαλιές.

– Ξέρε το καλά, ή με μένα θα 'χεις φιλία ή με τη Ζόγια, στριγκλίζει η Ρίτα και δώστου κι αυτή αγκαλιές.

– Βάξετε τον άνθρωπο ανάμεσα σε δυο πυρά, φωνάζει η θεία Ζένια. Σαν να μη γίνεται να 'στε και οι τρεις αδελφωμένες.

Ο άνθρωπος, φαίνεται, είμαι εγώ κι αυτές... οι δυο πυρά, απ' ό,τι κατάλαβα, είναι η Ρίτα και η Ζόγια. Η θεία Ζένια πήγε ολόκληρο χρόνο σε μια Ανωτέρα σχολή, όπως λέει και η ίδια, στην Πετρούπολη, κι η Ντούνια μας πιστεύει πως εκεί της «χάλασαν τα μυαλά», γι' αυτό μιλάει έτσι παράξενα. Εγώ δεν καταλαβαίνω πώς μπορούν να χαλάσουν ενός ανθρώπου τα μυαλά. Τι κάνουνε; Χώνουνε μέσα καρφάκια; Κι εκείνος ο φοιτητής, που έλεγε μια κυρία που ήρθε επίσκεψη στη μαμά: «Ήτανε καλό παιδί, Ελένα Μιχαήλοβα, μα άλλοι του χαλάσανε το μυαλό».

— Πώς χαλάνε τα μυαλά, Σουσάμη; ρώτησα το βράδυ τον μπαμπά, μα κείνη την ώρα τον φώναξαν για κάποιον άρρωστο κι ύστερα ξέχασα να τον ξαναρωτήσω.

Η αλήθεια είναι ότι η θεία Ζένια δε μιλάει σαν όλο τον κόσμο, δε λέει «όλος ο κόσμος το ξέρει αυτό», αλλά «όλη η ανθρωπότης το γνωρίζει».

Ενώ τα Σαμπανοβάκια συνεχίζουνε τις ζήλιες τους, ο μπαμπάς γύρισε και είπε στη μαμά τους που κατέβαινε τρεχάτη τις σκάλες να μας καλωσορίσει.

— Λοιπόν, Σεραφίμα Πάβλοβνα, ποιος είναι ο άρρωστος;

— Ίγκορ Λβόβιτς, κάνει εκείνη, εγώ πρώτ' απ' όλους έχω το Θεό, κι αμέσως κατόπιν εσάς. Πόσες φορές δε μου γλιτώσατε τα κοριτσάκια μου. Γλιτώστε τα και τώρα. Κάντε ό,τι θέλετε, μα γιατρέψτε τα. Άρρωστα τα Σαμπανοβάκια! Μα αυτές έχουνε κάτι κόκκινες μαγούλες σαν ντομάτες.

— Από τι να τις γιατρέψω; απορεί ο μπαμπάς. Αυτές, δόξα στο Θεό, είναι μια χαρά.

Η Σεραφίμα Πάβλοβνα πέφτει στην καρέκλα κι αρχίζει τα κλάματα. Δε βρίσκει το μαντίλι της, απλώνει το χέρι της και παίρνει ένα από την τσέπη του άντρα της και φυσάει δυνατά τη μύτη της.

— Ίγκορ Λβόβιτς..., λέει και παίρνει μια λυπητερή ανάσα. Δεν έχουνε σταλιά όρεξη. Τους πληρώνω πέντε καπίκια το κάθε ποτήρι γάλα, μόνο και μόνο για να βάκουνε κάτι στο στόμα τους.

Ο Βλαντίμηρ Ιβάνοβιτς, ο μπαμπάς της Ρίτας και της Ζόγιας, ανοίγει τα χέρια του απελπισμένα.

— Τρελάθηκες, λέει στη γυναίκα του. Οχτώ ποτήρια γάλα από πέντε καπίκια μας κάνουνε σαράντα καπίκια στην καθεμία. Ο εργάτης στο εργοστάσιό μου δεν παίρνει τόσα τη μέρα.

Ο Βλαντίμηρ Ιβάνοβιτς έχει κάτι μαλλούρες, να τρομάζεις. Πέφτουνε έτσι στο πρόσωπό του, που θαρρείς πως του φυτρώνουνε από παντού, από τη μύτη, από το στόμα. Τα φρύδια του είναι πηχτά και σμιχτά και μοιάζουν σαν μια μεγάλη χνουδωτή κάμπια.

– Τέσσερα ποτήρια γάλα τη μέρα, κάνει ο μπαμπάς με απορία!

– Δυο το πρωί, και δυο το βράδυ πριν κοιμηθούνε, λέει με μια ψιλή φωνούλα η μαμά των κοριτσιών.

– Τρώνε και τίποτ' άλλο το πρωί; ξαναρωτάει ο μπαμπάς.

– Δυο αυγουλάκια φρέσκα φρέσκα από τη φωλιά. Λίγο ζαμπονάκι, ένα δυο πιροσκί και μηλόπιτα ή πίτα με φράουλες, ή ό,τι φρούτο της εποχής. Το μεσημέρι όμως...

– Σταθείτε, Σεραφίμα Πάβλοβνα, μην προχωράτε, ξέρω τι έχουν τα κορίτσια σας.

– Είναι βαριά; τρομάζει εκείνη.

– Έχουν χορτασίλες, γελάει ο μπαμπάς. Δώστε τους λιγότερο να τρώνε, να δείτε όρεξη που θα 'χουν.

Ύστερα ο μπαμπάς είπε πως πρέπει να πηγαίνει, γιατί τον περιμένουν κι άλλοι άρρωστοι. Τότε ο Βλαντίμηρ Ιβάνοβιτς ξερόβηξε, τα φρύδια του-κάμπια κουνήθηκαν πάνω κάτω και είπε με βαριά φωνή:

– Ίγκορ Λβόβιτς, αν θέλετε να γιατρεύετε τους εργάτες μου, να ξέρετε πως είναι καθαρά δική σας υπόθεση.

– Και ποιανού θέλετε να 'ναι; απορεί ο μπαμπάς.

– Οποιανού θέλει, μόνο δική μου δεν είναι, κάνει ο Βλαντίμηρ Ιβάνοβιτς.

– Πολύ σωστά, συνεχίζει ο μπαμπάς. Εγώ είμαι γιατρός, εγώ γιατρεύω...

– Και ποιος πληρώνει; βγάζει φωνή σαν βροντή ο

23

Βλαντίμηρ Ιβάνοβιτς και μετά τη χαμηλώνει. Εγώ μια φορά σας το 'πα, δε δίνω ούτε καπίκι.

– Μήπως σας ζήτησα ποτέ λεφτά για τη θεραπεία κανενός εργάτη σας; Σας ζήτησα; ταράζεται ο μπαμπάς.

Η Σεραφίμα Πάβλοβνα έρχεται κοντά στον μπαμπά και του λέει με γλυκιά φωνή.

– Γιατί το κάνετε αυτό, Ίγκορ Λβόβιτς. Τέτοιος σπουδαίος γιατρός! Θα 'πρεπε να 'χετε πελάτη το στρατηγό-διοικητή κι εσείς ανακατεύεστε με τους ψειριάρηδες. Τι τους βρίσκετε, Θεέ μου.

– Εγώ έχω δώσει όρκο, Σεραφίμα Πάβλοβνα, λέει τόσο σοβαρά ο μπαμπάς, που κι εγώ κοιτάζω απορημένα.

– Όρκο; ρωτάει ο Βλαντίμηρ Ιβάνοβιτς και τα φρύδια-κάμπια σηκώνονται ψηλά ψηλά.

– Μάλιστα, όρκο, λέει με σιγουράδα ο μπαμπάς. Όταν πήρα το δίπλωμα ιατρικής στη Στρατιωτική Ακαδημία, έδωσα τέτοιον όρκο.

Κι ο μπαμπάς σηκώνει το χέρι σαν να θέλει ξανά να ορκιστεί.

«...Και να μην αρνηθώ την ιατρική περίθαλψη σε οποιονδήποτε μου τη ζητήσει.»

Εγώ έχω καθίσει γωνίτσα γωνίτσα στον καναπέ και κοιτάζω το Σουσάμη μου. Στέκεται ανάμεσα στο ζεύγος Σαμπανόφ, αδυνατούλης, όλο νεύρο, με το προπέρσινο παλτό του, μα με μάτια που φέγγουνε θαρρείς.

«Τι τυχερό κορίτσι που είσαι, Σάσενκα», λέω στον εαυτό μου, «να 'χεις έναν τέτοιο πατερούλη.»

Ο Βλαντίμηρ Ιβάνοβιτς, όμως, δεν το βάζει κάτω.

– Καλά, να γιατρέψετε ένα, δυο, πέντε, δέκα από τη φτωχολογιά, μα λένε πως εσείς θεραπεύετε όλη τη γειτονιά.

– Οχ, πια, μπαίνει στη μέση η Σεραφίμα Πάβλοβνα, σας βαρέθηκα. Τσακώνεστε σαν παιδάκια.

Ο μπαμπάς αρχίζει να κουμπώνει νευρικά το παλτό

24

του, που το 'χε ξεκουμπώσει με τον καβγά κι ανέμιζε πέρα δώθε.

— Παίξε με τα κορίτσια και θα 'ρθω να σε πάρω, Σάσενκα.

Ξέρω πού πάει. Όταν ερχόμασταν, στο χωματόδρομο, μια γριούλα σταμάτησε το αμάξι μας.

— Πέρνα, γιόκα μου, κι από μας πριν φύγεις, είπε στον μπαμπά.

Η Σεραφίμα Πάβλοβνα μας είπε να πάμε να πιούμε τσάι στην τραπεζαρία. Η Ζόγια και η Ρίτα με αγκάλιασαν από τη μέση και πήγαμε και οι τρεις μαζί να καθίσουμε στο τραπέζι.

Θαρρούσες πως ήτανε ένα χωράφι σπαρμένο λουλούδια το στρωμένο τραπέζι. Μηλόπιτες, φραουλόπιτες, βερικοκόπιτες, πιροσκί στοίβα, στοίβα φέτες ψωμί με χαβιάρι, βαζάκια γλυκό φράουλα, βύσσινο, αγριοφράουλα, αγριοβύσσινο. Κατάλαβα γιατί έλεγε ο μπαμπάς πως τα Σαμπανοβάκια έχουν χορτασίλες. Καθίσαμε κι οι τρεις στο τραπέζι. Η Ζόγια και η Ρίτα δεν ξέρανε ποια να με πρωτοπεριποιηθεί και στο πιάτο μου έγινε ένα λοφάκι, ανάκατα πιροσκί, χαβιάρι, πίτες. Πήρα μια φέτα αλειμμένη με χαβιάρι, άνοιξα διάπλατα το στόμα μου, γιατί ήτανε πολύ χοντρή και έδωσα μια μεγάλη δαγκωνιά (πού είσαι, Τσιτσίλχεν, να με βλέπεις, που λες πως πρέπει να καταπίνω τοσοδούλες μπουκίτσες).

Δεν πρόλαβα να την καταπιώ κι έτσι όπως ήμουνα μπουκωμένη είδα δυο τεράστια μάτια να με κοιτάζουν. Έξω από το παράθυρο πρόβαλε ένα μικρό κεφαλάκι και τα μάτια του ήταν καρφωμένα στο στόμα μου. Σίγουρα ήτανε ένα μικρούτσικο παιδάκι, μα πώς έφτασε μέχρι εκεί επάνω, αφού τα παράθυρα ήτανε αρκετά ψηλά;

Τα κορίτσια είδαν την απορία μου.

— Άντε να δεις στο παράθυρο, λέει η Ρίτα.

25

– Είναι ο Κόλια, συμπληρώνει η Ζόγια, καβάλα στον ώμο της αδελφής του.
– Γιατί; ρωτάω καταπίνοντας με κόπο τη μεγάλη μπουκιά μου.
– Έρχονται κάθε απόγευμα, εξηγεί η Ρίτα, και μας βλέπουν που τρώμε. Τώρα θα δεις, θα κατεβάσει η αδελφή του το μικρό και θα σκαρφαλώσει εκείνη στο παράθυρο.
Κι αλήθεια, σε λίχο χάθηκε το κεφαλάκι και φάνηκε ένα ξανθό κορίτσι μ' αχτένιστα μαλλιά και βρόμικο πρόσωπο.
– Μα γιατί σας κοιτάνε; απορώ.
– Πει-νά-νε, λένε σχεδόν τραγουδιστά η Ρίτα κι η Ζόγια μαζί.
Δεν μπόρεσα να φάω τίποτ' άλλο έξω από κείνη την πρώτη μπουκιά μου. Τα μάτια του Κόλια που κοίταζαν, καρφωμένα στο στόμα μου, μου 'κοψαν κάθε όρεξη.
Η Ρίτα λέει πως καμιά φορά, άμα δεν τους βλέπει η μαμά τους, ανοίγουν το παράθυρο και τους δίνουν ό,τι πέσει στο χέρι τους. Τις περισσότερες φορές όμως, η μαμά τους μπαινοβγαίνει και δεν προφταίνουν.
– Και γιατί η μαμά σας δε σας αφήνει να τους δώσετε;
Τα Σαμπανοβάκια σηκώνουν τους ώμους τους σαν να λένε: «Ποιος ξέρει».
Αχ, ας έρθει γρήγορα ο Σουσάμης να με πάρει. Να πάμε σπίτι! Αποθύμησα τόσο τις Καθρεφτούλες και τη Σαμοβαρούλα μου!

ΟΥΤΕ ΣΑ ΦΥΤΡΩΣΕΙ ΚΟΤΣΙΔΑ ΩΣ ΤΑ ΓΟΝΑΤΑ...

Γυρνάμε στην πόλη. Μπροστά μας, ακούνητη, η φαρδιά πλάτη του Γιαν. Η πουκαμίσα του φουσκώνει σαν πανί του καραβιού. Δεν έχει εντελώς σκοτεινιάσει. Στον ουρανό έχει φανεί το καινούριο φεγγάρι, κίτρινο κίτρινο, όπως στο βιβλίο με τις ζωγραφιές. Από το βάλτο, αριστερά στο δρόμο, τα βατράχια χαλάνε τον κόσμο. Δεν ξέρω γιατί, μα τούτα τα «κουάξ κουάξ κουάξ κουάξ» τους μου φαίνεται σαν να λένε: «Τρεχάτε, τρεχάτε, συμφορά». Δε ρωτάω τίποτε τον μπαμπά, από τα χίλια δυο που ήθελα να ρωτήσω. Είναι τόσο κουρασμένος, έχει κλειστά τα μάτια του, το κεφάλι του γερμένο μπροστά κουνιέται πέρα δώθε σε κάθε τίναγμα του αμαξιού. Χτες όλη νύχτα δεν έκλεισε μάτι με τον άρρωστό του. Γύρισε το πρωί σπίτι, τον ψευτοπήρε μισή ωρίτσα, ύστερα του φούσκωσε το κεφάλι η Σάσενκα με τα «πες, μπαμπά», κι έφυγε τρεχάλα για το νοσοκομείο. Μετά πήγαμε στους Σαμπανόφ, από κει έκανε τόση ώρα να πηγαίνει από καλύβα σε καλύβα να δει τους άρρωστους εργάτες. «Άμα σου μεγαλώσει η κοτσίδα, Σάσενκα, θα σε πάρω μαζί μου να δεις πώς ζούνε οι εργάτες.»

Ακουμπάω το κεφάλι μου στον ώμο του και άθελά μου φυτρώνει ένα μανιταράκι.

27

– Σουσάμη, δεν τον αγαπάς τον Βλαντίμηρ Ιβάνοβιτς.
Ο μπαμπάς τινάζει το κεφάλι σαν να τον ξύπνησε η φωνή μου.
– Ποιον;
– Τον μπαμπά των κοριτσιών, της Ζόγιας και της Ρίτας, δεν τον αγαπάς;
– Έτσι σου φάνηκε;
– Τσακώνεστε όλη την ώρα και φωνάζετε.
– Τι ν' αγαπήσω από δαύτον; Τι καλό κάνει για να τον αγαπάει κανείς. Κάθε Χριστούγεννα χαρίζει ένα ψευτοπαιχνιδάκι στα παιδιά των εργατών. Τους πληρώνει πενταροδεκάρες. Εγώ πάω στα σπίτια τους και βλέπω πώς ζουν. Κι ο Σαμπανόφ κολυμπάει στο χρήμα. Μα τι κάθομαι και σε σκοτίζω, Κουκουτσάκι μου. Δεν είναι ούτε καλύτερος ούτε χειρότερος από άλλους. Αν θες, μάλιστα, υπάρχουν και χειρότερα. Άμα σου μεγαλώσει η κοτσίδα, θα ξέρεις να ξεχωρίζεις.
Οχ, πια, αυτή η κοτσίδα!
Φτάσαμε κιόλας στα πρώτα σπίτια της πόλης.
– Έχω μια πείνα, λέω.
– Δε σου δώσανε να φας στους Σαμπανόφ; απορεί ο μπαμπάς.
Του διηγιέμαι για τα μάτια του Κόλια.
– Δε θες να κατεβούμε από το αμάξι ν' αγοράσουμε κάτι να φάμε, Σουσάμη;
Ο μπαμπάς με κοιτάζει μ' ορθάνοιχτα μάτια.
– Πού ν' αγοράσουμε; Στα μαγαζιά;
Κάθε άνθρωπος έχει τα ελαττώματά του. Ο μπαμπάς μου έχει ένα σωρό, μα όλα πολύ αστεία. Παραδείγματος χάρη, δε θέλει να πατήσει το πόδι του σε μαγαζί. Τι λέω δε θέλει, τον πιάνει τρομάρα. Θαρρείς και τα μαγαζιά βρίσκονται σε κάποια μυστήρια χώρα με καλικάντζαρους κι άλλα ξωτικά. Δεν τον φαντάζομαι ποτέ ν' αφήνει την εφημερίδα του ή το ιατρικό περιοδικό του, το

λιγουλάκι ελεύθερο καιρό που έχει, και να πει: Πάω ν'
αγοράσω γραβάτα! Όλα του τα ψωνίζει η μαμά. Καπέ-
λο όμως δεν μπορούσε να του πάρει χωρίς το κεφάλι
του!
– Τι χάλια έχει το καπέλο σου, γκρίνιαζε η μαμά.
Ίδιο φωλιά καρακάξας...
– Μπα, απορεί εκείνος! Κανένας άρρωστός μου δε
μου παραπονέθηκε.
Η μαμά επέμενε τόσο, που ο μπαμπάς βαρέθηκε.
– Άντε, πάμε.
Ξεκινήσαμε μεγάλη συνοδεία, η μαμά, η Ντούνια, η
Τσιτσίλχεν κι εγώ. Ο υπάλληλος του μαγαζιού αράδιασε
καμιά δεκαριά καπέλα πάνω στον πάγκο κι άρχισε να
παινεύει τις χάρες του καθενός. Ο Σουσάμης τα κοίταζε
σαν να 'βλεπε για πρώτη φορά καπέλο. Πήρε ένα στην
τύχη και στάθηκε αδύνατο να τον βάλουμε να το δοκι-
μάσει.
– Καλό, καλό θα 'ναι, έλεγε κι έβγαινε κιόλας στην
πόρτα.
Είναι αυτό που έχει ίσαμε σήμερα και του στέκεται
στην κορυφή.
– Μη φοβάσαι, τον καθησυχάζω. Θ' αγοράσουμε ψω-
μάκια στο δρόμο. Μόλις βραδιάσει τα πουλάνε στις γω-
νιές φρέσκα φρέσκα.
– Αλήθεια, κάνει μ' ανακούφιση που δε θα πρέπει να
μπούμε σε μαγαζιά, θαρρείς και δεν το 'ξερε πως που-
λούν ψωμάκια στο δρόμο.
Κατεβήκαμε από το αμάξι κι ο μπαμπάς είπε στο Γιαν
να γυρίσει πίσω.
– Δε θες, Κουκουτσάκι, να κάνουμε τον υπόλοιπο
δρόμο ως το σπίτι με τα πόδια;
Να περπατήσω με τον μπαμπά στους δρόμους! Δε
μοιάζει καθόλου με το μαρτύριο σα βγαίνω με την Τσι-
τσίλχεν. «Μη σούρνεις τα πόδια σου, μη σηκώνεις σκό-

νη! Μην κοιτάς όποιον περνάει δίπλα σου έτσι περίεργα...»
– Σουσάμη, να σε πιάσω από το μπράτσο σαν μεγάλη; «Ποιος είναι αυτός;» «Δεν τον γνωρίζετε;» «Ο γιατρός Βελιτσάνσκι με κάποια άγνωστη δεσποινίδα.»
– Μπαμπά, πώς θα μασουλάμε τα ψωμάκια μες στο δρόμο; Η Τσιτσίλχεν λέει πως δεν είναι σωστό.
– Οχ, με την Τσιτσίλχεν σου!
– Κι η μαμά, όμως, το ίδιο λέει. Νιώθω πως δεν ξέρει τι ν' απαντήσει.
Μένει λίγο σιωπηλός κι ύστερα το μάτι του πέφτει στο παγκάκι που στέκει κάτω από ένα δέντρο σε μια μικρή πλατειούλα.
– Άντε ν' αγοράσουμε τα ψωμάκια και να καθίσουμε στον πάγκο να τα φάμε. Δεν είναι δρόμος κι όλοι θα 'ναι ευχαριστημένοι.
Αχ, παμπόνηρε Σουσάμη. Πάμε αλαμπρατσέτο στη γωνιά που στέκει η γριά Χάνα. Την ξέρω, γιατί γυρνάει σ' όλους τους δρόμους και πουλάει τα ψωμάκια της και μας φέρνει και στο σπίτι πολλές φορές. Αγοράζουμε ένα λόφο ψωμάκια. Είναι ζεστά ζεστά, ολοστρόγγυλα, φουσκωτά και στη μέση έχουν μια τρύπα ίσα ίσα που χωράει το δάχτυλό σου. Μπορείς να το περάσεις μέσα κι αν δεν είσαι με την Τσιτσίλχεν να τρως το ψωμάκι γύρω γύρω ώσπου να σου μείνει το... δάχτυλο.
– Να 'σαι χιλιόχρονος κι εσύ και το κορίτσι σου, γιατρέ μου, κάνει η γριά Χάνα ενώ μας δίνει τα ψωμάκια.
Ο μπαμπάς γελάει.
– Γιατί τόσες ευχές;
– Γιατί, απαντάει σοβαρά και λυπημένα η Χάνα, μου 'σωσες την κόρη μου από του χάρου τα δόντια.
– Είναι καλά τώρα; ρωτάει ο μπαμπάς.
– Μαύρη καλοσύνη, κουνάει το κεφάλι η Χάνα. Κάθε χρόνο και κουτσούβελο και άντρα άνεργο. Τρέχω εγώ

ολημερίς στους δρόμους με τα ψωμάκια. Μα πώς να θρέψω έξι μικρά και τρεις μεγάλους;

Πάμε και καθόμαστε στο παγκάκι και μασουλάμε τα ψωμάκια μας. Ο μπαμπάς κοιτάζει ολόγυρα σαν να βλέπει την πλατειούλα με τα δέντρα για πρώτη φορά. Τα δέντρα είναι ανθισμένα και μυρίζουνε.

– Πώς μυρίζει η σφενταμιά, κάνω εγώ.

– Πώς την είπες; ξαφνιάζεται ο μπαμπάς.

– Σφενταμιά.

– Την ξέχασα, λέει εκείνος. Από φοιτητής έχω να την προσέξω. Ξέχασα και τη μυρωδιά της. Περνάω στους δρόμους πάντα τρεχάτος και δεν προσέχω ο βλάκας τίποτα. Ούτε που λιώσαν τα χιόνια κι άνθισαν τα δέντρα. Ύστερα σωπαίνει. Σωπαίνουμε κι οι δυο.

Ο μπαμπάς κλείνει τα μάτια κι ανασαίνει βαθιά τη σφενταμιά. Μοιάζει ήρεμος και χαρούμενος που συνάντησε ένα ανθισμένο δέντρο. Εγώ έρχομαι κάθε μέρα εδώ με την Τσιτσίλχεν, τσουλάω το τσέρκι μου, πηδάω σχοινάκι κι ο μπαμπάς... είχε από φοιτητής να προσέξει τη σφενταμιά!

– Μια φορά θα πάμε μαζί στο τσίρκο ή στο θέατρο, κάνει όνειρα ο μπαμπάς. Και στα γενέθλιά σου δε θα το κουνήσω από το σπίτι. Θα χορέψω και θα παίξω με τις φιλενάδες σου αυτό, το, πώς το λέτε, «άναψέ μου το κεράκι».

– Κάθε χρόνο τα ίδια λες, δεν τον πιστεύω εγώ.

– Κάθε χρόνο... έχεις δίκιο, το παραδέχεται λυπημένος εκείνος. Μα τι να κάνω; Ν' αφήσω τους αρρώστους; Μπορεί όμως φέτος...

– Μπορεί, τάχα τον πιστεύω για να ξελυπηθεί.

– Άντε, Σάσενκα, ώρα να πηγαίνουμε, σηκώνεται απότομα.

– Κρέμα καϊμάκι παγωτόοοο... κρέμα σοκολάτα, κρεμ μπριλέεε.

Καμπανιστή, ξεκάθαρη έρχεται αυτή η φωνή που μπορώ να την ξεχωρίσω ανάμεσα σε χίλιες άλλες. Είναι ο Αντρέι ο παγωτατζής.

Σ' άλλα μέρη, λένε πως καταλαβαίνουνε πως έφτασε η άνοιξη άμα δούνε τα χελιδόνια ή τους πελαργούς ή τις αγριόπαπιες να γυρνάνε στις φωλιές τους. Στη δικιά μας πόλη, ξέρουμε πως ήρθε η άνοιξη, άμα φανεί ο Αντρέι ο παγωτατζής. Έρχεται από μακριά, απ' άλλη περιοχή και μας ξέρει όλα τα παιδιά ένα ένα, με τα ονόματα και τα παρατσούκλια μας. Όλοι τον αγαπάμε κι είναι πάντα γελαστός γελαστός και περιμένει υπομονετικά ν' αποφασίσουμε τι παγωτό θα διαλέξουμε. Περπατάει λίγο σαν να χορεύει για να κρατάνε ισορροπία οι δυο κάδοι με το παγωτό, που κρέμονται σε κάθε άκρη ενός μακριού κονταριού, που ακουμπάει στους ώμους του.
Του κάνω χαρές. Μου γελάει.
– Καλώς μας όρισες, λέει ο μπαμπάς. Τι νέα από το χωριό σου;
– Πείνα και των γονέων, απαντάει εκείνος, πάντα όμως χαμογελαστός. Μονάχα που εκεί είμαι σπίτι μου κι είμαστε όλοι ίδιοι, Ρώσοι. Εσείς εδώ είσαστε ανάκατα, Πολωνοί, Ρώσοι, Οβριοί κι άντε να βρεις άκρη.
– Εβραίοι, τον διορθώνει ο μπαμπάς.
Παίρνουμε παγωτό κρεμ μπριλέ και κερνάμε τον Αντρέι τα ψωμάκια που μας περίσσεψαν. Του κάνουμε θέση στο παγκάκι κι εκείνος μοιάζει να χαίρεται να κουβεντιάζει με τον μπαμπά. Τρώω γλειψιά γλειψιά το παγωτό μου και... ξάφνου τον είδα! Πρόβαλε από τη γωνιά με τη μαύρη χλαίνη και τα πορτοκαλιά σιρίτια, αντί για επωμίδες. Στο ένα πλευρό του κρέμεται ένα μεγάλο περίστροφο και στο άλλο μια θεόρατη σπάθα. Άμα κοιτάς το πρασινοκίτρινο μούτρο του και τα γαλάζια άψυχα σαν γυαλένια μάτια του, σου 'ρχεται να τον λυπηθείς. Από τα μανίκια όμως της χλαίνης του ξεπροβάλλουν κά-

τι φοβερές χερούκλες. Γι' αυτές τον τρέμει όλη η πόλη. Έτσι να σου δώσει μπουνιά... Γι' αυτό του βγάλανε το παρατσούκλι, ο Μπουνιάς.

– Ο Μπουνιάς! τον αναγνώρισε κι έβαλε τις φωνές ο Αντρέι. Πάω να κρύψω το εμπόρευμα. Σάσενκα, κράτα το σακουλάκι.

Μου πετάει ένα βρόμικο σακουλάκι γεμάτο νομίσματα και παίρνει δρόμο με τους κάδους το παγωτό που χοροπηδάνε.

– Ο Μπουνιάς, ο Μπουνιάς! φωνάζει και τρέχει σαν παλαβός.

– Οχτώ και τέταρτο, οχτώ και τέταρτο, στριγκλίζει ο Μπουνιάς. Πέρα των οχτώ πάσα πλανόδια πώλησις απαγορεύεται.

Απ' όλες τις γωνιές τρέχουν άντρες και γυναίκες, άλλοι με καλάθια, άλλοι με κασονάκια γεμάτα πραμάτειες. Τρέχουν να κρυφτούν όπου βρουν. Μόνο η γριά Χάνα δεν μπορεί να πάρει τα πόδια της και μένει εκειδά, καρφωμένη στη θέση της. Αγκαλιάζει το ένα καλαθάκι με τα ψωμάκια, το άλλο πρόλαβε και το πήρε ο Αντρέι να το κρύψει.

Άδειασε ο δρόμος. Κάτω από το φανάρι που ρίχνει το φως του πάνω της, έχει απομείνει η Χάνα με μάτια ορθάνοιχτα από τρόμο.

– Οχτώ και τέταρτο, οχτώ και τέταρτο, ξεφωνίζει συνέχεια ο Μπουνιάς. Πέραν των οχτώ απαγορεύεται...

Πάει και στέκει πάνω από τη Χάνα. Εκείνη μένει σαν πετρωμένη. Εγώ σφίγγω το σακουλάκι του Αντρέι τόσο δυνατά, που τα δάχτυλά μου έχουν ασπρίσει. Γυρίζω και κοιτάζω τον μπαμπά. Έχει ένα αφηρημένο βλέμμα καθώς βγάζει από την τσέπη του ένα καραμελάκι με σουσάμι και το μασουλάει!

– Βρομόγρια, ουρλιάζει ο Μπουνιάς και δίνει μια κλοτσιά κι αναποδογυρίζει το καλαθάκι.

33

Τα ψωμάκια κατρακυλάνε και πέφτουν μέσα στο αυλάκι με το βρόμικο νερό που κυλάει πλάι στο πεζοδρόμιο και πλέουν σαν καραβάκια.

– Βρομόγρια, ξαναουρλιάζει ο Μπουνιάς και δίνει μια κλοτσιά στο πλευρό της Χάνας.

Κρατάω την ανάσα μου. Ο μπαμπάς ακίνητος μασάει τα καραμελάκια του. Ο Μπουνιάς φεύγει κορδωμένος κορδωμένος και η σπάθα του βροντοκοπάει στο πλευρό του. Έστριψε στη γωνιά. Μέσα από την καμάρα μιας πόρτας ξεπροβάλει ο Αντρέι με τους κάδους του και το καλαθάκι της Χάνας που το γλίτωσε. Πάει κοντά της και τη βοηθάει να σηκωθεί.

– Πάλι καλά που δε μου 'βαλε πρόστιμο, λέει εκείνη και τρίβει το πλευρό της.

Ύστερα ο Αντρέι έρχεται σε μένα και του δίνω το σακουλάκι.

– Γεια σου, λεβεντοκόριτσο, μου κάνει.

Χαιρετάει τον μπαμπά και τραβάει πέρα κι η Χάνα ακολουθεί κούτσα κούτσα.

Ξέρω πως ο μπαμπάς σιχαίνεται τα δάκρυα, μα τ' αφήνω να τρέξουν. Τρέχουν στα μάγουλά μου, κατεβαίνουν γύρω στο στόμα κι ανακατεύονται με το κρεμ μπριλέ που είναι πασαλειμμένο ολόγυρα. Γυρίζω και κοιτάζω τον μπαμπά και του φωνάζω σχεδόν θυμωμένα:

– Γιατί δεν υπερασπίστηκες τη Χάνα;

Ο μπαμπάς με κοιτάζει μ' ένα στενοχωρημένο και λυπημένο βλέμμα.

– Και τι ήθελες να κάνω, Κουκούτσι;

– Να φωνάξεις στον Μπουνιά: Μην τολμήσεις να την αγγίξεις, γιατί θα 'χεις να κάνεις μαζί μου!

– Πολύ που θα με φοβότανε, λέει ο μπαμπάς ακόμα πιο λυπημένα.

– Να τον σκότωνες, για να μάθει, ξεφωνίζω.

– Σιγότερα, Σάσενκα, προσπαθεί να με ησυχάσει. Να

τον σκοτώσω με τι; Με τα ψωμάκια; Κι ύστερα νομίζεις πως ένας είναι ο Μπουνιάς; Υπάρχουν χιλιάδες τέτοιοι. Κι αν σκοτώσεις έναν, ο κόσμος δεν ξαλαφρώνει.

Σηκώνεται από το παγκάκι και μ' αγκαλιάζει με το ένα χέρι από τους ώμους.

– Εγώ ξέρω να γιατρεύω, αυτό μονάχα μπορώ. Άντε, Κουκουτσάκι, πάμε τώρα σπίτι.

Έχει σχεδόν σκοτεινιάσει, περπατάμε αμίλητοι. Χίλια δυο κουτουλάνε μέσα στο μυαλό μου. Δε γυρίζω να κοιτάξω τον μπαμπά. Νιώθω μια τέτοια λύπη που δεν μπόρεσε να κάνει τίποτα όταν ο Μπουνιάς κλοτσούσε τη Χάνα. Τίποτ' άλλο, παρά να κριτσανίζει τα σουσαμένια καραμελάκια του.

Όταν γυρίσαμε σπίτι, είχανε ανάψει τις λάμπες. Η Ντούνια και η μαμά βάλανε τις φωνές:

– Πώς αργήσατε έτσι;
– Τι χάλια είν' αυτά;
– Πώς είσαι έτσι πασαλειμμένη, Σάσενκα!

Ο μπαμπάς τη γλίτωσε, γιατί τον φώναξαν κιόλας για έναν άρρωστο κι έτσι η μαμά κι η Ντούνια ξέσπασαν σε μένα. Ευτυχώς η Τσιτσίλχεν είχε κοιμηθεί, της αρέσει να κοιμάται με τις κότες.

Αρχίσανε να με πλένουνε, να μου βάζουν καθαρά ρούχα και να με ρωτάνε και να με ξαναρωτάνε πώς βρόμισα έτσι. Λένε πως δε θα ξαναφήσουν τον μπαμπά να με σέρνει εδώ κι εκεί. Εγώ νύσταζα, μα έκανα παραπάνω τη νυσταγμένη κι απαντούσα: Μμ... Χμμ..., ώσπου με βάλανε στο κρεβάτι και με πήρε στο λεπτό ο ύπνος.

Το άλλο πρωί ξύπνησα μια ώρα αργότερα από το κανονικό. Ένιωθα πολλές φορές την Τσιτσίλχεν μέσα στον ύπνο μου που τριγύριζε σαν μύγα γύρω από το κρεβάτι μου. Ξέρω τι ετοιμάζεται να μου πει: πως τα κοριτσάκια στη Γερμανία ξυπνάνε πολύ νωρίς, πετάνε τα σκεπάσματα αμέσως, δε χουζουρεύουν στα κρεβάτια. Έσκασα εγώ για τα κοριτσάκια στη Γερμανία. Σήμερα ήθελα να χουζουρέψω και να συλλογιέμαι τη χτεσινή μέρα. Με τσάκωσε όμως η Τσιτσίλχεν τη στιγμή που έβγαζα τα χέρια μου από τα σκεπάσματα να τεντωθώ.

– Σήκω γρήγορα, λέει με γλυκιά γλυκιά φωνή.

Δεν ξέρω γιατί, αλλά σα με μαλώνει η φωνή της γίνεται παράταιρα γλυκιά. Τι να κάνω; Σηκώθηκα κι άρχισα να βάζω τα καλτσάκια μου. Η Τσιτσίλχεν όρθια από πάνω μου με παραφυλάει.

– Βάλε την κάλτσα σου από την καλή, Σάσα.

Είχα ξυπνήσει με τις ανάποδές μου.

– Δεν πειράζει, το ίδιο κάνει.

– 'Οχι, επιμένει εκείνη, είναι γρουσουζιά. Αν φοράς την κάλτσα σου ανάποδα, ο Θεός θα σου στείλει κάποια τιμωρία.

– Φροϊλάιν Τσιτσίλχεν, ελάτε μια στιγμή, σας παρακαλώ, ακούστηκε από το άλλο δωμάτιο η φωνή του μπαμπά, που φαίνεται είχε λίγο καιρό από τον ένα άρρωστο στον άλλο και είχε γυρίσει σπίτι.

Η Τσιτσίλχεν σαν να παραξενεύτηκε που τη φώναξε ο μπαμπάς. Με παράτησε με την ανάποδη κάλτσα και βγήκε. Εγώ έβαλα στα γρήγορα και την άλλη κάλτσα ανάποδα. Ακούς ο Θεός της Τσιτσίλχεν να νοιάζεται για το πώς θα φορώ εγώ τα καλτσάκια μου! Ντύθηκα, πλύθηκα, μα η Τσιτσίλχεν ακόμα να γυρίσει. Τι να τη θέλει ο μπαμπάς τόση ώρα; Πήγα και στάθηκα στη μισάνοιχτη πόρτα της τραπεζαρίας. Πουθενά Τσιτσίλχεν. 'Ητανε μονάχα ο μπαμπάς και η μαμά και συζητούσανε. Η φωνή του μπαμπά ήταν αυστηρή:

– Αν εσύ δεν ξέρεις να λες ποτέ «όχι» σε κάποιον ή «αυτό δεν είναι δική σας δουλειά», δε θα το πληρώσει το παιδί.

Ανήσυχη και παραπονεμένη απαντούσε η φωνή της μαμάς:

– Θαρρώ πως της το είπες λίγο απότομα.

– Ήμουνα ευγενικός όσο δεν παίρνει, νευριάζει τώρα ο μπαμπάς. Δε θα μάθει αυτή στο δικό μας παιδί τις προλήψεις και τις σαχλαμάρες της... Καιρός να βρούμε έναν πραγματικό δάσκαλο για τη Σάσενκα. Της είπα ότι η δουλειά της είναι να της μαθαίνει μόνο γερμανικά κι αυτή απάντησε: τότε φεύγω.

– Και τα γερμανικά της...

Δεν αποτέλειωσε τη φράση της η μαμά και σταμάτησε την κουβέντα της μόλις με είδε στην πόρτα.

– Θα στενοχωρηθείς πολύ, με ρωτάει πειραχτικά ο μπαμπάς, αν χάσεις την Τσιτσίλχεν σου;

– Σουσάμη μου, φωνάζω και πηδάω στην αγκαλιά του.

Να, που μου 'φερε γούρι που έβαλα ανάποδα τα καλτσάκια μου! Δε φανταζόμουνα πως θα γλίτωνα τόσο σύντομα από την Τσιτσίλχεν. Ο μπαμπάς έλεγε πως τα γερμανικά είναι το «όπλο» μου όταν θα πάω στο Πανεπιστήμιο, πέρα κει που τελειώνουν οι ράγιες, στην Πετρούπολη.

– Και τα γερμανικά; ρωτάω, που θυμήθηκα την κουβέντα του μπαμπά.

– Θα σου βρούμε εξωτερική δασκάλα.

Ο μπαμπάς άρπαξε την τσάντα του κι έφυγε βιαστικά. Η μαμά φώναξε την Ντούνια και της είπε να βοηθήσει την Τσιτσίλχεν να μαζέψει τα πράγματά της. Γιατί η φροϊλάιν δεν ήθελε να μείνει ούτε μια μέρα παραπάνω στο σπίτι μας, επειδή της είπε ο μπαμπάς να μην ανακατεύεται στην ανατροφή μου. Είχε, λέει, κιόλας έτοιμη θέση στα παιδιά του κυβερνήτη Φον Βαλ.

– Δεν πά' να πάει και στα παιδιά του τσάρου, κάνει η Ντούνια έξω φρενών.

Μένουμε μόνες με τη μαμά στο δωμάτιο.

– Άντε να την αποχαιρετίσεις, μου λέει στενοχωρημένα. Κι ύστερα βρες κάτι να κάνεις, γιατί εγώ έχω ένα σωρό δουλειές με την Ντούνια. Έδωσα σαν καλομαθημένο κοριτσάκι το χέρι μου στην Τσιτσίλχεν, έκανα και υπόκλιση. . — Κάποτε θα θυμηθείς τα λόγια μου, λέει εκείνη ψυχρά και άχρωμα, μα θα 'ναι αργά. Την κοιτάζω από το παράθυρο που φεύγει.

«Φεργκισμαϊνίχτ», λέει μια κοροϊδευτική φωνούλα μέσα μου! Και τώρα τι θα κάνω να περάσει η ώρα; Στο παράθυρο του αντικρινού σπιτιού είναι ένα κοριτσάκι. Η Λιούμπα. Ανοίγω διάπλατα το παράθυρο να πιάσω κουβέντα μαζί της.

— Τι κάνεις; ρωτάω.

— Τίποτα, βαριέμαι, απαντάει βαριεστημένα.

— Έλα δω να παίξουμε, κάνω όλο χαρά!

— Δε μ' αφήνουνε να πηγαίνω στα ξένα σπίτια, λέει πιο βαριεστημένα η Λιούμπα.

— Να 'ρθω εγώ; πετάω την κουβέντα πριν συλλογιστώ αν μ' αφήνουνε εμένα.

— Και δεν έρχεσαι, χαίρεται η Λιούμπα.

Βγαίνω από το παράθυρο. Αυτό έλειπε να πάω τώρα να ρωτάω τη μαμά και την Ντούνια, που θα 'ναι ανασκουμπωμένες στη δουλειά, αν μ' αφήνουν να πάω απέναντι. Χτες πήγα τόσο μακριά... με τον μπαμπά, βέβαια. Μα για ένα βήμα να ρωτήσω; Θα πάω για μισή ωρίτσα και θα γυρίσω.

Η αλήθεια είναι πως πεθαίνω από περιέργεια να πάω στο σπίτι της Λιούμπα. Τη Λιούμπα την ξέρω από το παράθυρο. Δεν την έχω συναντήσει ποτέ στο δρόμο κι ούτε οι οικογένειές μας γνωρίζονται. Δεν είναι πολύς καιρός που ήρθανε σ' αυτό το σπίτι. Στην πόρτα κρέμασαν μια παράξενη επιγραφή: ΕΝΕΧΥΡΟΔΑΝΕΙΣΤΗΡΙΟ.

Σπρώχνω την εξώπορτα που είναι μισάνοιχτη και

μπαίνω μέσα σιγά σιγά, σαν να κάνω κάτι που δεν πρέπει. Τώρα δεν είμαι καθόλου σίγουρη αν της μαμάς θα της άρεσε να πάω επίσκεψη έτσι στα καλά καθούμενα και μάλιστα να 'χω καλεστεί μοναχιά μου. Βρίσκομαι σ' ένα μεγάλο δωμάτιο που μοιάζει μαγαζί. Γύρω έχει ράφια με λογής λογής πράγματα. Σαμοβάρια, μαντολίνα, κατσαρόλες, βιβλία, ρολόγια κι ακόμα σε κάτι τεράστια καρφιά κρέμονται ρούχα: παλτά, φορέματα, γούνες. Στη μια γωνιά είναι δυο ποδήλατα κι ένα καροτσάκι μωρού. Στην άλλη γωνιά είναι ένα τραπεζάκι και πίσω του κάθεται ο μπαμπάς της Λιούμπα.

Τον έχω δει κι αυτόν ένα σωρό φορές από το παράθυρο. Μπροστά του έχει ανοιγμένο και ξεφυλλίζει ένα τεράστιο τεφτέρι.

– Σε τι μπορώ να σας φανώ χρήσιμος, δεσποινίς; σηκώνει το κεφάλι του από το τεφτέρι.

Εγώ τα χάνω. Μα στην πόρτα που πάει στο μέσα σπίτι έχει φανεί η Λιούμπα.

– Είναι για μένα, μπαμπά.

Με τραβάει από το χέρι, περνάμε ένα μακρύ διάδρομο και φτάνουμε σε μια σκάλα.

– Σκούπισε καλά τα πόδια σου, μου λέει, γιατί έχουμε κάνει παρκέτο.

Η Λιούμπα με πάει σ' ένα δωμάτιο με πράσινες βελουδένιες κουρτίνες στα παράθυρα. Γύρω γύρω είναι γεμάτο βιβλιοθήκες με βιβλία. Μπρος από τις βιβλιοθήκες ένα τεράστιο γραφείο. Πάνω έχει ένα μπρούντζινο μελανοδοχείο. Δεν έχω δει ποτέ μου πιο όμορφο. Ένας αετός που κρατάει στα νύχια του μια χελώνα. Αγγίζω το κόκαλο της χελώνας και ανοίγει. Μέσα είναι κενό για να βάζουν το μελάνι. Αναρωτιέμαι πώς γράφουν, γιατί δεν έχει σταλιά μελάνι. Το γραφείο είναι άδειο, καθαρό, γυαλιστερό γυαλιστερό. Οχ, το γραφείο του Σουσάμη με τις στοίβες τα χαρτιά, τα μελανωμένα στουπόχαρτα, τις πένες και τα πενάκια σκορπισμένα εδώ κι εκεί. Η βιβλιοθήκη είναι γεμάτη καλοδεμένα βιβλία.

– Δικά σου; θαυμάζω.

– Μπα, κάνει η Λιούμπα και χασμουριέται. Εμένα δε μ' αρέσει το διάβασμα. Είναι του μπαμπά.

– Μπορώ να τα δω; κάνω δειλά.

– Μόνο μέσα από το κρύσταλλο, ξαναχασμουριέται εκείνη. Είναι κλειδωμένες οι βιβλιοθήκες και κρατάει τα κλειδιά η μαμά.

– Κι ανοίγει του μπαμπά σου;...

Η Λιούμπα με σταματάει και γελάει.

– Ούτε ο μπαμπάς διαβάζει. Αγόρασε τα βιβλία και τις βιβλιοθήκες σε τιμή ευκαιρίας. Μόλις βρει, θα τα πουλήσει δέκα φορές απάνω. Ήρθε ένας ειδικός και είπε πως είναι «σπάνιο εύρημα».

– Πάμε τώρα στο σαλόνι, με σέρνει από το χέρι η Λιούμπα, γιατί έτσι που είναι τα βιβλία κάτω από το γυαλί μοιάζουνε σαν σε φέρετρο.

Την κοιτάζω ξαφνιασμένη και κοντοστέκομαι.

– Έλα, καλέ, λέει και ανοίγει διάπλατα την πόρτα του σαλονιού.

Νομίζω πως το σαλόνι της θα είναι όσο όλο μας το σπίτι. Τα έπιπλα είναι ντυμένα με γαλάζιο μεταξωτό, το παρκέτο γυαλίζει σαν την παγωμένη λίμνη που τσουλάμε με τα παγοπέδιλα. Στα παράθυρα έχει κάτι κουρτίνες! ολομέταξες, με κεντημένα παράξενα πουλιά με παρδαλά φτερούγια που άλλα πετάνε κι άλλα κάθονται πάνω σε κλαριά με ροζ λουλούδια και πράσινα φύλλα.

– Ποιος παίζει πιάνο; Εσύ; ρωτάω και δείχνω το πιάνο με τη μεγάλη ουρά και τα κρυσταλλένια πέταλα κάτω από κάθε πόδι.

Τη ρωτάω με θαυμασμό, γιατί εγώ είμαι κούτσουρο σκέτο στη μουσική. Η μαμά προσπαθεί να με μάθει πιάνο, μα κάθε μάθημα τελειώνει με κλάματα. Κλαίμε και

40

οι δυο μας. Εκείνη ξέρει να παίζει κι όλη η οικογένεια έχει, όπως λένε, «αυτί». Εγώ όμως βγήκα τέτοια, που δεν ξεχωρίζω το ντο από το σι μπεμόλ.

Η Λιούμπα χασμουριέται.

– Δεν ξέρω να παίζω. Ούτε θέλω να μάθω. Αυτό μου 'λειπε. Κανένας μας δεν ξέρει. Το βρήκε ο μπαμπάς ευκαιρία και το πήρε, μπορεί και να μου το δώσουν προίκα.

– Τι να το κάνεις, απορώ, αφού δεν παίζεις.

– Έτσι, να το 'χω. Πιάνει πολλά λεφτά, λέει ο μπαμπάς.

Πλάι στο σαλόνι είναι μια πόρτα που βγάζει στην τραπεζαρία. Ποτέ μου δεν έχω δει τόσους μπουφέδες και βιτρίνες γεμάτες ασημικά και κρύσταλλα, λες και είναι μαγαζί.

– Εδώ τρώτε; ρωτάω σχεδόν ευλαβικά.

– Μονάχα σαν έρχονται επίσημοι ξένοι.

Κι από κει, από ένα πορτάκι, με πάει η Λιούμπα σ' ένα δωμάτιο που θα 'μοιαζε λίγο με τη δική μας τραπεζαρία ή τις άλλες τραπεζαρίες που έχω δει, αν δεν είχε τόσο βρόμικα και ξεφτισμένα καλύμματα στις καρέκλες.

– Εδώ τρώμε κάθε μέρα, λέει και μου δείχνει μια καρέκλα να καθίσω.

Κάθεται κι εκείνη σε μια άλλη και κοιταζόμαστε. Πρώτη φορά που είμαστε δίπλα δίπλα. Γιατί ίσαμε τώρα μιλούσαμε μόνο από το παράθυρο. Το πρόσωπό της είναι χλωμό και καθόλου χαρούμενο. Στο λαιμό της έχει δεμένο ένα πανί σαν κομπρέσα.

– Σου πονάει ο λαιμός; ρωτάω.

– Μπα, κάνει βαριεστημένα. Η μαμά φοβάται μην κρυώσω. Τέτοια είναι. Όλα τα παιδιά βγαίνουν στο δρόμο με τα φουστανάκια τους και μονάχα εγώ μπουμπουλωμένη με το χοντρό παλτό μου και ένα κασκόλ δυο δάχτυλα πάχος. Και να πεις να μην κρύωνα; Όλο συναχωμένη είμαι.

41

– Είναι γιατί σε μπουμπουλώνουν έτσι, λέω με περηφάνια για τις γνώσεις μου. Ο μπαμπάς μου είναι γιατρός και βάζει τις φωνές αν με μπουμπουλώσουν. Μάλιστα, μου λέει να περπατάω και ξιπόλητη.

Η Λιούμπα ανοίγει διάπλατα τα μάτια.

– Στο χιόνι;

– Όχι, γελάω, στο σπίτι. Και το καλοκαίρι στην εξοχή τρέχω ξιπόλητη. Κι ούτε έχω κρυώσει ποτέ μου.

– Είσαι ψεύτρα, φωνάζει η Λιούμπα. Τα καθώς πρέπει παιδιά δεν περπατάνε ξιπόλητα. Τι είσαι, φτωχαδάκι;

Ύστερα με ρωτάει απότομα:

– Πώς το τρως το παγωτό; Παγωμένο;

– Βέβαια, γελάω εγώ.

– Ε, λοιπόν, κάνει απελπισμένα η Λιούμπα, εμένα το ζουλάνε με το κουταλάκι να λιώσει και το τρώω σούπα.

Ύστερα καθίσαμε αμίλητες. Είπα να παίξουμε τυφλόμυγα, δεν την αφήνουνε, θα ιδρώσει, κρυφτό, το ίδιο.

– Φεύγω, της λέω, θα με γυρεύουν στο σπίτι.

– Φύγε, μουρμουρίζει με μια βαριεμάρα, σαν να της έκανε το ίδιο αν μείνω ή αν φύγω.

Βγαίνω στο δρόμο και συλλογιέμαι πως δε θα ήθελα να μείνω σ' ένα τέτοιο σπίτι ΕΝΕΧΥΡΟΔΑΝΕΙΣΤΗΡΙΟ.

– Τι θα πει, μπαμπά; ρώτησα τη μέρα που κάρφωναν την επιγραφή στην απέναντι πόρτα.

– Θα πει, απάντησε εκείνος, πως άμα έχεις ανάγκη από λεφτά, πας κι ακουμπάς εκεί ό,τι έχεις και δεν έχεις, που έχει κάποια αξία. Σου δίνουν λίγα λεφτά κι όταν τους τα επιστρέψεις, παίρνεις πίσω εκείνο που τους είχες αφήσει. Μα αυτό δε γίνεται σχεδόν ποτέ.

– Γιατί;

– Γιατί εκεί πάει μόνο όποιος δεν ελπίζει να έχει κάποτε λεφτά.

– Γιατί υπάρχουνε πλούσιοι και φτωχοί, μπαμπά;

– Αυτό, Κουκούτσι μου, θαρρώ πως δε θα το καταλάβεις ούτε όταν σου φυτρώσει κοτσίδα ίσαμε τα γόνατα.

Ο ΦΕΓΓΑΡΗΣ ΦΕΓΓΑΡΟΒΙΤΣ

Έχει γούστο ν' αποθυμήσω την Τσιτσίλχεν. Η μαμά και η Ντούνια έχουνε τόσες δουλειές για να κάνουνε το σπίτι «καλοκαιρινό», που δεν προφταίνουν ν' ασχοληθούνε μαζί μου. Σηκώνουν τα χαλιά, καθαρίζουν τα χειμερινά καλύμματα από τον καναπέ κι από τις πολυθρόνες, βγάζουν από τα μπαούλα τα καλοκαιρινά καλύμματα, τα σιδερώνουν, αλλάζουν τις χειμωνιάτικες με τις καλοκαιρινές κουρτίνες.

– Φύγε, Σάσενκα, μην μπερδεύεσαι μες στα πόδια μας, με διώχνουν και η μια και η άλλη, όπου και να σταθώ. Αν ήτανε η Τσιτσίλχεν, θα με πήγαινε τώρα στην πλατειούλα να παίξω σκοινάκι ή τσέρκι, μα είναι αρκετά μακριά για να μ' αφήσουνε να πάω μοναχή μου.

– Μαμά, να πεταχτώ στο χαρτοπωλείο; ρωτάω.

– Ναι, ναι, λέει η μαμά για να με ξεφορτωθεί. Μην πας όμως πιο μακριά.

Το χαρτοπωλείο είναι ένα τετράγωνο πιο κάτω από το σπίτι μας. Παίρνω από ένα κουτάκι την περιουσία μου, δέκα καπίκια, και βγαίνω στο δρόμο. Είναι έντεκα το πρωί, λιακάδα, κι ο κόσμος έχει ξεχυθεί έξω. Στο πεζοδρόμιο περπατάνε κάτι κυρίες καλοντυμένες, με μεγάλα καπέλα φορτωμένα λουλούδια και πουλιά. Με το ένα χέρι σηκώνουν τα μακριά φουστάνια τους, μην τα ποδοπατήσουν. Ανάμεσά τους περνάνε σοβαροί και αμίλητοι σαν μαύρες κουρούνες οι παπάδες. Στις γωνιές του δρόμου ζητιάνοι με κουρέλια και βρόμικα αχτένιστα μαλλιά απλώνουν το χέρι. Είναι και κάτι άλλοι παράξενοι άνθρωποι, αδύνατοι, μικροκαμωμένοι, ντυμένοι παράταιρα. Η Ντούνια μου 'μαθε να τους ξεχωρίζω. Είναι οι κλέφτες του δρόμου που περπατάνε τάχα αδιάφοροι και σουφρώνουν κανένα πορτοφόλι ή κανένα τσαντάκι. Σφίγγω γερά στη χούφτα μου τα δέκα μου καπίκια και φτάνω στο χαρτοπωλείο. Χαζεύω τη βιτρίνα του και παραλίγο να μου κοπεί η ανάσα. Θεέ μου, τι ομορφιά! Ανάμεσα στα τετράδια, στα μολύβια και στις κασετίνες είναι ένα μεγάλο γυαλιστερό χαρτί με ζωγραφισμένες φιγούρες. Πάνω πάνω γράφει με μεγάλα γράμματα: ΡΩΜΑΙΟΣ ΚΑΙ ΙΟΥΛΙΕΤΑ. Κάτω από κάθε φιγούρα διαβάζεις τ' όνομά της.

Μπορεί να υπάρξει πιο όμορφο πλάσμα απ' αυτή την Ιουλιέτα! Και κείνο το καπελάκι της το μαργαριταρένιο. Μπορείς να κόψεις γύρω με το ψαλίδι τις φιγούρες, να τις κολλήσεις πάνω στο χαρτόνι και να στέκονται ολοζώντανες.

– Πόσο κάνουν; ρωτάω την πωλήτρια και νιώθω την καρδιά μου να χτυπάει ντάκα ντούκα.

– Δέκα καπίκια.

Βγάζω γρήγορα γρήγορα την περιουσία μου, δίνω όλα μου τα λεφτά και παίρνω το γυαλιστερό χαρτί που μου τύλιξαν ρολό.

Βγαίνω από το μαγαζί, μα δεν κρατιέμαι να πάω ίσαμε το σπίτι, στέκω καταμεσής στο πεζοδρόμιο, ξετυλίγω το ρολό και ξανακοιτάζω την Ιουλιέτα. Αχ, να μπορούσα κι εγώ να γείρω έτσι λίγο με χάρη το κεφάλι μου!

– Ε, δεσποινιδούλα, δώσ' μου το πορτοφόλι σου, μη σου κάνω το φιόγκο σου χαλκομανία.

Γύρισα το κεφάλι μου όλο τρομάρα. Ένας μεθυσμένος

στεκότανε κολλητά δίπλα μου και μ' έσπρωχνε με τον αγκώνα.

Το 'δαλα στα πόδια και χώθηκα στην αυλή του πρώτου σπιτιού που δρέθηκε μπροστά μου. Πήγα να φωνάξω, μα δεν έβγαινε φωνή από το στόμα μου. Κόλλησα στον τοίχο πλάι στην πόρτα και περίμενα. Κανείς. Τύλιξα καλά το ρολό μου με την Ιουλιέτα. Σιγά σιγά η καρδιά μου πήγε στη θέση της. Κανείς. Μα δεν τολμάω να δγω ακόμα από την πόρτα. Δεν είχα ξεφοδηθεί ολότελα, όταν ξάφνου άκουσα ένα τραγούδι. Ήταν μια κοριτσίστικη παιδική φωνή, μα λες και έβγαινε μέσα από κανένα πηγάδι. Τραγουδούσε ένα τσιγγάνικο τραγούδι.

Μήτε γη μήτε καλύβα
ο τσιγγάνος δεν ορίζει,
μόνο λεύτερος αφέντης
όπου θέλει τριγυρίζει.

Από πού βγαίνει η φωνή; «αναρωτιέμαι». Κοίταξα κάτω τις πλάκες της αυλής, δεν είχε καμιά τρύπα. Κι όμως η φωνή έβγαινε θαρρείς κάτω από τα πόδια μου. Γύρισα και κοίταξα τον τοίχο που στεκόμουνα. Χαμηλά χαμηλά, λίγο πιο πάνω από τη γη, ξεχώρισα ένα σκοτεινό άνοιγμα. Γονάτισα και κοίταξα μέσα. Μα, έτσι όπως ήμουνα θαμπωμένη από τον ήλιο, δεν έβλεπα τίποτα.

– Ποιος τραγουδάει, φώναξα μέσα στην τρύπα.

– Εγώ, αποκρίθηκε μια καμπανιστή φωνούλα. Γιατί, απαγορεύεται;

– Όχι, κάνω ενθουσιασμένα. Μ' αρέσει πώς τραγουδάς.

– Ποια είσαι; ρωτάει η φωνή.

– Η Σάσενκα.

– Εγώ είμαι η Γιούλια. Κατέβα κάτω, γιατί σκυλοβαριέμαι μοναχιά μου.

– Από πού να κατέβω; απορώ.

– Χώσου στην τρύπα και είναι μια σκάλα. Πιάσου από τα σκαλοπάτια και κατέβαινε με την πλάτη, μην κουτρουβαλιαστείς.

Άρχισα ψηλαφιστά να κατεβαίνω, ώσπου τα μάτια μου συνήθισαν στα σκοτεινά. Βρέθηκα σ' ένα υπόγειο δίχως παράθυρο ούτε φεγγίτη. Κατάχαμα, πάνω σ' ένα στρώμα, ήτανε ξαπλωμένο ένα κοριτσάκι. Δίπλα του πάνω σ' ένα κασόνι έφεγγε ένα καντηλάκι με φιτίλι που τσιτσίριζε.

Πήγα κοντά της. Το πρόσωπό της ήταν χλωμό και αδύνατο.

– Γιατί είσαι εδώ μέσα; της λέω.

– Πώς γιατί είμαι; Εδώ είναι το σπίτι μου, μου κάνει.

– Το σπίτι σου;

– Γιατί, δε σ' αρέσει;

– Και τι κάνεις ξαπλωμένη; Είσαι άρρωστη;

– Δεν μπορώ να περπατήσω, δεν είμαι άρρωστη.

Κοίταξα τα πόδια της Γιούλιας κι ήτανε αδύνατα αδύνατα σαν καλαμάκια.

Εκείνη κοιτάζει μια το φιόγκο μου, μια τα παπούτσια μου με τα καλτσάκια.

– Μοιάζεις κοριτσάκι σουλουπωμένο, πώς βρέθηκες εδώ πέρα;

Της λέω για το μεθυσμένο κλέφτη και για την τρομάρα μου.

– Ένας κοκκινομάλλης ήτανε; ρωτάει.

– Θαρρώ.

– Μπα, μη φοβάσαι. Είναι ο Βάσεκ. Δεν είναι κλέφτης. Άμα τα κοπανάει του αρέσει να τρομάζει τον κόσμο.

– Δεν μπορείς καθόλου να περπατήσεις; λέω στη Γιούλια, που μου φαίνεται παράξενο να 'ναι έτσι με τα πόδια-καλαμάκια ακίνητη στο στρώμα.

– Ούτε σταλίτσα, κάνει εκείνη.

– Αρρώστησες και δεν μπορείς;

– Καλέ, τι λες! Ο παπάς λέει πως με τιμώρησε ο Θεός.

– Τι έκανες; ρωτάω και θυμάμαι την Τσιτσίλχεν και το ανάποδο καλτσάκι μου.

– Δεν ξέρω. Μήπως καταλαβαίνουν οι άνθρωποι τι κάνει ο Θεός! Ο παπάς λέει πως πρέπει να παρακαλάω πρωί βράδυ: Θεούλη μου, δώσ' μου τα ποδαράκια μου.

– Ο μπαμπάς μου είναι γιατρός, λέω με περηφάνια, θα σ' τον φέρω να δει τα πόδια σου, να σε κάνει καλά.

– Αχ, την ψευτρούλα, γελάει κοροϊδευτικά η Γιούλια, τι ξέρει από δαύτα ο γιατρός; Η μαμά μου ούτε να τους ακούσει δε θέλει τους γιατρούς. Θα με πάει στην Παναγία τη Γλυκοφιλούσα και, να δεις, θα με γιάνει. Μονάχα που πρέπει να βρει καιρό η μάνα μου να λείψει όλη μέρα και να με κουβαλήσει, γιατί είναι πολύ μακριά. Είναι παραδουλεύτρα στα σπίτια.

Σουσάμη, γιατί υπάρχουν πλούσιοι και φτωχοί; Σουσάμη, γιατί αυτή η Γιούλια τραγουδάει τόσο όμορφα κι εγώ δεν μπορώ να βγάλω μια νότα σωστή; Σουσάμη, γιατί μένει δω χάμω σ' αυτή την τρύπα που μυρίζει μούχλα και ξινισμένα φρούτα;

– Θα 'ρθω να σε ξαναδώ, της λέω φωναχτά. Τώρα πρέπει να φύγω, γιατί άργησα.

– Δε θα 'ρθεις, λέει λυπημένα. Σίγουρα δε θα 'ρθεις. Όλοι έτσι λένε, «Θα ξανάρθω, Γιούλια», και δεν έρχεται κανένας.

Βγαίνω στο δρόμο. Όμορφα που μυρίζουν οι σφενταμιές! Τι χαρούμενα που είναι όλα γύρω, τα μαγαζιά, οι άνθρωποι που πηγαινοέρχονται. Πόσα χρώματα παντού. Στη γωνιά βγαίνει στην πόρτα της η χοντρή φουρνάρισσα και πετάει ψίχουλα στα σπουργίτια. Η Γιούλιτσκα σάλιωνε το αδύνατο δαχτυλάκι της και μάζευε κάτι ψιχουλάκια που ήταν εδώ κι εκεί πάνω στο κασόνι πλάι στο κρεβάτι της. Άργησα. Τρέχω, σχεδόν, να φτάσω σπίτι. Παρ' όλο που περνάω γρήγορα μπροστά από τα σπίτια, βλέπω για πρώτη φορά πως σχεδόν σε κάθε σπίτι χαμηλά, σύρριζα σχεδόν στο πεζοδρόμιο, υπάρχει κάτι σαν άνοιγμα. Τώρα ξέρω. Είναι το παράθυρο των υπόγειων που ζουν εκεί μέσα άνθρωποι, που ζει η Γιούλια. Το βράδυ λες και το 'κανε επίτηδες ο μπαμπάς κι αργούσε τόσο. Πέφτω στο κρεβάτι και κρατάω με κόπο τα μάτια μου ανοιχτά. Επιτέλους άκουσα το βήμα του Σουσάμη.

– Σουσάμη!
– Ακόμα δεν κοιμήθηκες; Θαρρώ πως θα σου φέρω πίσω την Τσιτσίλχεν.
– Μπαμπά, έχω κάτι πολύ πολύ σπουδαίο να σου πω. Εκείνος χαμογελάει και κάθεται βαριά και κουρασμένος στα πόδια του κρεβατιού μου.
– Λέγε. Τι σοφίες μας κατέβασες πάλι;
– Μπαμπά, αν ένας άνθρωπος έχει πόδια σαν καλαμάκια και δεν μπορεί να περπατήσει, εσύ μπορείς να τον γιατρέψεις;
– Σ' είχα για πιο έξυπνη, Κουκούτσι μου, μου λέει. Πώς μπορώ να σου απαντήσω αν δε δω τον άνθρωπο. Μα συ, πού πήγες και τον βρήκες;

Ανακαθίζω ξαναμμένη στο κρεβάτι και διηγιέμαι όλη την ιστορία από την αρχή. Για το Ρωμαίο και την Ιουλιέτα, το μεθυσμένο που πήρα για κλέφτη, το υπόγειο, τη Γιούλια που η μαμά της δε θέλει γιατρούς και θα την πάει στην Παναγία.

– Σουσάμη, σε θερμοπαρακαλώ, πήγαινε να τη γιατρέψεις.
– Δε γίνεται, κάνει πολύ σοβαρά ο μπαμπάς.
– Εσύ δεν είπες πως ένα ξέρεις: να γιατρεύεις;
Εκείνος σαν να διστάζει λίγο να μιλήσει.
– Δεν μπορούμε δυο γιατροί να γιατρεύουμε. Ή η Παναγία ή εγώ. Καθένας μας έχει, πώς να το πω, τη

δική του μέθοδο. Κατάλαβες, Κουκούτσι;

Δεν ξέρω αν κατάλαβα. Ξέρω μονάχα πως, σα μ' άφησε ο μπαμπάς, ένιωθα μέσα στο κεφάλι μου ένα μπερδεμένο κουβάρι, σαν και κείνο με τα διάφορα παλιά μαλλιά που προσπαθούσε να ξεμπλέξει η Ντούνια για να πλέξει κάλτσες.

Το άλλο πρωί έτρεξα στην τρύπα της Γιούλιας.

– Γιούλια! Γιούλιτσκα, φώναξα. Να κατέβω;

– Τι ξεφωνίζεις έτσι; μου λέει μια γυναίκα που σκούπιζε την αυλή. Έφυγε η μικρή. Την πήγε η μάνα της στην Παναγία.

Γύρισα σπίτι κι άρχισα με μανία να κόβω τις ζωγραφιές μου και να τις κολλάω σε χαρτόνι. Η Τσιτσίλχεν μου είχε διηγηθεί την ιστορία του Ρωμαίου και της Ιουλιέτας. Εγώ την άλλαξα λιγάκι. Αντί να πεθαίνουνε, τους έκανα να μπαίνουνε σ' ένα τρένο και να πηγαίνουν, να πηγαίνουν και να φτάνουνε στην Πετρούπολη. Τους βάζω σ' ένα στενόμακρο χαρτονένιο κουτί, του ζωγραφίζω παράθυρα για να μοιάζει βαγόνι. Το βαγόνι το ακουμπάω πάνω στις ράγιες που 'ναι μαύρες και γυαλιστερές. Πήρα δυο μεγάλους μαύρους χάρακες από το γραφείο του μπαμπά. Σήμερα παίζω πώς ταξιδεύουν. Άμα φτάσουν στην Πετρούπολη, λέω, η Ιουλιέτα να πάει στη σχολή μπαλέτου κι ο Ρωμαίος στη Στρατιωτική Ακαδημία να σπουδάσει γιατρός. Καλύτερα έτσι, παρά πλαγιασμένοι σ' έναν τάφο. Η Τσιτσίλχεν τρελαινότανε για τάφους κι όλο μου μάθαινε στα γερμανικά κάτι στιχάκια.

Εις τον τάφον μου επάνω
δύο δάκρυα ζεστά
αν εσύ ερθείς και χύσεις,
θα φυτρώσει σφενταμιά!

– Όταν πεθαίνουμε, Σουσάμη, πρέπει οπωσδήποτε

να μπούμε σε τάφο; ρωτούσα.

– Πώς σου κατέβηκε πάλι αυτό, Κουκούτσι μου;

– Η Τσιτσίλχεν μου είπε...

– Οχ, κι αυτή η Τσιτσίλχεν σου!

Συνέχισα να παίζω και δε βαριόμουνα καθόλου. Μονάχα που περίσσευαν οι Καπουλέτοι και οι Μοντέγοι, οι οικογένειες του Ρωμαίου και της Ιουλιέτας που μισιόντανε μεταξύ τους. Μια στιγμή γύρισα και είδα πλάι μου έναν κουβά γεμάτο νερό. Τον είχε αφήσει η Ντούνια που έπλενε τα τζάμια. Τα παράτησε μισοπλυμένα κι έτρεξε στην κουζίνα, για να μην της πιάσει το φαΐ. Η μαμά είναι λίγο αδιάθετη κι είναι ξαπλωμένη κι η Ντούνια τα κάνει όλα μόνη της. Έτσι λοιπόν, σαν είδα τον κουβά, μου 'ρθε και βούτηξα εκεί μέσα τους μπαμπακομαμάδες του Ρωμαίου και της Ιουλιέτας, να γλιτώσουμε όλοι απ' αυτούς. Τους βουτούσα μέσα στο νερό, μα κείνοι όλο και βγαίνανε απάνω και με κοίταζαν με άγριο μάτι.

– Τι κάνεις εκεί; άκουσα πίσω μου μια αντρική φωνή βροντερή και ξεκάθαρη.

Γύρισα και κοίταξα. Ήτανε ένας άνθρωπος που τον έβλεπα για πρώτη φορά. Είχε ένα μεγάλο ολοστρόγγυλο κεφάλι σαν φεγγάρι. Χαμογελάει και το χαμόγελό του γεμίζει όλο του το πρόσωπο.

– Τι θέλετε; τον ρωτάω και βγάζω τα χέρια μου μέσα από τον κουβά!

– Ήρθα να σας κάνω επίσκεψη.

– Επίσκεψη; Ο μπαμπάς λείπει στο νοσοκομείο... κι η μαμά είναι αδιάθετη.

– Καλά, χαμογελάει ο άγνωστος. Τότε θα κάνω επίσκεψη σε σένα, Σάσα Βελιτσάνσκαγια.

Κανένας δε με φωνάζει «Σάσα» κι εγώ η ίδια λέω τον εαυτό μου «Σάσενκα». Άμα χτυπώ το κουδούνι και ρωτούν «ποιος είναι», απαντάω: «η Σάσενκα», ή άμα γράφω γράμμα σε καμιά από τις θείες μου ή τους θείους υπογράφω: Η ανιψούλα σας «Σάσενκα». Και τώρα αυτός ο άγνωστος φεγγαροπρόσωπος με λέει «Σάσα Βελιτσάνσκαγια» και μου κάνει επίσκεψη, λες κι είμαι καμιά δεσποινίς με μακριά κοτσίδα. Νιώθω ξάφνου σαν να μεγάλωσα. Σκουπίζω με τρόπο το βρεγμένο μου χέρι σ' ένα από τα πανιά που είχε αφημένα η Ντούνια, δείχνω με το χέρι μου στον ξένο τον καναπέ και λέω με ύφος:

– Καθίστε, παρακαλώ. Πώς είστε;

Εκείνος, αντί να μου απαντήσει, στο ίδιο ύφος λέει γελώντας:

– Δε με ρωτάς καλύτερα πώς με λένε;

Ύστερα σηκώνεται και μου δίνει το χέρι.

– Πάβελ Γκρηγκόρεβιτς και, για τους φίλους μου, Φεγγάρης Φεγγάροβιτς.

Μου ξεφεύγει ένα γέλιο και το πνίγω.

– Γιατί γελάς, δε μου πάει το παρατσούκλι;

– Πολύ.

– Εσύ δεν έχεις παρατσούκλι;

– Ο μπαμπάς με φωνάζει Κουκούτσι.

Ο Πάβελ Γκρηγκόρεβιτς με κοιτάζει από πάνω ως κάτω.

– Μμ, κι εσένα σου πάει.

– Όλοι στο σπίτι καλά; ρωτάω που ξάφνου θυμάμαι όλους τους καλούς τρόπους που μου μάθαινε η Τσιτσίλχεν.

– Τι έκανες με τον κουβά την ώρα που ήρθα; ρωτάει εκείνος αντί για απάντηση.

– Τίποτα... σαχλαμάρες..., τα χάνω λίγο. Έπνιγα κάτι... κάποιους που δε χώνευα.

– Γιατί;

– Να... ξέρω εγώ, δε μ' αρέσανε.

– Δεν αποτέλειωνες καλύτερα τα τζάμια, λέει και τα κοιτάζει, που τ' άφησε η Ντούνια μισοπλυμένα.

51

– Δεν... ξέρω, δε... δοκίμασα ποτέ,τα χάνω πιότερο.

Τότε εκείνος πήρε μια εφημερίδα που βρήκε μπροστά του και τη βούτηξε στον κουβά με το νερό.

– Το πανί αφήνει χνούδι, λέει κι έκανε στο πι και φι το τζάμι καθρέφτη.

Με βλέπει που τον κοιτάζω όλο θαυμασμό.

– Είμαι πολυτεχνίτης κι ερημοσπίτης, κάνει. Τα 'φερε έτσι η ζώη, που μ' έμαθε χίλια δυο. Να μαγειρεύω, να σολιάζω παπούτσια, να πεταλώνω άλογο, να ζυμώνω ψωμί...

«Αν λείψουμε η Ντούνια κι εγώ, θα πεθάνεις της πείνας», έλεγε η μαμά του μπαμπά, μια φορά που άργησαν εκείνες στην αγορά κι έβαλε να ζεστάνει το φαΐ του και έκαψε και φαΐ και κατσαρόλα. «Σας το 'πα πως μόνο να γιατρεύω ξέρω...» Και γιατί να ξέρει κανείς τόσα πράγματα, συλλογίζομαι μέσα μου και λέω δυνατά:

– Πιο εύκολο δεν είναι ν' αγοράζετε το ψωμί από το φούρνο;

– Αχ, Σάσα Βελιτσάνσκαγια, νομίζεις πως παντού υπάρχουνε φούρνοι;

Κι ύστερα ο Πάβελ Γκρηγκόρεβιτς μου λέει πως έζησε σε τέτοια μέρη που δεν υπήρχαν ούτε φούρνοι ούτε μπακάλικα ούτε ζαχαροπλαστεία ούτε καν ταχυδρομείο. Κι ακόμα άνθρωποι σχεδόν δεν υπήρχανε, παρά χιλιόμετρα πέρα.

– Όμως, όσο και να 'τανε μακριά... ερχότανε κόσμος να με δει... άρρωστοι... να τους εξετάσω.

– Είστε γιατρός; ρωτάω.

– Περίπου, απαντάει. Σπούδαζα στην Ιατρική Σχολή, μα δεν μπόρεσα να τελειώσω. Αργότερα... θα ξαναπάω. Θα πάρω το δίπλωμά μου και τότε θα 'μαι πραγματικός γιατρός.

Σκάει πάλι ένα χαμόγελο που φωτίζει όλο το φεγγαροπρόσωπό του.

– Τι πονηρούλα που είσαι, Σάσα Βελιτσάνσκαγια. Ρωτάς τόση ώρα τι ξέρω και δεν ξέρω κι εσύ δε μου είπες τίποτα για σένα. Λοιπόν, πες μας; Τι ξέρεις εσύ; Τι να του απαντήσω τώρα; Αλήθεια, τι ξέρω; Τίποτα... Να 'ξερα τουλάχιστο να τραγουδάω ή να κολυμπάω. Να 'ξερα να κεντάω (όσο κι αν δοκίμασε η Τσιτσίλχεν, το βαριέμαι φριχτά το κέντημα). Τι να του πω λοιπόν; Πως ξέρω να πηδάω σκοινάκι και μάλιστα το τριπλό; Πως τρέχω με το τσέρκι και το ξυλίκι και δε μου πέφτει ούτε μια φορά; Σαχλαμάρες... αυτά δεν είναι πράγματα να κοκορεύεσαι πως τα ξέρεις.

Σωπαίνω και ξεφτάω τις άκρες του μαξιλαριού που είναι πάνω στο ντιβάνι.

– Καταλαβαίνω, λέει τώρα σοβαρός ο Πάβελ Γκρηγκόρεβιτς, ξέρεις να ξεφτάς μαξιλάρια και να πνίγεις όποιους δε χωνεύεις μέσα σ' έναν κουβά νερό... Μήπως όμως ξέρεις να διαβάζεις; να γράφεις;

– Βέβαια και ξέρω, πετιέμαι και νιώθω ξαλαφρωμένη. Μ' αρέσει μάλιστα πολύ να διαβάζω.

– Για διάβασέ μου λοιπόν κάτι... κάτι που προτιμάς.

Τρέχω στη βιβλιοθηκούλα που είναι τα δικά μου βιβλία. Παίρνω ένα, το πιο αγαπημένο μου, που περιγράφει τα παιδικά χρόνια των ηρώων από τον «Πόλεμο και Ειρήνη» του Τολστόι. Το ξέρω σχεδόν απέξω. Αρχίζω να διαβάζω μια... δυο σελίδες.

– Σπουδαία, ακούω τη βροντερή φωνή του επισκέπτη μου. Από διάβασμα καλά τα πάμε. Από γράψιμο;

– Κάπως χειρότερα, απαντάω.

Εκείνος μου υπαγορεύει λίγες σειρές και βλέπει τι έγραψα.

– Δεν έχεις και πολλά λάθη. Μα τι ορνιθοσκαλίσματα! Αυτό δεν είναι λάμδα. Είναι ξόβεργα για πουλιά.

Ύστερα ο Πάβελ Γκρηγκόρεβιτς μου δίνει να λύσω κάτι ασκήσεις στην αριθμητική. Τις κουτσολύνω και

53

αναρωτιέμαι τι του ήρθε να μου κάνει εξετάσεις στα καλά καθούμενα. Ενώ κοιτάζει το χαρτί που έχω γράψει, έρχεται ο μπαμπάς.

– Λοιπόν; ρωτάει τον Πάβελ Γκρηγκόρεβιτς, πώς τα πήγατε με το Κουκούτσι μου;

– Μια χαρά, γελάει εκείνος. Γίναμε κιόλας φίλοι. Ξέρει κάμποσα για την ηλικία της. Αύριο το πρωί στις δέκα θ' αρχίσουμε το πρώτο μάθημα. Νομίζω πως τον Αύγουστο θα 'ναι έτοιμη να δώσει εξετάσεις για το Γυμνάσιο.

Αχ, τον πονηρό, γι' αυτό ήθελε να δει πόσα ξέρω! Κι εγώ η κουτή δεν κατάλαβα τίποτα. Παράξενος επισκέπτης, σκέφτηκα μόνο, μα ήτανε διασκεδαστικά μαζί του. Πολύ χαίρομαι που θα έχω δάσκαλο με τόσο συμπαθητικό και χαρούμενο πρόσωπο κι ολοστρόγγυλο σαν πανσέληνο. Το Φεγγάρη Φεγγάροβιτς.

Σαν έφυγε ο Πάβελ Γκρηγκόρεβιτς ξεσπάσανε «βροντές και κεραυνοί» στο σπίτι. Καθίσαμε στο τραπέζι, σηκώθηκε από το κρεβάτι κι η μαμά που ένιωθε καλύτερα! Η Ντούνια έρχεται από την κουζίνα με τη σουπιέρα στα χέρια, την ακουμπάει με τόση φόρα καταμεσής στο τραπέζι, που ξεσηκώθηκαν κύματα μέσα στη σούπα, σαν τρικυμισμένη θάλασσα. Σταύρωσε τα χέρια της και είπε κοιτάζοντας μια τη μαμά, μια τον μπαμπά:

– Εγώ, να το ξέρετε, άλλο μέσα σ' αυτό το σπίτι δεν κάθομαι. Θα πάρω των ομματιών μου.

– Γιατί; ρωτούνε η μαμά και ο μπαμπάς μαζί, μα χωρίς καθόλου ν' ανησυχούνε.

Η Ντούνια μάς έχει συνηθίσει να λέει πως φεύγει. Αν τύχει και της πει η μαμά: «Δε σου φαίνεται, Ντούνια, πως παράπεσε το αλάτι στη σούπα;», «Να φύγω, να βρείτε καλύτερη μαγείρισσα», θυμώνει εκείνη και φουριόζα πάει στην κουζίνα.

Για να την ξεθυμώσουμε, αρχίζουμε όλοι να τρώμε την

αλμυρή σούπα, ώσπου ξαναγυρίζει δειλά δειλά και στέκει στην πόρτα. «Ο σατανάς έχωσε το χέρι του», μουρμουρίζει. «Εγώ σαν τη δοκίμασα ήτανε καλή, πώς έγινε τώρα λύσσα;»

– Τι έπαθες λοιπόν; την ξαναρωτάει ο μπαμπάς.

– Δεν έχω καμιά όρεξη να μένω σε σπίτι που μπαινοβγαίνουν μπουζουριασμένοι.

Κι αρχίζει η Ντούνια να κλαίει αληθινά και να κουνάει μ' απελπισία το κεφάλι της. Πέφτω στην αγκαλιά της.

– Ντούνιετσκα χρυσή μου! Μη μας φύγεις.

Μ' αγκαλιάζει κι εκείνη και δώστου δάκρυα.

– Αχ, πουλάκι μου, εγώ σε ντάντεψα, σε μεγάλωσα και σου κουβαλήσανε τη Γερμανίδα να σε βασανίζει. Και τώρα χειρότερα. Σου φέρανε τον μπουζουριασμένο για δάσκαλο. Να δούμε τι σόι γράμματα θα σου μάθει ο βελζεβούλης.

– Πάψε, Ντούνια, θυμώνει ο μπαμπάς. Τι λόγια είναι αυτά!

– Ναι, ναι, μπουζουριασμένος, φωνάζει εκείνη μέσα από λυγμούς. Και μη μου τα ψέλνετε εμένα. Τα ξέρω όλα. Η κυρα-Όλγα η πλαϊνή μας μου τα 'πε. Κι ό,τι λέει η κυρα-Όλγα, αληθινό σαν μέρα. «Πήρανε στο κορίτσι σας έναν μπουζουριασμένο για δάσκαλο.» Τόνε διώξανε, λέει, από το Πανεπιστήμιο και τον μπουζούριασαν στο κάτεργο. Στον ίδιο τον τσάρο είχε σηκώσει κεφάλι. Τρία χρόνια στη Σιβηρία τόνε στείλανε. Ζούσε στο χιόνι σαν αρκούδα. Μπουζουριασμένος, σας λέω. Αντίχριστος.

Ο μπαμπάς και η μαμά γελούνε. Η Ντούνια συνεχίζει να κλαίει κι εγώ δεν καταλαβαίνω τίποτα.

– Το μηνιάτικό μου και να φεύγω, λέει η Ντούνια και σκουπίζει με την άκρη της ποδιάς της τα μάτια της.

Ξαφνικά αλλάζει ύφος, πάει κοντά στον μπαμπά και λέει απειλητικά:

55

– Ε, λοιπόν, δε φεύγω. Δε θ' αφήσω το παιδί μόνο στα χέρια του. Να το ξέρετε, όμως, έτσι και κάνει πως πατάει στην κουζίνα να μου πετάξει τα εικονίσματα, θα τον σκίσω με τα νύχια μου.

– Ποιος θα σου πάρει τα εικονίσματα, Ντούνια, τι κάθεσαι και λες, κάνει η μαμά.

– Ο μπουζουριασμένος ο δάσκαλος που κουβαλήσατε, φωνάζει η Ντούνια και τρέχει στην κουζίνα της.

Τι να πρωτορωτήσω; Ποιος θέλει να πειράξει το Θεό της Ντούνιας; Γιατί, αν ο Θεός του μπαμπά είναι μέσα στο στήθος του, σίγουρα ο Θεός της Ντούνιας είναι μέσα στις κατσαρόλες της. Έχει δυο εικόνες καπνισμένες σ' ένα ραφάκι ανάμεσα στα τηγάνια και στους τετζερέδες.

– Αχ, Παναγία μου, γλυκιά μεγαλοσώστρα, κάνε να μη κολλήσει το φαγάκι μου, σταυροκοπιέται σα μαγειρεύει. Ή, σα ζυμώνει, λέει:

– Χριστούλη μου, εσύ, που σε σταυρώσανε οι αντίχριστοι, κάνε τη ζύμη μου να φουσκώσει.

Γιατί να θέλει ο Πάβελ Γκρηγκόρεβιτς να της πάρει τις εικόνες από την κουζίνα; Και γιατί εκείνη τον λέει «μπουζουριασμένο»; Ο μπαμπάς είναι από τις πέντε το πρωί στο πόδι και πέφτει να κοιμηθεί κι εγώ ποιον να ρωτήσω; Η μαμά, «οχ, Σάσενκα, όλο γιατί και γιατί είσαι», λέει αν τύχει και τη ρωτήσω τίποτα. «Περίμενε να μεγαλώσεις, να τα μάθεις όλα.» Κάθομαι λοιπόν και παραφυλάω να ξυπνήσει ο μπαμπάς, γιατί όχι να περιμένω να μεγαλώσω, ούτε ως αύριο δεν κάνω υπομονή.

– Γιατί λέει η Ντούνια τον Πάβελ Γκρηγκόρεβιτς «μπουζουριασμένο»;

Μόλις άνοιξε ο μπαμπάς τα μάτια του με είδε όρθια από πάνω του. Στην αρχή πήγε να πει πάλι πως θα μου εξηγήσει άμα μου φυτρώσει κοτσίδα, μα εγώ δεν το κουνούσα από κει αν δε μάθαινα.

Λοιπόν, ο δάσκαλός μου, ο Πάβελ Γκρηγκόρεβιτς, ο

Φεγγάρης Φεγγάροβιτς για τους φίλους, ήτανε φοιτητής πέρα κει που φτάνουν οι ράγιες, στην Πετρούπολη. Ήταν όμως εναντίον της εξουσίας. Και η εξουσία, απ' ό,τι κατάλαβα από τα λόγια του μπαμπά, είναι: Ο τσάρος, οι υπουργοί, η αστυνομία, οι χωροφύλακες. Κι ο Μπουνιάς ο δικός μας – ακούς εκεί ο Μπουνιάς – και αυτός είναι «εξουσία». Ο Πάβελ Γκρηγκόρεβιτς θέλει όλοι οι άνθρωποι να ζούνε καλύτερα, όλα τα παιδιά να πηγαίνουν σχολείο, όχι μονάχα εγώ και τα Σαμπανοβάκια που μπορούμε να κάνουμε ιδιαίτερα και να δίνουνε εξετάσεις, μα και τα παιδιά των εργατών του εργοστασίου μπίρας των Σαμπανόφ. Η εξουσία όμως δεν το θέλει. Θέλει να υπάρχουνε πλούσιοι και φτωχοί. Γι' αυτό διώξανε τον Πάβελ Γκρηγκόρεβιτς από το Πανεπιστήμιο, για να μην ξεσηκώσει κι άλλους, και τον βάλανε φυλακή, ύστερα τον στείλανε μακριά, στη Σιβηρία. Διάβαζα σ' ένα παραμύθι πως εκεί έχει τόσο κρύο, που σα φτύσεις κοκαλώνει το σάλιο σου στον αέρα.

– Εκεί ο Πάβελ Γκρηγκόρεβιτς, συνεχίζει ο μπαμπάς, έμεινε τρία χρόνια (τόση ήτανε η τιμωρία του) κι όταν πέρασαν τα τρία χρόνια, δεν τον αφήσανε να γυρίσει σπίτι του, αλλά τον στείλανε στην πόλη μας όσο ν' «αναμορφωθεί». Αυτό θα πει όσο ν' αλλάξει μυαλό. Είναι ελεύθερος, αλλά «υπό επιτήρησιν» της αστυνομίας. Μη με ρωτάς, Σάσενκα, θα σου το εξηγήσω. Η αστυνομία παρακολουθεί τι κάνει και πού πάει και είναι έτοιμη, αν κάνει κείνος κάτι που δεν της αρέσει, να τον «ξαναμπουζουριάσει», που λέει κι η Ντούνια.

– Εμένα μ' αρέσει να 'χω δάσκαλο «μπουζουριασμένο», ξέρει τόσα πράγματα. Καμιά από τις φιλενάδες μου δεν έχει δάσκαλο που είναι «εναντίον της εξουσίας».

Ο μπαμπάς με σταματάει και λέει πολύ σοβαρά:

– Είσαι μεγάλο κορίτσι πια, Σάσενκα! (Πρώτη φορά μου λέει πως είμαι μεγάλη.) Λοιπόν, κράτα τη γλώσσα

57

σου κι όχι περιττές φλυαρίες, τι είναι και τι δεν είναι ο Πάβελ Γκρηγκόρεβιτς.

Ο μπαμπάς φεύγει κι εγώ τρέχω να δω αν γύρισε η Γιούλια. Αχ! να μπορούσα να της μιλούσα για το Φεγγάρη Φεγγάροβιτς και για την «εξουσία ενάντια», όχι τα μπέρδεψα, «ενάντια στην εξουσία».

Το υπόγειο της Γιούλιας είναι γεμάτο κόσμο. Μόλις κατέβηκα τα πρώτα σκαλιά πιάστηκε η ανάσα μου. Μυρίζει βαριά. Ένα σωρό γυναίκες, βρόμικες, με αχτένιστα μαλλιά, κάθονται κατάχαμα κι ακόμα εκείνος ο κοκκινοτρίχης ο μεθυσμένος, ο Βάσεκ, όπως τον είπε η Γιούλια, που εγώ τον είχα περάσει για κλέφτη. Η Γιούλια είναι ανακαθισμένη στο στρώμα και τα μάγουλά της έχουν αναψοκοκκινίσει. Δίπλα της μια γυναίκα με παρδαλή φούστα και ένα μισοξεσκισμένο σάλι με κόκκινα τριαντάφυλλα της κρατάει το χέρι. Η γυναίκα έχει μεγάλα μαύρα μάτια σαν τη Γιούλια. Στέκομαι στο τελευταίο σκαλί και νιώθω όλα τα μάτια γυρισμένα πάνω μου.

— Ξανάρθες, κάνει χαρούμενα η Γιούλια και τα μάγουλά της φουντώνουν περισσότερο. Μανούλα, ήρθε η Σάσενκα που σου 'λεγα, γυρίζει και λέει στη γυναίκα με το σάλι.

— Όλο για σένα μιλούσε, μου λέει εκείνη.

Της δίνω μήλα και γλυκά που έφερα από το σπίτι.

— Φάε, φάε, καρδούλα μου, της λέει η μαμά της. Η Παναγία σ' έκανε καλά.

Η Γιούλια, όμως, γέρνει το κεφάλι της και δε θέλει τίποτα. Τα μάτια της γυαλίζουν. Το χέρι της ζεματάει.

— Θα 'ρχεσαι κάθε μέρα, Σάσενκα; ρωτάει με αδύναμη φωνούλα.

— Θα 'ρχομαι, απαντώ με δυνατή φωνή ν' ακούσουν όλοι, αλλά πρώτα θα 'ρθω με τον μπαμπά μου. Έχεις πυρετό, Γιούλιτσκα. Ο μπαμπάς μου ξέρει.

– Καλά λέει το κουτάβι, κουνάει το κεφάλι του ο Βάσεκ ο μεθυσμένος.

– Δεν έχουμε λεφτά, ψιθυρίζει η μαμά της Γιούλιας.

– Ο μπαμπάς μου δε θέλει λεφτά, λέω με τέτοιο ύφος, που όλοι με κοιτάζουν ξανά.

Έφυγα και παραφύλαγα πότε θα γυρίσει ο μπαμπάς να τον φέρω στη Γιούλια.

– Αφού η Παναγία δεν έκανε τίποτα, ας δοκιμάσω εγώ, γελάει ο μπαμπάς πικρά.

Μόλις φτάσαμε στην μπούκα του υπόγειου, ακούσαμε από μέσα φωνές και κλάματα. Κατεβαίνω τρέχοντας τα σκαλιά που τα συνήθισα πια. Η καρδιά μου χτυπάει ντακ ντουκ, που την ακούω.

– Σουσάμη, πρόσεχε... η σκάλα είναι απότομη.

– Να 'ξερες πόσες τέτοιες σκάλες ανεβοκατεβαίνω όλη μέρα...

Η Γιούλια έχει κλειστά τα μάτια. Η μαμά της κλαίει και δέρνεται. Οι γυναίκες φωνάζουν. Μια βροντερή φωνή τους σταματάει. Είναι του μπαμπά.

– Όλοι έξω. Δεν μπορεί ν' ανασάνει κανείς με τόσο κόσμο.

Τρέχουν όλοι να βγουν σαν φοβισμένοι κι η μαμά της Γιούλιας πέφτει στα πόδια του μπαμπά:

– Δεν καταλαβαίνει τίποτα. Σώστε την! Όλη μέρα την είχα ξαπλώσει στα σκαλιά της Μεγαλόχαρης. Αχ, εγώ η αμαρτωλή... δε μου το 'κανε το θαύμα.

Ο μπαμπάς δεν απαντάει, βγάζει τα ακουστικά του και εξετάζει τη Γιούλια που μοιάζει να κοιμάται κι ανασαίνει βαριά.

– Τι έχει; τρέμει η φωνή της μαμάς της.

Εκείνος ακόμα δε μιλάει. Ύστερα αφήνει τ' ακουστικά, της πιάνει το σφυγμό και λέει με βαριά φωνή:

– Κι ελέφαντα ν' αφήσεις όλη μέρα στα μαρμαρένια σκαλιά, θα κρυώσει. Όχι αυτό το κλαράκι.

– Τι έχει; ξαναρωτάει η μαμά της Γιούλιας.

– Περιπνευμονία και μάλιστα διπλή.

Ο μπαμπάς γράφει συνταγές, χώνει το χέρι του στην τσέπη και βγάζει κάτι τσαλακωμένα χαρτονομίσματα και τ' αφήνει πάνω στο κασονάκι, που τσιτσιρίζει το καντήλι.

– Θα ξανάρθω το απόγευμα, λέει στη μαμά της Γιούλιας. Ποιος θα μείνει μαζί της σαν πας για φάρμακα; Δεν κάνει να μείνει ούτε στιγμή μονάχη.

– Θα μείνω εγώ, βγήκε μια φωνή από το βάθος του υπόγειου.

Ήταν ο Βάσεκ ο κοκκινομάλλης, που δεν τον είχαμε πάρει είδηση έτσι όπως ήταν ζαρωμένος σε μια σκοτεινή γωνιά.

Γύρισα σπίτι, ο μπαμπάς έφυγε για τους αρρώστους του και δεν είχα κέφι να κάνω τίποτα.

– Έλα να σε μάθω να κάνεις κουμπότρυπες, λέει η μαμά, να περάσει και η ώρα σου.

– Πώς γίνεται να 'χεις διπλή περιπνευμονία, μαμά; Η μια πέφτει πάνω στην άλλη;

Η μαμά, όπως συνήθως, ούτε μ' άκουσε.

– Δε θέλω να μάθω να κάνω κουμπότρυπες, ξαναμιλάω.

– Είσαι πάλι στις ανάποδές σου, μου λέει εκείνη, χωρίς να σηκώσει κεφάλι από το ράψιμο.

Σηκώθηκα και πήγα να κάτσω στο παράθυρο. Αχ, ράγιες μου διπλές διπλές, πού πάτε; Ξέρετε τι είναι διπλή περιπνευμονία;

Οι ράγιες τράβαγαν πέρα σαν πάντα και γυάλιζαν περισσότερο έτσι όπως έπεφτε απάνω τους μια ψιλή ανοιξιάτικη βροχούλα. Από τη γωνιά του δρόμου φάνηκε ο μπαμπάς και ξοπίσω του ένας κοντοστρούμπουλος γερᆰκος. Τον ξέρω, είναι ο Ιβάν Κωνσταντίνοβιτς Ρογκόφ, έρχεται συχνά στο σπίτι μας. Ήτανε φίλος του ενός παππού μου που πέθανε και ξέρει τον μπαμπά από μικρό. Έχει μια στρογγυλή στρογγυλή κοιλίτσα και λέει όλο αστεία. Ήταν γιατρός στο στρατό, τώρα έχει πάρει σύνταξη. Φορεί πάντα τη στολή, μα δεν μπορεί να κουμπώσει όλα τα κουμπιά, γιατί του πετάει σαν μπαλονάκι η κοιλιά του.

Ο μπαμπάς μου γνέφει από το δρόμο.

– Κουκούτσι, πήγαινε τον Ιβάν Κωνσταντίνοβιτς στη Γιούλια σου κι εγώ πάω να φωνάξω τον Πάβελ Γκρηγκόρεβιτς.

– Χε, χε, ιατρικό συμβούλιο στην υπόγα, γελάει ο γιατρός Ρογκόφ.

Φτάνουμε στο «σπίτι» της Γιούλιας. Τον βοηθάω να κατέβει τη σκάλα.

– Δεν είναι σκάλα αυτή, είναι τσίρκο, μουρμουρίζει. Ούτε ακροβάτης να 'μουνα.

Ώσπου να κατέβουμε έφτασαν κι ο μπαμπάς με τον Πάβελ Γκρηγκόρεβιτς.

– Αυτή είναι η αρρωστούλα μας, δείχνει ο μπαμπάς στους άλλους τη Γιούλια που έχει πάντα κλειστά τα μάτια και βαριανασαίνει. Κι αυτή η μαμά της, η....

– Ανέλια, κάνει εκείνη με σβησμένη φωνή.

Δεν πρόλαβε να εξετάσει τη Γιούλια ο Ιβάν Κωνσταντίνοβιτς κι ακούστηκαν βήματα στη σκάλα.

Γύρισα και κοίταξα κι έμεινα καρφωμένη στη θέση μου. Ήταν ο Θεός της Τσιτσίλχεν! Ολόιδιος όπως σε κάτι ζωγραφιές που είχαν τα βιβλία της, κι όμορφος «σαν ζωγραφιά». Τα μάτια του γαλάζια, λίγο ξέθωρα σαν της Τσιτσίλχεν. Πάνω από το μαύρο ράσο του φορούσε μια άσπρη πουκαμίσα με δαντέλες κι από το λαιμό του κρεμόταν με αλυσίδα ένας μεγάλος ασημένιος σταυρός με πετράδια και σκαλίσματα. Σήκωσε το δεξί χέρι με τα δυο του δάχτυλα ψηλά και ήτανε τα δάχτυλά του μακριά με ροδαλά νύχια σαν ρώγες σταφυλιού.

– Ευλογητός ο Θεός, ακούστηκε η βροντερή φωνή του κι όλοι γύρισαν το κεφάλι.

– Εις τους αιώνας των αιώνων αμήν, είπε η μαμά της Γιούλιας κι έπεσε στα γόνατα.

Ο μπαμπάς, ο γιατρός Ρογκόφ κι ο δάσκαλός μου τον κοίταζαν αμίλητοι.

– Ποιοι είναι αυτοί; ρωτάει με μια αλλιώτικη φωνή ο Θεός της Τσιτσίλχεν.

– Γιατροί, πάτερ μου, απαντάει η μαμά της Γιούλιας, ήρθαν να εξετάσουν τη Γιούλιτσκα.

Εκείνος κατέβηκε με το μεγαλόπρεπο βήμα του τα τελευταία σκαλοπάτια. Πήγε κοντά στη Γιούλια, έκανε πέρα το γιατρό Ρογκόφ, άνοιξε ένα βιβλίο με πλουμιστά στολίδια και είπε:

– Θα ετοιμάσω την ψυχούλα της για τον καινούριο κόσμο που θα πάει. Σας παρακαλώ, κύριοι, αφήστε μας μόνους.

Ο Θεός της Τσιτσίλχεν κάνει το σταυρό του όπως οι καθολικοί και περιμένει να μας δει να φεύγουμε. Ο μπαμπάς όμως στέκεται μπροστά του και του απαντάει ήρεμα ήρεμα, εγώ μονάχα βλέπω το χέρι του να σφίγγεται σε γροθιά τόσο, που ν' ασπρίζει.

– Μας συγχωρείτε, πάτερ μου, αλλά δεν πάμε πουθενά. Είμαστε γιατροί και κρίνουμε πως είναι νωρίς να ετοιμάσετε την ψυχούλα της μικρής για τον καινούριο κόσμο. Εμείς θα τη γιατρέψουμε, για να μείνει σε τούτη δω τη γη.

Είδα μονάχα την άκρη του ράσου που χανόταν στη σκάλα. Τόσο γρήγορα έφυγε. Η Ανέλια, η μαμά της Γιούλιας, έκλαψε απελπισμένα.

– Δε θα ξαναγυρίσει, δε θα ξαναγυρίσει. Θα μας καταραστεί.

– Μην κλαίτε, της λέει ο Ιβάν Κωνσταντίνοβιτς, δεν πειράζει, αν δεν ξαναγυρίσει. Η μικρή είναι βαριά, αλλά σίγουρα θα γλιτώσει.

– Και θα περπατήσει, λέει ο μπαμπάς. Η ραχίτιδα γιατρεύεται με φαΐ και ήλιο.

– Αυτά τα βρίσκουμε, χαμογελάει ο δάσκαλός μου.

Βγαίνουμε στο δρόμο και κανείς μας δε μιλάει. Ξάφνου ο Ιβάν Κωνσταντίνοβιτς βάζει τα γέλια, η κοιλίτσα του χοροπηδάει. Σταματάει στη μέση του δρόμου, σταματάμε κι εμείς. Βάζει το χέρι του πάνω στον ώμο του μπαμπά και λέει:

– Ένα σωρό γιατροί με φωνάζουνε να δούμε μαζί αρρώστους που πληρώνουνε γερά κι εγώ πάω με το ζόρι. Και τούτος εδώ ο μουστακαλής (τραβάει χαϊδευτικά το μουστάκι του μπαμπά) με σέρνει όλο σε κάτι υπόγες και καλύβες που δεν πληρώνουνε ούτε καπίκι, κι εγώ ο γερο-τρεμούλης, τσουπ τσουπ, τον ακουλουθάω σαν νυφούλα τον αρραβωνιαστικό.

Γελάμε όλοι κι ύστερα καθένας φεύγει κι αφήνουν εμένα μπροστά στην πόρτα του σπιτιού. Ο Πάβελ Γκρηγκόρεβιτς κοντοστέκεται λίγο.

– Αύριο στις δέκα αρχίζουμε τα μαθήματα, Σάσα Βελιτσάνσκαγια.

Τα μαθήματα με το Φεγγάρη Φεγγάροβιτς είναι το πιο διασκεδαστικό πράγμα που έχω κάνει στη ζωή μου. Έχουμε δυο ώρες μάθημα κάθε μέρα. Την πρώτη ώρα κάνουμε αριθμητική.

– Είσαι τούβλο, Σάσα Βελιτσάνσκαγια, μου λέει, σαν είδε τις πρώτες μου ασκήσεις, μα παίρνεις διόρθωμα.

Μετά την αριθμητική κάνουμε διάλειμμα. Η μαμά μάς φέρνει τσάι, σάντουιτς και μαρμελάδες. Η Ντούνια ούτε πλησιάζει, μόνο που την παίρνει το μάτι μου να κρυφοκοιτάζει την ώρα που η μαμά ανοίγει την πόρτα να μπει στο δωμάτιο. Αφού τελειώσει το διάλειμμα κάνουμε ρωσικά. Εκεί πια δε με λέει τούβλο ο δάσκαλός μου. Όλα μ' αρέσουνε, όχι μόνο τα βιβλία που διαβάζουμε, ακόμα κι η γραμματική κι οι κλίσεις και τ' ανώμαλα ρήματα... Μα πιο πολύ απ' όλα περιμένω μόλις τελειώσει το μάθημα να μου πει ο Φεγγάρης Φεγγάροβιτς:

– Τι θα 'λεγες να πάμε να πάρουμε αέρα, Σάσα Βελιτσάνσκαγια;

Περπατάμε στους δρόμους, καθόμαστε στην όχθη του ποταμού ή σκαρφαλώνουμε στα λοφάκια που είναι γύρω γύρω στην πόλη μας. Μου λέει τόσα πολλά καινούρια πράγματα, που νιώθω το μυαλό μου να φουσκώνει μες στο κεφάλι μου, σαν το σφουγγάρι που βουτάει η Ντούνια στον κουβά το νερό να σφουγγαρίσει.

– Το μυαλό σου κόβει, μου λέει, και θα 'πρεπε το κράτος να σας στέλνει πιο νωρίς σχολείο. Όχι να περιμένει να κλείσετε τα δέκα.

Αυτά που μου μαθαίνει στον περίπατο ο Φεγγάρης Φεγγάροβιτς, ιστορία, γεωγραφία, φυσική ιστορία, τα διδάσκουνε στο σχολείο στη δεύτερη και τρίτη τάξη, όχι στην πρώτη που θα δώσω εξετάσεις να μπω. Αχ, και να μπω και να περάσουνε εφτά χρόνια, να φύγω πέρα κει που τραβάνε οι ράγιες. Έχει δίκιο όμως, που λέει ο δάσκαλός μου πως είμαι αγράμματη. Δεν ήξερα, ας πούμε, γιατί στην πόλη μας ζει τόσο ανάκατος κόσμος: Πολωνοί, Λιθουανοί, Ρώσοι, Εβραίοι. Εμείς τα παιδιά καταλαβαίνουμε σχεδόν όλες αυτές τις γλώσσες, γιατί παίζουμε όλη μέρα και στο παιχνίδι ο ένας μαθαίνει τη γλώσσα του αλλουνού.

Καθόμασταν μια μέρα με το δάσκαλό μου κοντά στο ποτάμι, σ' ένα παγκάκι, και λίγο πιο πέρα είδα το Βάσεκ τον κοκκινοτρίχη να μαζεύει κάτι ξύλα που τα 'χε κυλήσει το νερό και τα 'χε βγάλει στην όχθη.

– Άσ' τα κάτω, βρομοπολωνέ, του λέει ένας ψηλός άντρας, με τεράστιους ώμους, που πέρναγε από κει.

– Ρώσικε σκύλε, του απαντάει ο Βάσεκ, ενώ πετάει

χάμω τα ξύλα και το βάζει στα πόδια.

Δεν είχα καταλάβει γιατί να βρίζει ο ένας τον άλλο κι ο δάσκαλός μου έμεινε μ' ανοιχτό το στόμα όταν του είπα πως νόμιζα ότι σ' όλες τις πόλεις της Ρωσίας ζούνε έτσι ανακατεμένοι: Πολωνοί, Ρώσοι, Εβραίοι...

– Η πόλη μας, μου λέει, τα παλιά παλιά χρόνια ανήκε στους Πολωνούς, που κι αυτοί την είχανε πάρει από τους Λιθουανούς και αργότερα την πήραμε εμείς οι Ρώσοι. Τώρα λοιπόν η εξουσία τούς βάζει και τσακώνονται μεταξύ τους. «Όχι δικά μου είναι τα ξύλα, τα δέντρα, η γη.» «Όχι, ήτανε δικά μας», λένε οι άλλοι. Γιατί, αν είναι αγαπημένοι και ενωθούν όλοι μαζί οι λαοί, η εξουσία κινδυνεύει.

Ο Παβέλ Γκρηγκόρεβιτς σταματάει απότομα την κουβέντα.

– Φτάνει για σήμερα. Νιώθω πως το κεφάλι σου βάρυνε σαν πεπόνι, Σάσα Βελιτσάνσκαγια.

Έχει δίκιο. Άρχισα να μπερδεύομαι και το μυαλό μου ξαλάφρωσε σαν αρχίσαμε να τρέχουμε στην όχθη, ποιος θα ξεπεράσει τον άλλο.

– Έχεις γρήγορα ποδαράκια, γελάει. Χρήσιμο κι αυτό.

– Γιατί, Φεγγάρη Φεγγάροβιτς;

Δε μου απαντάει. Είχε αφαιρεθεί κι είχαμε φτάσει πια σχεδόν στο σπίτι.

ΘΗΡΙΟΔΑΜΑΣΤΡΙΑ

Κάτι παράξενο έχει γίνει. Η πόρτα του σπιτιού είναι ορθάνοιχτη. Μπαίνουμε στο χολ με το δάσκαλό μου και βλέπω το πανωφόρι του μπαμπά πεταγμένο σε μια καρέκλα και κατάχαμα μισανοιγμένη την πέτσινη τσάντα με το ακουστικό του και τα άλλα εργαλεία. Από το γραφείο του μπαμπά ακούγονται χαμηλές φωνές. Τρέχω κατά κει. Η Ντούνια κι η μαμά ζαρωμένες σε μια γωνιά, αγκαλιασμένες, κι ο μπαμπάς ξαπλωμένος στο ντιβάνι με το πόδι το ένα τεντωμένο να του το κρατάει ο Ιβάν Κωνσταντίνοβιτς. Ο Πάβελ Γκρηγκόρεβιτς μόλις τον βλέπει τρέχει κι αυτός να βοηθήσει.

– Πάνω στην ώρα, μουρμουρίζει ο μπαμπάς μέσα από τα δόντια του.

– Ίγκορ Λβόβιτς, ψυχούλα μου, σε πόνεσα; Όμως ώσπου να μεγαλώσεις θα γιάνεις, αστειεύεται με το ζόρι ο γιατρός Ρογκόφ.

– Μη σας νοιάζει τι κάνω εγώ, λέει ο μπαμπάς που φαίνεται να πονάει πολύ. Δώστε μια δυνατή να πάει το πόδι στη θέση του. Πάβελ Γκρηγκόρεβιτς, βοήθα και συ που είσαι πιο παλικάρι.

Μου είχανε γυρισμένη την πλάτη και δεν έβλεπα ούτε κείνους ούτε τον μπαμπά. Άκουσα μονάχα ένα δυνατό «οχ», έκλεισα σφιχτά τα μάτια και σε λίγο ακούω τη φωνή του γιατρού Ρογκόφ:

– Δόξα στο Θεό!

Ύστερα φαίνεται φύγαν κι οι δυο τους από κοντά του. Εγώ δεν κουνάω, δε μιλάω, ανοίγω σιγά σιγά τα μάτια μου. Το πρόσωπο του Σουσάμη μου είναι χλωμό...

– Κουκούτσι, κάνει μόλις με βλέπει, μην τύχει και χύσεις δάκρυ, γιατί θα πάει τσάμπα. Δεν πονώ πια και θα μείνω τρεις ολόκληρες μέρες στο κρεβάτι. Σκέψου τι έχουμε να πούμε.

– Τρεις μέρες! βάζει τις φωνές ο Ιβάν Κωνσταντίνοβιτς. Τρεις βδομάδες θα κάτσεις ακούνητος, αλλιώς, να φωνάξεις τον κτηνίατρο που έγιανε το άλογό μου. Απορώ μάλιστα που δεν το 'σπασες για καλά το πόδι σου σ' αυτές τις ανεμόσκαλες και τις υπόγες που ανεβοκατεβαίνεις.

Ο μπαμπάς γυρίζει στη μαμά και λέει με το αστείο του ύφος:

– Λένα, πάρε αυτόν το γερο-κροκόδειλο να τον ποτίσεις καμιά βότκα, μπας και πει τίποτα πιο έξυπνο.

Γελούνε όλοι. Προσπαθώ να γελάσω κι εγώ, μα δεν μπορώ και τρέχω και γονατίζω κοντά στον μπαμπά και τον αγκαλιάζω σφιχτά σφιχτά.

– Αλήθεια σου λέω, Κουτοκούκουτσο, είμαι μια χαρά, με ησυχάζει ο μπαμπάς.

– Σάσενκα, λέει η μαμά, πάω εγώ να κεράσω τον Ιβάν Κωνσταντίνοβιτς, εσύ συνόδεψε το δάσκαλό σου που βιάζεται να φύγει.

Πάω ως την εξώπορτα να ξεπροβοδίσω τον Πάβελ Γκρηγκόρεβιτς και την ώρα που βγαίνει βλέπω να καταφτάνει όλη η οικογένεια Σαμπανόφ. Η Ρίτα και η Ζόγια μ' αρχίζουν στ' αγκαλιάσματα και λεν πως κατεβήκανε στην πόλη για ψώνια και πέρασαν να με πάρουν να πάμε να δούμε τα θηρία και τη θηριοδαμάστρια, που έχουν στήσει τις τέντες τους στο μεγάλο αλώνι.

Τους λέω για τον μπαμπά κι η μαμά των κοριτσιών βγάζει μια φωνούλα:

– Αχ, η μανούλα σου η καημένη!

Παράξενη γυναίκα η Σεραφίμα Πάβλοβνα. Ο μπαμπάς πονάει κι εκείνη λυπάται τη μαμά. Πάνε να τον δούνε κι εγώ θαυμάζω τα καινούρια καπέλα των κοριτσιών. Είναι ψάθινα, με μεγάλο γύρο και στολισμένα με γιρλάντες από ψεύτικα κλαράκια αμυγδαλιάς, ίδια αληθινά. Φορούνε ανοιχτά μπεζ φουστανάκια, στολισμένα κι αυτά με μπουκετάκια από ψεύτικα αγριολούλουδα.

– Τι ομορφιές, τους λέμε όλοι.

– Η άνοιξη αυτοπροσώπως, τις καμαρώνει η θεία Ζένια. Η «Πριμαβέρα» του Μποτιτσέλι...

«Αχ, αυτή η θεία Ζένια. Δεν μπορεί να μιλάει σαν όλο τον κόσμο! Τι είν' αυτά τα κορακίστικα που λέει;»

Ο μπαμπάς των κοριτσιών, αφού ρώτησε για το πόδι του μπαμπά, πώς το στραμπούλιξε, τι έγινε, αν μπήκε στη θέση του, συνεχίζει άλλη άσχετη κουβέντα:

– Ίγκορ Λβόβιτς, ποιος ήτανε αυτός ο νέος που έβγαινε από το σπίτι σας την ώρα που ερχόμασταν;

– Ο Πάβελ Γκρηγκόρεβιτς; Είναι δάσκαλος της Σάσενκα, την προετοιμάζει για το γυμνάσιο, εξηγεί ο μπαμπάς.

– Είναι απ' αυτούς που στείλανε «υπό επιτήρησιν» στην πόλη μας;

– Ναι, λέει ο μπαμπάς, μα μοιάζει να θέλει ν' αλλάξει κουβέντα. Είναι φοιτητής της ιατρικής.

– Είστε στα καλά σας, Ίγκορ Λβόβιτς, ξεσπάει αγανακτισμένα ο μπαμπάς των κοριτσιών. Παίρνετε για δάσκαλο του παιδιού σας έναν που 'χει κάνει στο κάτεργο!

– Οχ, τα παραλέτε, αρχίζει να νευριάζει ο μπαμπάς. Ποιο κάτεργο; Τον στείλανε λίγο καιρό... εξοχή, τέλειωσε η τιμωρία...

– Τον έχω δει να πολυτριγυρνάει ανάμεσα στους εργάτες μου, εκεί στο συνοικισμό τους, κι αναρωτιέμαι τι κάνει, επιμένει ο Βλαντίμηρ Ιβάνοβιτς.

Του μπαμπά τρέμει το μουστάκι, όπως κάθε φορά που αναγκάζεται να πει κανένα ψέμα. «Εσύ Ίγκορ», τον πειράζει η μαμά, «δεν μπορείς ποτέ να με ξεγελάσεις, άμα λες ψέματα, τρέμει το μουστάκι σου.»

– Του αρέσει να ζωγραφίζει του Πάβελ Γκρηγκόρεβιτς, χαμογελάει κάτω από το μουστάκι του ο μπαμπάς, και φαίνεται θα βρήκε τίποτα ενδιαφέροντα τοπία σε κείνα τα μέρη.

– Πέστε σας παρακαλώ σ' αυτόν τον κύριο, κι η φωνή του Βλαντίμηρ Ιβάνοβιτς είναι τώρα θυμωμένη, να μην τον ξαναδώ να κόβει βόλτες γύρω στο εργοστάσιό μου, γιατί θα του δείξω εγώ τοπία και ζωγραφιές.

– Να του το πείτε ο ίδιος, μιλάει ήρεμα ο μπαμπάς. Δε σας καταλαβαίνω όμως τι εννοείτε. Πέστε καθαρά τι σκέφτεστε, γιατί πονάει το πόδι μου και δεν μπορώ να λύνω αινίγματα.

– Θέλω να πω, αγαπητέ μου, πως όλοι αυτοί οι «υπό επιτήρησιν» οι... πώς να τους πω... οι κύριοι ταραξίες, έρχονται και ξεσηκώνουν τους εργάτες μου. Θέλουν, σώνει και καλά, να τους βάλουνε ν' απεργήσουν. Κι εμένα κάθε μέρα απεργίας είναι σαν να μου βάζεις το μαχαίρι στο λαιμό. Σε λίγο έχουμε Πάσχα. Το βάζει ο νους σας πόση μπίρα χρειάζεται; Μου κόβει τα χέρια η απεργία. Κι ο εργάτης τι έχει να χάσει από την απεργία; Το μεροκάματό του κείνη τη μέρα κι αυτό είναι όλο. Εγώ όμως χάνω χιλιάδες ρούβλια για μια μέρα.

– Οχ, πια, με τις βαρετές κουβέντες σας, μπήκε στη μέση η Σεραφίμα Πάβλοβνα. Δεν έχετε τίποτα πιο ενδιαφέρον να συζητήσετε! Άντε να πηγαίνουμε για να προλάβουμε να δουν τα παιδιά τα θηρία πριν μας πάρει η νύχτα.

– Μα ο μπαμπάς..., αρχίζω να λέω, γιατί δε μου πάει η καρδιά μου να τον αφήσω.

Εκείνος όμως με σταματάει:

– Πήγαινε στο τσίρκο, Σάσενκα, και θα σε περιμένω να μου διηγηθείς τι είδες, να περάσει η ώρα μου.

Το βράδυ σαν πέφτω στο κρεβάτι κλείνω τα μάτια μου και βλέπω το στόμα του μεγάλου λιονταριού. Η Ίρμα η θηριοδαμάστρια φορούσε ένα μαύρο φόρεμα, κολλητό πάνω της, με γυαλιστερές πούλιες. Κάθε φορά που κουνούσε το χέρι της οι πούλιες άστραφταν. Ο μεγάλος μαύρος πάνθηρας στεκότανε πάνω σ' ένα σκαμνί, κι εκείνη απέναντί του, ακούνητη, με το καμουτσίκι στο χέρι, τον έκανε να πηδάει σ' ένα άλλο σκαμνί κι ύστερα σε άλλο. Στο τέλος ο πάνθηρας την αγκάλιασε με τα δυο μπροστινά του πόδια. Όλοι χειροκροτούσαν. Εγώ δεν μπορούσα να σηκώσω τα χέρια μου να χτυπήσω παλαμάκια. Τα 'νιωθα βαριά κι ασήκωτα.

– Τώρα θα κάνει το νούμερο του θανάτου, μ' έσπρωξε η Ζόγια.

Τότε μόνο πρόσεξα πως πάνω σ' ένα άλλο σκαμνί στεκότανε ένα τεράστιο λιοντάρι. Η Ίρμα πήγε κοντά του, το χάιδεψε, εκείνο άνοιξε διάπλατα το στόμα του, η Ίρμα έγειρε το κεφάλι της για να το χώσει στο στόμα του λιονταριού. Εγώ έκλεισα τα μάτια. Θαρρείς όλες οι ανάσες έχουν σταματήσει. Ξάφνου ξεσπούν χειροκροτήματα. Ανοίγω τα μάτια. Η Ίρμα υποκλίνεται.

– Είδες, λέει η Ρίτα, πώς το 'χωσε ολόκληρο το κεφάλι της στο στόμα του!

Δεν απαντάω. Σ' όλο το δρόμο που γυρίζαμε σπίτι, εγώ συλλογιόμουνα πως δεν υπάρχει πιο μεγάλη ηρωίδα από την Ίρμα τη θηριοδαμάστρια. Στητή στητή περιφρονούσε και το μαύρο πάνθηρα και το λιοντάρι κι έδειχνε σ' όλο τον κόσμο τι θα πει γενναία ψυχή.

71

Κι εσύ, Σάσενκα, δειλή, που έκλεισες τα μάτια να μη δεις. Μπορεί όμως σιγά σιγά να συνηθίσεις. Την άλλη φορά θα κρατήσεις ορθάνοιχτα τα μάτια και την παράλλη...

Φτάσαμε στο σπίτι και οι μεγάλοι πήγανε στο γραφείο να πιουν τσάι και να κάνουνε παρέα του μπαμπά. Τα κορίτσια κι εγώ καθίσαμε στην τραπεζαρία, στο ντιβάνι και κάναμε τραμπάλα τα πόδια μας.

– Έχω να σας πω ένα μεγάλο μυστικό, τους λέω στα ξαφνικά.

– Λέγε, λέγε, κάνουνε με μια φωνή τα Σαμπανοβάκια που τρελαίνονται για μυστικά.

– Πρέπει, όμως, ν' αποδείξετε πως είσαστε πραγματικές φίλες.

Η Ζόγια κι η Ρίτα αρχίσανε τους όρκους, πως είναι οι πιο πιστές μου φίλες και τάφοι για μυστικά.

– Να το αποδείξετε, επιμένω εγώ.

– Η θεία Ζένια, λέει η Ρίτα, μας διάβασε, ξέχασα σε ποιο βιβλίο, πως κάτι φίλοι πύρωναν ένα σίδερο στη φωτιά και έκαιγαν τα χέρια τους για να αποδείξουν τη φιλία τους.

– Βλακείες, πού θα βρούμε σίδερο, κάνει η Ζόγια που ποτέ δε συμφωνεί με τη Ρίτα.

– Βρήκα, βρήκα, φωνάζει η Ρίτα. Θα βάλουμε ζάχαρη σ' ένα κουταλάκι, θα το ζεστάνουμε στη λάμπα κι άμα αρχίζει κι αχνίζει να χύσουμε το καυτό υγρό στο χέρι μας. Όποια είναι πιο γενναία ν' αρχίσει.

– Είστε σαχλές κι οι δυο, μας περιφρονεί η Ζόγια.

Εγώ όμως πήγα και πήρα κιόλας ένα κουταλάκι από τον μπουφέ, το γέμισα ζάχαρη και το κράτησα πάνω από τη λάμπα του πετρελαίου. Έτσι σιγά σιγά αρχίζεις να γίνεσαι παλικάρι. Τα Σαμπανοβάκια έχουν πλησιάσει όλο περιέργεια.

– Καλά, ψιθυρίζει η Ζόγια, θα καώ κι εγώ, μόνο και

72

μόνό για να μη λες φιλενάδα τη Ριτούλα σου.
Από τη ζάχαρη άρχισε να βγαίνει αχνός. Μέσα στο κουτάλι έγινε ένα πηχτό υγρό. Να το χύσω πάνω στο χέρι μου; «Εμπρός Σάσενκα... Δεν είσαι μπροστά στο μαύρο πάνθηρα... Δειλό κορίτσι. Εμπρός.» Έχυσα μια σταγόνα από το κουτάλι πάνω στη μέσα μεριά του χεριού μου, λίγο πιο κάτω από κει που φορούσα ένα βραχιολάκι. Η ανάσα μου σταματάει, μυρίζει καμένο. Ένας πόνος ως την καρδιά. «Κουράγιο, Σάσα Βελιτσάνσκαγια.»
– Να δω, λέει η Ρίτα.
– Να δω, κάνει κι η Ζόγια και σμίγουν τα κεφάλια τους πάνω από το καμένο μου χέρι.
Ο κόκκινος λεκές τσούζει τόσο πολύ, που δαγκώνω τα χείλια μου να μην ξεφωνίσω.
– Πονάει; ρωτάει με τρόμο η Ρίτα.
– Όχι, μουγκρίζω μέσα από τα δόντια μου και σφίγγομαι να μη μου ξεφύγουν δάκρυα. Η σειρά σας τώρα, κατάφερα να πω.
– Ρίτα, Ζόγια! Φεύγουμε, πουλάκια μου, ακούστηκε από μέσα η φωνή της Σεραφίμα Πάβλοβνα.
– Δεν προφταίνουμε, λέει όλο χαρά η Ζόγια.
– Πέστε στη μαμά σας να μείνετε λίγο ακόμη, πέστε πως τελειώνουμε το παιχνίδι, φωνάζω και δεν κρατώ πια τα δάκρυά μου.
– Δεν προφταίνουμε, λέει κι η Ρίτα, που πρώτη φορά συμφωνούσε με την αδελφή της. Μόνο λέγε γρήγορα το μυστικό.
– Δε θα σας πω τίποτα!
– Κι εμείς σκάσαμε, κοροϊδεύει η Ζόγια.
Αποχαιρετάω ψυχρά τα Σαμπανοβάκια. Μ' αφήσανε να καώ μονάχα εγώ. Είμαι σίγουρη πως η Γιούλια θα 'καιγε πρώτη το χέρι της.
Η Ντούνια που μ' έβαλε να κοιμηθώ, είδε το κάψιμο

την ώρα που γδυνόμουνα. Έβαλε τις φωνές κι ήθελε να φωνάξει τη μαμά.

– Ντούνιουτσκα, χρυσούλα μου, παρακαλώ, μην πεις τίποτα κι εγώ αύριο θα κάνω τρεις μετάνοιες στην εικόνα που έχεις πλάι στο τζάκι.

– Κοίτα χάλια, συνεχίζει να φωνάζει. Κατακόκκινο και πρησμένο! Χριστέ μου, τι είναι αυτό το κορίτσι, πού πάει και χώνεται; Οχ, τι θα το βρει, Παρθένα μου!

– Δεν πονάει καθόλου, μη φωνάξεις τη μαμά κι ανησυχήσει κι ο μπαμπάς ο καημενούλης, παρακαλάω.

Τέλος την καταφέρνω να μην πει τίποτα, και την αφήνω να μου βάλει κομπρέσα με σόδα.

– Καληνύχτα, οχ, εσύ, θεότρελο, σε τι μπελάδες θα μας βάλεις.

Με φιλάει και σβήνει το φως.

Να το, πάλι, το μεγάλο λιοντάρι μπροστά μου, το στόμα του είναι ολάνοιχτο, μα δεν είναι η Ίρμα η θηριοδαμάστρια που χώνει μέσα το κεφάλι της. Είναι η Σάσα Βελιτσάνσκαγια με μια μακριά κοτσίδα που περισσεύει έξω από τα δόντια του θηρίου.

Καλός κι ο μπαμπάς μου, καλός κι ο Πάβελ Γκρηγκόρεβιτς, μα δεν κάνουν τίποτα το εξαιρετικό στη ζωή τους. Ξυπνάνε το πρωί, πλένονται, τρώνε, δουλεύουν, ξανατρώνε και κοιμούνται. Ενώ η Ίρμα! Ποια Ζαν Ντ' Αρκ, που μου διάβαζε η Τσιτσίλχεν! Αυτή είναι ηρωίδα, η Ίρμα! Η ζωή της είναι τόσο αλλιώτικη απ' όλου του άλλου κόσμου, τόσο εξαιρετική! Αν γινόμουνα θηριοδαμάστρια! Και να σκεφτείς πως μόλις πριν δυο μέρες ήθελα να γίνω γιατρός. Σπουδαίο επάγγελμα! «Ανοίξτε το στόμα, κάντε α, α, α, ανασάνετε, βήξτε, μην αναπνέετε.» «Τι φάγατε χτες;» «Πόσο πυρετό έχετε;» Πλήξη σκέτη. Πώς μου πέρασε από το μυαλό; Αν έλεγα στον μπαμπά την ιδέα μου; Τρέχω στο γραφείο του, μα τον βρίσκω τριγυρισμένο από ένα σωρό γιατρούς του νοσοκομείου που ήρθανε πρωί πρωί να τον δούνε. «Κουνήστε τα πόδια, τα δάχτυλα», του λένε.

Αποφασίζω να πεταχτώ να δω πώς πάει η Γιούλια, πριν έρθει ο Πάβελ Γκρηγκόρεβιτς για το μάθημα. Άκου «κουνήστε το πόδι, τα δάχτυλα»... κι ήθελα να γίνω γιατρός!

Βρίσκω τη Γιούλια σχεδόν χωρίς πυρετό. Δίπλα της κάθεται ο Βάσεκ και της κάνει αστεία. Μια φουσκώνει τα μάγουλά του, μια αλληθωρίζει, εκείνη μόλις που χαμογελάει. Η μαμά της πάει κι έρχεται και δένει κάτι μπόγους.

– Φεύγουμε, λέει η Γιούλιτσκα μόλις με βλέπει.

– Ο Φεγγαρομούρης τα κανόνισε όλα, κάνει ο Βάσεκ μέσ' από τα φουσκωμένα μάγουλά του.

Η μαμά της Γιούλιας, έρχεται κοντά μου. Τα μεγάλα της μαύρα μάτια γυαλίζουν, μοιάζει πολύ όμορφη από κοντά καθώς μου μιλάει.

– Πρωί πρωί ήτανε δω ο Πάβελ Γκρηγκόρεβιτς.

Ύστερα μου λέει πως ο δάσκαλός μου περνάει τρεις φορές τη μέρα να δει τη Γιούλια, μια κι ο μπαμπάς μου δεν προφταίνει, πως βρήκε δουλειά στη μαμά της Γιούλιας, στο Βοτανικό κήπο, φύλακας, τους δίνουν και δωμάτιο κι εκεί θα 'χει όσο αέρα και ήλιο χρειάζεται η Γιούλιτσκα.

– Θα 'ρχεσαι κι εκεί να με βλέπεις; με ρωτάει με αδύναμη αδύναμη φωνούλα η φιλενάδα μου.

Κουνάω το κεφάλι μου, μα ξέρω πως δε θα 'ναι εύκολο. Ο Βοτανικός κήπος είναι στην άλλη μεριά της πόλης. Ποιος θα με πηγαίνει; Η μαμά κι η Ντούνια δεν έχουν ποτέ καιρό. Να που θα χρησίμευε και σε κάτι, τώρα, η Τσιτσίλχεν.

Αν δεν ήτανε ο Βάσεκ, θα 'λεγα στη Γιούλια πως θέλω να γίνω θηριοδαμάστρια. Είμαι σίγουρη πως θα με καταλάβαινε. Η ώρα όμως δε με παίρνει, πρέπει να φύγω για το μάθημά μου. Στο δρόμο που γυρίζω σπίτι νιώθω λυπημένη. Μόλις βρήκα μια καινούρια φίλη τη χάνω, πάει μακριά. Όσο για τα Σαμπανοβάκια, ούτε να τις ακούσω δε θέλω κι αν ακόμα μου υποσχεθούν να καούνε ολόκληρες, σαν τη Ζαν Ντ' Αρκ, για να μου αποδείξουν τη φιλία τους.

Ο Πάβελ Γκρηγκόρεβιτς έχει έρθει κιόλας, ακούω μέσα από το γραφείο τη φωνή του και τη φωνή του μπαμπά που κουβεντιάζουν.

– Να 'στε προσεχτικός. Εγώ μια φορά σας προειδοποίησα, μιλάει ο μπαμπάς.

– Ευχαριστώ, γελαστή και τρανταχτή είναι η φωνή του δασκάλου μου.

– Δε θα 'στε προσεχτικός. Σας ξέρω, αναστενάζει ο μπαμπάς.

– Ε, λοιπόν, πέφτετε έξω. Θα 'μαι, γελάει τώρα για τα καλά ο Πάβελ Γκρηγκόρεβιτς.

Μόλις μπαίνω στο γραφείο σταματάνε την κουβέντα. Ο μπαμπάς λέει να κάνουμε το μάθημα στο γραφείο του, γιατί βαριέται έτσι που είναι καρφωμένος στο κρεβάτι.

– Θα σας διασκεδάσουμε με τη Σάσα, υπόσχεται ο Πάβελ Γκρηγκόρεβιτς.

Τον διασκεδάσαμε όσο δεν παίρνει. Δηλαδή εγώ μονάχα, γιατί ο Φεγγάρης Φεγγάροβιτς κάθεται βουβός και με κοιτάει με διάπλατα μάτια, σαν να με βλέπει για πρώτη φορά στη ζωή του. Αρχίζουμε όπως πάντα με την αριθμητική. Εγώ, έτσι κι αλλιώς, δεν είμαι ξεφτέρι σ' αυτό το μάθημα, σήμερα όμως ούτε 2 συν 2 δεν μπορώ να βρω πόσο κάνει. Ακόμα και στη γραμματική μπερδεύω τις πτώσεις, ώσπου στο τέλος ο Πάβελ Γκρηγκόρεβιτς δεν κρατήθηκε πια.

– Τι έπαθες σήμερα, μύγα σε τσίμπησε;

Και τότε, ξαφνικά, αλήθεια σαν να με τσίμπησε μύγα, από κείνες τις χρυσοπράσινες τις καλοκαιρινές, πετάγομαι απάνω και λέω στο δάσκαλό μου και στον μπαμπά πως δε δίνω πια πεντάρα για την αριθμητική, πως δε θα μου χρειαστεί καθόλου στη ζωή μου, άλλωστε, ούτε κι η γραμματική, γιατί αυτό που θέλω να κάνω δεν έχει καμιά σχέση με το αν «ένας έμπορος αγόρασε 100 στατήρες στάρι προς τόσο και θέλει να το πουλήσει τόσο το στατήρα, πόσο κερδίζει;»

– Μπορώ να σε ρωτήσω, λέει πολύ σοβαρά ο μπαμπάς, τι σκοπεύεις να κάνεις στη ζωή σου; Αν βέβαια δεν το 'χεις μυστικό.
– Από τη μαμά, για την ώρα, σίγουρα το 'χω μυστικό, απαντάω και νιώθω τα μάγουλά μου να καίνε. Θ' ανησυχήσει, θα βάλει τα κλάματα. Σε σένα όμως και στον Πάβελ Γκρηγκόρεβιτς μπορώ να το εμπιστευτώ...
– Λοιπόν; ανυπομονεί ο μπαμπάς.
Δεν τους κοιτάζω. Βλέπω ίσια μπροστά μου.
– Θέλω, και μην προσπαθήσετε να με κάνετε ν' αλλάξω γνώμη, θέλω να γίνω θηριοδαμάστρια.
Κανείς δεν απαντάει. Ούτε γελάνε. Μονάχα ο μπαμπάς χτυπάει ταμπούρλο τα δάχτυλά του πάνω σ' ένα βιβλίο που έχει κλειστό μπροστά του.
– Τι σε τράβηξε να γίνεις θηριοδαμάστρια; ακούγεται επιτέλους σοβαρή η φωνή του.
– Γιατί... γιατί η θηριοδαμάστρια... είναι γενναία, είναι ηρωίδα... πιο ηρωίδα από τη Ζαν Ντ' Αρκ.
Και πάλι σιωπή και πάλι σοβαρή η φωνή του μπαμπά:
– Γενναία ναι, αλλά όχι και ηρωίδα.
Τον κοιτάω απορημένη. Αστειεύεται φαίνεται.
– Η θηριοδαμάστρια δεν είναι ηρωίδα; Οχ, Σουσάμη, τι κάθεσαι και μου λες. Άντε βάλε το κεφάλι σου στο στόμα του λιονταριού και βλέπουμε.

– Δεν είσαι καλά, Κουκούτσι, γελάει τώρα ο μπαμπάς, που θα βάλω το κεφάλι μου στου λιονταριού το στόμα. Ούτε κι ο δάσκαλός σου δεν το βάζει. Ψέματα, Πάβελ Γκρηγκόρεβιτς;

– Κι αν το 'βαζα, μιλάει για πρώτη φορά εκείνος, σε τι θα χρησίμευε αυτή η παλικαριά; Έχει δίκιο ο μπαμπάς σου, Σάσα. Γενναία είναι η θηριοδαμάστρια, όχι ηρωίδα. Ποιον βοηθάει αν μπαίνει τρεις φορές τη μέρα στο κλουβί με τα θηρία;

Εγώ όμως δεν κρατιέμαι, έχω γίνει έξω φρενών και με τους δυο τους και μου ανεβαίνουν δάκρυα στα μάτια.

– Ορίστε, λέω κι απλώνω το μπανταρισμένο χέρι μου, εγώ έκαψα χτες το χέρι μου με λιωμένη ζάχαρη μόνο και μόνο για να δείξω στα Σαμπανοβάκια τη φιλία μου. Δεν είναι παλικαριά αυτό;

– Είναι βλακεία πιο μεγάλη και από το μπόι σου, ξεσπάει ο μπαμπάς. Πάβελ Γκρηγκόρεβιτς, σας παρακαλώ, ρίξτε μια ματιά στο χέρι αυτής της ανοητούλας μας.

Τον αφήνω να μου ξετυλίξει τον επίδεσμο και τα δάκρυα τρέχουν ποτάμι από τα μάτια μου, όχι γιατί με πόνεσε που έφυγε η γάζα μαζί με την πέτσα, αλλά γιατί ένιωθα, κάπου σε μια γωνίτσα μέσα μέσα μου, πως ίσως να 'χανε δίκιο κι οι δυο τους, μα εγώ δεν ήθελα να 'ναι αλήθεια. Το 'βρισκα τόσο όμορφο, με το μαύρο γυαλιστερό φόρεμα και με το καμουτσίκι, να λέω ήρεμα ήρεμα, χωρίς να φοβάμαι, «καλημέρα» στο μαύρο πάνθηρα.

– Αχ, Σάσα, λέει ο Φεγγάρης Φεγγάροβιτς αφού είδε το χέρι μου, αχ, να 'ξερες τι αληθινούς ήρωες έχω δει στη ζωή μου... που μπορεί όμως και τις κατσαρίδες να φοβόνταν, όχι τα λιοντάρια.

– Μίλησέ της γι' αυτούς, πετιέται ο μπαμπάς κι αλλάζει θέση στο πονεμένο του πόδι, κι ας πάει περίπατο σήμερα η αριθμητική.

Ο Πάβελ Γκρηγκόρεβιτς δεν απαντάει αμέσως. Τα γελαστά του μάτια γίνανε λυπημένα, το χαμόγελο όμως πάντα γέμιζε το φεγγαροπρόσωπό του. Με αγκάλιασε από τους ώμους με το ένα χέρι, όπως όταν δυσκολευόμουνα να λύσω ένα πρόβλημα στην αριθμητική, κι άρχισε την ιστορία του.

–... Όταν στις τρεις η ώρα τη νύχτα ακούσετε το κουδούνι να χτυπάει, θα πείτε σίγουρα πως ήρθανε να φωνάξουνε για άρρωστο τον Ίγκορ Λβόβιτς. Στην Πετρούπολη, σαν είσαι φοιτητής και σου χτυπήσουν στις τρεις τη νύχτα την πόρτα κι ακούσεις τη νοικοκυρά σου να ρωτάει: «Ποιος;» και να μια φωνή απαντάει: «Τηλεγράφημα»..., ξέρεις πως την έχεις πολύ άσχημα.

» Έτσι κι έγινε. Χτύπησε στις τρεις η ώρα η πόρτα στο σπίτι που έμενα και μπήκε η αστυνομία. Τα 'κανε άνω κάτω, βρήκε κάτι βιβλία που δεν της άρεσαν, τα πήρε, με πήραν και μένα μαζί. Τι να σας λέω λεπτομέρειες, πώς με σέρναν στα κρατητήρια, στη φυλακή... Φτάνω στη μέρα που βγήκε απόφαση από το δικαστήριο να με στείλουν πέντε χρόνια εξορία σ' ένα μέρος που το λένε Σρεντνικαλίμσκ. Ήμασταν ολόκληρη παρέα νέα παιδιά με την ίδια τιμωρία κι όλοι μας ξέραμε γι' αυτό το Σρεντνικαλίμσκ ό,τι για το... Τομπουκτού. Μα ποιος το 'ξερε! Η μητέρα ενός από τους συγκρατούμενούς μου που γνώριζε κάποιον με μεγάλη θέση στην κυβέρνηση πήγε να τον ρωτήσει. «Γι' αυτό το μέρος, κυρία μου, ένα μόνο ξέρω, πως εκεί δεν μπορούν να ζήσουν άνθρωποι. Ο γιος σας δεν έχει παρά να αποκηρύξει απλώς τις ιδέες του, για ν' αποφύγει τόση ταλαιπωρία.» Έτσι της είπε μ' ένα ευγενικό χαμόγελο.

»Ετοιμαζόμαστε λοιπόν να φύγουμε γι' αυτόν τον παράδεισο. Μας λέει ένας, θα πάμε με τα πόδια. Μετράμε πόσο απέχει από την Πετρούπολη και βγαίνει πως έχουμε ποδαρόδρομο τουλάχιστο για ένα χρόνο! Από πόλη σε πόλη, οι χωροφύλακες που μας συνόδευαν μας παραδίνανε στη χωροφυλακή που μας κλείναν φυλακή να «ξεκουραστούμε» ένα δυο μέρες και πάλι δρόμο με καινούριους συνοδούς. Απ' όλη την παρέα – ήμαστε καμιά δεκαριά – τρεις ήτανε οι πιο κοντινοί μου φίλοι: Ο Κόλια, ο Γιάκομπ και ο Μήτια. Ο Κόλια ήτανε φοιτητής, καρδιά περιβόλι. Στις πιο δύσκολες στιγμές όλο αστεία και τραγούδι. Ο Γιάκομπ, σοφός και τι δεν είχε διαβάσει, ό,τι και να τον ρωτούσες το ήξερε σαν εγκυκλοπαίδεια. Ο Μήτια πάλι ήτανε σχεδόν παιδί, μόλις δεκάξι χρονών. Περπάταγε μια μέρα στο δρόμο κι είδε έναν αστυφύλακα να κυνηγάει ένα φοιτητή, ο φοιτητής στην τρεχάλα του πέταξε χάμω κάτι προκηρύξεις, ο Μήτια τις μάζεψε, κατέφτασε ένας άλλος αστυφύλακας, είδε τον Μήτια και μάζεψε κι αυτόν και τις προκηρύξεις.

»Δρόμο λοιπόν παίρναμε, δρόμο αφήναμε – οχτώ μήνες ολόκληρους περπατούσαμε – φτάσαμε στο Γιακούτς, στη Σιβηρία. Ήμασταν όλοι στα χάλια μας, κουρελιασμένοι, για κλάματα. Εκεί δε μας βάλανε στη φυλακή, αλλά μας αφήσανε να μείνουμε σ' ένα πανδοχείο. Ρωτάμε πού στο διάβολο είναι αυτό το Σρεντνικαλίμσκ, η τοπική χωροφυλακή το ήξερε: είναι πέρα στην άκρη της Σιβηρίας, εκεί που πεθαίνουν και οι αρκούδες από το κρύο. Κι όσο για δρόμο, έπρεπε να περπατήσουμε δυο μήνες ακόμη. Πολλοί από μας ήτανε άρρωστοι, μόλις σέρνονταν. Αποφασίσαμε λοιπόν να κάνουμε μια αίτηση στο διοικητή του Γιακούτς, να ζητήσουμε να μας αφήσει να μείνουμε ένα μήνα στην πόλη να συνέλθουμε και ν' αγοράσουμε ζεστά ρούχα και τρόφιμα, γιατί πέρα από το Γιακούτς σ' όλο τον υπόλοιπο δρόμο, δε θα συναντούσαμε ούτε πουλί πετούμενο. Την άλλη μέρα ήρθανε οι χωροφύλακες να φέρουνε την απάντηση.

»– Ποιος έγραψε την αίτηση, ρωτάνε.

»– Εγώ, λέει ο Κόλιας.

»– Ποιος το σκέφτηκε;

»– Εγώ, πετιέται ο Γιάκομπ πριν προλάβει άλλος να μιλήσει.

»– Ποιος την παρέδωσε στο δικαστήριο;

»– Εγώ, λέει ο Μήτια.

»Τους πήραν και τους τρεις, κι εμείς συνεχίσαμε τον ποδαρόδρομο. Δεν τους ξανάδαμε ποτέ...

Εγώ σηκώθηκα κι έφυγα τρεχάλα στο δωμάτιό μου. Δεν ήθελα να κλάψω, παρ' όλο που ένιωθα έναν κόμπο στο λαιμό. Κάθισα κοντά στο παράθυρο και κοίταζα τις ράγιες. Τώρα έμαθα τι γίνεται και πού τελειώνουν οι ράγιες, πέρα μακριά στην Πετρούπολη. Αν γίνω θηριοδαμάστρια δεν το ξέρω πια καθόλου. Ένα μόνο ξέρω στα σίγουρα – πως δε θα καθίσω να με μάθει η μαμά να κάνω κουμπότρυπες. Γύρισα πίσω στο γραφείο του μπαμπά, ο Πάβελ Γκρηγκόρεβιτς ετοιμαζότανε να φύγει και τους το 'πα... για τις κουμπότρυπες.

– Εγώ ξέρω να φτιάχνω, γελάει ο Φεγγάρης Φεγγάροβιτς, δεν είναι τόσο δύσκολο.

Η ΜΑΝΤΕΜΟΥΑΖΕΛ ΠΟΛΙΝ ΚΑΙ ΑΛΛΑ ΠΟΛΛΑ

Εκεί που πέρναγα μπροστά από τον καθρέφτη της μαμάς, τις είδα τις αδελφούλες μου τις Καθρεφτούλες και ξαφνιάστηκα. Κάτι κουνούσε πέρα δώθε, όπως γύριζαν το κεφάλι τους, κάτι που στην άκρη είχε δεμένο ένα γαλάζιο φιόγκο κι απ' αυτό το κάτι δεν ξέφευγε ούτε μια τρίχα, για πρώτη φορά δεν ξελυνότανε. Ήτανε η κοτσίδα μου ή μάλλον η κοτσιδούλα μου! Θαρρείς και μεγάλωσα ξαφνικά από τη μέρα που διηγήθηκε ο Φεγγάρης Φεγγάροβιτς την ιστορία του. Πρώτη φορά που προτιμάω τις Καθρεφτούλες από τη Σαμοβαρούλα, γιατί βλέπω τρεις κοτσίδες σφιχτές σφιχτές. «Ξέρετε τη Σάσα Βελιτσάνσκαγια;». «Ποια;» «Κείνο το κορίτσι με την κοτσίδα;»

– Σάσενκα, ήρθε η δασκάλα σου, άκουσα τη φωνή της μαμάς.

Δυο φορές τη βδομάδα έρχεται η Διπλοτσιτσίλχεν (έτσι την έβγαλα γιατί είναι διπλή στο μπόι από την Τσιτσίλχεν), μια Γερμανίδα, και μου κάνει μάθημα. Δεν είναι ούτε συμπαθητική, ούτε αντιπαθητική. Κοιτάζει το ρολόι της μόλις αρχίζουμε το μάθημα και μόλις περάσει ακριβώς μια ώρα, ούτε δευτερόλεπτο πιο πολύ, σηκώνεται και φεύγει. Έχω όμως και μια άλλη καινούρια δασκάλα, που νιώθω πως θα γίνει η πιο καλή μου φίλη. Ο μπαμπάς επιμένει πως τα «όπλα» μου πρέπει να 'ναι δυνατά, αν θέλω μετά το σχολείο να πάω Πανεπιστήμιο. Έτσι αποφασίσανε με τη μαμά πως πρέπει να μάθω και γαλλικά. Ένα πρωί ήρθε σπίτι μας η μαντεμουαζέλ Πολίν Πικάρ. Έμαθε, λέει, πως γυρεύουμε δασκάλα και προτείνει να μείνει εσωτερική, να μου κάνει μάθημα κάθε μέρα, κι αντί για πληρωμή να της δίνουμε φαΐ και κρεβάτι και τις ελεύθερες ώρες να της επιτρέπουμε να δίνει έξω μαθήματα. Η μαμά δέχεται, γιατί θα έπεφτε πολύ να πληρώνουμε δυο δασκάλες, η Ντούνια όμως λύνει πάλι την ποδιά της.

— Θα φύγω απ' αυτό το σπίτι. Γερμανίδες, Γαλλίδες, τι θα το κάνετε το κεφάλι αυτού του παιδιού! Πού θα χωρέσουνε τόσα μέσα. Άσε πια ο Μπουζουριασμένος τι της τσαμπουνάει τόσες ώρες.

Η Ντούνια, βέβαια, δε φεύγει και η μαντεμουαζέλ Πολίν κουβαλάει σε δυο μέρες τα πράγματά της να μείνει μαζί μας. Δεν έχει και πολλά μπαγκάζια. Μια βαλίτσα και την «οικογένειά της» όπως λέει. Η «οικογένειά της» είναι ένας φίκος μέσα σε μια γλάστρα κι ένας παπαγάλος που τον λένε Κική. Ο παπαγάλος είναι γέρος, λίγο μαδημένος και το ένα του μάτι είναι θαμπό και βλέπει μόνο από το άλλο. Η μαντεμουαζέλ Πολίν είναι σαν «ξερή κομπόστα», όπως λέει η Ντούνια. Άμα όμως σου μιλάει, τα μάτια της λαμποκοπούν, το μικρό της γυριστό μυτάκι ανεβοκατεβαίνει και γίνεται πολύ γλυκιά.

Κάθομαι στο κρεβάτι μου, κουνάω τα πόδια μου και την κοιτάζω που τακτοποιεί τα πράγματά της.

— Δε σε πειράζει που θα έχεις και άλλον στο δωμάτιό σου; με ρωτάει.

— Ίσα ίσα, μ' αρέσει να 'χω συντροφιά, δεν είναι το ίδιο με την Τσιτσίλχεν, λέω μέσα μου.

Στο δωμάτιο μπαίνει η Ντούνια και μου φέρνει τα παπούτσια μου που είχε πάρει να τα γυαλίσει. Κοιτάει με την κόχη του ματιού τη μαντεμουαζέλ Πολίν, κουνάει το κεφάλι της και φεύγει.

– Η Ντούνια σου γυαλίζει τα παπούτσια; ρωτάει η δασκάλα μου.

– Βέβαια, απαντάω, σαν να μπορούσε να μου τα γυάλιζε κανείς άλλος.

– Και τα κουμπιά σου εκείνη τα ράβει;

– Όχι, η μαμά.

– Ποιος στρώνει το κρεβάτι σου; Ποιος σε τρίβει άμα κάνεις μπάνιο; πέφτουν βροχή οι ερωτήσεις.

– Η μαμά ή η Ντούνια..., αρχίζω να τα χάνω.

Η μαντεμουαζέλ Πολίν με κοιτάει και χαμογελάει.

– Γιατί; Έχουνε τίποτα τα χέρια σου;

Χαμογελαστή πάντα, με βάζει να στρώσω και να ξαναστρώσω το κρεβάτι μου. Αλήθεια, δεν ήξερα ότι είναι τόσο δύσκολο πράγμα. Κοιτάζω το κρεβάτι που έστρωσα κι είναι φρίκη σκέτη. Εκείνη γελάει.

– Δεν πειράζει, δεν πειράζει, κανείς δε γεννιέται με χέρια επιδέξια. Θα μάθεις.

– Μαντεμουαζέλ Πολίν, της κάνω δειλά, εγώ άμα μεγαλώσω θα γίνω θηριοδαμάστρια ή ταραξίας.

– Πώς το 'πες αυτό το τελευταίο; δεν καλάκουσε εκείνη.

– Ταραξίας... επαναστάτης, σαν τον Πάβελ Γκρηγκόρεβιτς το δάσκαλό μου.

Κείνη τη στιγμή, ο παπαγάλος η Κική άρχισε να μιλάει. Μιλούσε γαλλικά και δεν τον καταλάβαινα. Η μαντεμουαζέλ Πολίν έβαλε τα γέλια.

– Τι λέει; ρωτάω.

– Ο δρόμος είναι μακρινός..., απαντάει εκείνη. Είναι τα λόγια από ένα τραγούδι που τραγουδούσε κάποιος φίλος μου στο Παρίσι... πριν πολύ καιρό.

Ύστερα έρχεται και με αγκαλιάζει.

– Σασενκά, λέει και τονίζει τ' όνομά μου στην τελευ-

ταία συλλαβή, θαρρώ πως αρχίζω να σ' αγαπώ πολύ.
– Κι εγώ, μαντεμουαζέλ Πολίν.
– Να με λες Πολίν, είμαστε φίλες.

Το άλλο πρωί η Πολίν έφυγε να πάει στα μαθήματά
της κι εγώ, αφού τέλειωσα το δικό μου, με πήρε ο Φεγ-
γάρης Φεγγάροβιτς να πάμε στο Βοτανικό κήπο να δού-
με τη Γιούλια. Η μαμά της μας βλέπει από μακριά και
μας γνέφει χαρούμενα.
– Η Γιούλιτσκα πάει βόλτα.
Πιο πέρα πάνω στο πράσινο λιβάδι «περπατάει» η
Γιούλια. Δυο ξιπόλητα κουρελιασμένα αγοράκια περπα-
τούν δεξιά κι αριστερά της κι εκείνη έχει περασμένα τα
χέρια της στους ώμους τους και κάνει λίγα τραμπαλιστά
βηματάκια.
– Είδες τι κάνει ο ήλιος και το φαΐ, μου λέει σιγανά ο
Πάβελ Γκρηγκόρεβιτς. Τον άλλο μήνα θα τρέχει η φιλε-
νάδα μας.
Αφήνουμε τη Γιούλια να κάνει μερικά ακόμα βήματα,
ύστερα ο δάσκαλός μου την παίρνει αγκαλιά και πάμε
να καθίσουμε στην όχθη του ποταμού. Η Γιούλια μας
τραγουδάει το τσιγγάνικο τραγούδι της.
Αχ, Σουσάμη, γιατί άλλοι να 'χουνε φωνή κι άλλοι όχι;
Γιατί άλλοι να φοράνε παπούτσια κι άλλοι όχι;.
Το μάτι μου έχει πέσει στα δυο αγοράκια που κάθον-
ται λίγο πιο κει με τα γυμνά βρόμικα πόδια τους.
– Κοίτα, λέει η Γιούλια, μόλις έπαψε το τραγούδι και
βγάζει από την τσέπη της ένα καθρεφτάκι κι ένα χτενάκι
με ψεύτικα πετράδια. Μου τα 'φεραν δώρο οι φίλοι μου.
– Ποιοι; ρωτάω.
Η Γιούλια δείχνει με το βλέμμα τ' αγοράκια.
– Ο Ζένια κι ο Γιόσεφ.
– Τ' αγοράσατε; τους ρωτάει απρόσμενα ο Πάβελ
Γκρηγκόρεβιτς.

– Μουρλός είσαι, απαντάει ο Γιόσεφ και φτύνει χάμω. Τα κλέψαμε.

Ο Ζένια βγάζει από την τσέπη του καπνό και τσιγαρόχαρτο να στρίψει ένα τσιγάρο. Είναι τοσοδούλης, μπόμπιρας, κοντούλης κοντούλης.

– Καπνίζεις; απορεί ο Πάβελ Γκρηγκόρεβιτς.

– Γιατί, κύριος, σε πειράζει;

– Μίλα καλά, Ζένια, μαλώνει η Γιούλια κι ο μικρός ζαρώνει σαν ακούει τη φωνή της.

Εκείνη γυρίζει στο δάσκαλό μου:

– Μην τον μαλώσεις, Πάβελ Γκρηγκόρεβιτς, είναι πεντάρφανο, ζει με μια θεία του που τον δέρνει.

Ο Πάβελ Γκρηγκόρεβιτς πάει κοντά στο Ζένια και του μιλάει σαν να 'ναι κι οι δυο συνομήλικοι.

– Βρε Ζένια, ξέρεις τι λέω, έρχομαι που έρχομαι να βλέπω τη Γιούλια, έρχεσαι κι εσύ κι ο Γιόζεφ, θέλεις λοιπόν, αντί να χαζεύουμε στο ποτάμι, να σας μάθω και τους τρεις να γράφετε και να διαβάζετε και δεν πειράζει, στρίβε και κανένα τσιγαράκι άμα θες.

– Τα χαρτιά σου.

Γυρίσαμε τα κεφάλια τρομαγμένοι. Πάνω μας στέκει ο Μπουνιάς.

– Εμένα μιλάς, λέει ήρεμα ήρεμα ο Πάβελ Γκρηγκόρεβιτς.

– Τα χαρτιά σου, αγριεύει περισσότερο εκείνος.

Ο Πάβελ Γκρηγκόρεβιτς βάζει το χέρι του στην τσέπη και του δίνει ένα χαρτί.

– «Υπό επιτήρησιν» και κάνεις προπαγάνδα στα παιδιά, μουγκρίζει ο Μπουνιάς.

– Ήθελε να μας μάθει γράμματα, κύριε Μπουνιά, λέει με θαρραλέα φωνή η Γιούλια.

– Αυτό λέω κι εγώ, γράμματα στους ξιπόλητους, ήτοι προπαγάνδα. Κι εσύ αν με ξαναπείς Μπουνιά, θα σε χώσω μέσα στο μπουντρούμι.

Ο Ζένια κι ο Γιόζεφ το 'χουν βάλει στα πόδια, εγώ σκαλίζω το χώμα μ' ένα ξυλαράκι. Μονάχα η Γιούλια κι ο Πάβελ Γκρηγκόρεβιτς κοιτούν τον Μπουνιά κατάματα. Εκείνος, αφού στάθηκε λιγάκι, βρόντηξε τη θήκη με το σπαθί έκανε μεταβολή κι έφυγε.

– Αχ, Φεγγάρη μου (έτσι τον φωνάζει η Γιούλια), φοβάμαι μη σε βάλει σε μπελάδες.

– Μην ανησυχείς, Γιούλιτσκα, γελάει όλο το φεγγαροπρόσωπο του δασκάλου μου, από μπελάδες μέχρι εδώ, και δείχνει με το χέρι του ως το λαιμό του.

Γυρνάμε τη Γιούλια σπίτι της και, πριν βγούμε από το Βοτανικό κήπο, βρίσκουμε μπροστά σ' ένα θάμνο, πεσμένο, ένα πουλί. Το ένα φτερό του είναι σπασμένο και δεν μπορεί να πετάξει. Ο Πάβελ Γκρηγκόρεβιτς το παίρνει μέσα στη χούφτα του.

– Να το πάμε στο γιατρό Ρογκόφ, λέω, εκείνος ξέρει.

Ο Πάβελ Γκρηγκόρεβιτς έχει δουλειά κι έτσι μ' αφήνει στην πόρτα του Ιβάν Κωνσταντίνοβιτς με το πουλάκι στα χέρια. Το σπίτι του γιατρού Ρογκόφ είναι πολύ παράξενο. Μπορεί και σ' όλο τον κόσμο να μην υπάρχει άλλο τέτοιο σπίτι. Ανοίγω την πόρτα που δεν είναι ποτέ κλεισμένη από μέσα και με υποδέχεται ο Σιγκαπούρ. Ο Σιγκαπούρ είναι ένας παρδαλός παπαγάλος με γυαλιστερά γυαλιστερά φτερά, όχι σαν την καημένη την Κική, που τον έφερε δώρο στον Ιβάν Κωνσταντίνοβιτς ένας φίλος του ναύτης από τη Σιγκαπούρη. Ο Σιγκαπούρ είναι ένα αναιδόμουτρο που δεύτερο δεν υπάρχει. Μόλις πας να πεις καμιά κουβέντα, μπαίνει στη μέση και λέει: «Λοιπόν, τι λέγαμε;»

– Γεια σου, Σιγκαπούρ, τον χαιρετάω.

Εκείνος ούτε καταδέχτηκε να μου απαντήσει, μόνο τσουπ τσουπ μπροστά μου και με πάει στο σαλόνι. Πάνω στο μεγάλο πιάνο πηδάει η βατραχούλα η Σόνια και πάνω στο σκαμνί του πιάνου κυνηγιούνται δυο σαμιαμίθια.

Όπου και να γυρίσεις να δεις, σ' όλο το σπίτι κυκλοφορούνε ζώα, ζωάκια και ζούδια.

– Σιγκαπούρ, λέω, φώναξε σε παρακαλώ το γιατρό Ρογκόφ.

– Αχ, τα λουλουδάκια μου, τσιρίζει ο Σιγκαπούρ και όλο χοροπηδάει μπροστά μου, ώσπου μπαίνουμε στο άλλο δωμάτιο.

Εκεί βρίσκω τον Ιβάν Κωνσταντίνοβιτς σκυμμένο πάνω από ένα ενυδρείο. Ολόγυρα θα 'ναι καμιά δεκαριά ενυδρεία με λογής λογής ψαράκια το καθένα. Εκείνος γυρίζει το κεφάλι και με βλέπει.

– Ποιος αέρας σ' έφερε; Σ' έστειλε ο μπαμπάς σου να με φωνάξεις να πάμε σε καμιά υπόγα πάλι;

– Σας έφερα άρρωστο, του λέω και του δείχνω το πουλάκι.

Το παίρνει στα χέρια του και το εξετάζει. «Αχ, ο καψερός!» λέει η Ντούνια για το γιατρό Ρογκόφ. «Μαγκούφης είναι στον κόσμο κι έχει τις σαρανταποδαρούσες για παιδιά.»

Μια μέρα άκουσα τη μαμά και τον μπαμπά και την Ντούνια να κουβεντιάζουν για κείνον.

– Λένε πως αυτή η κοπέλα ήταν όλη του η ζωή, έλεγε η μαμά.

– Έτσι θα 'ναι για να μη θελήσει ποτέ να παντρευτεί άλλη, συμφωνούσε ο μπαμπάς.

– Η αφεντιά της, όμως, πήρε η καλή σου το συνταγματάρχη με τα γαλόνια. Όχι, θα 'παιρνε το γιατρουδάκι που ακόμα ούτε έναν πελάτη δεν είχε, κουνούσε το κεφάλι της η Ντούνια.

Εγώ ήξερα ποια ήτανε αυτή «όλη του η ζωή». Μια μέρα του είχα ζητήσει να μ' αφήσει να ξεφυλλίσω ένα άλμπουμ με παλιές φωτογραφίες. Σε μια σελίδα καταμεσής, μια κοπέλα μ' ένα μεγάλο καπέλο σε κοίταζε με λυπημένα λυπημένα μάτια.

– Ποια είν' αυτή, Ίγκορ Κωνσταντίνοβιτς; ρώτησα.

– Εκείνη, μου απάντησε και δεν είπε τίποτ' άλλο, μόνο χάιδευε το καβούκι της Σόνιας, της μικρής χελώνας, που την είχε και περπατούσε πάνω στο μπράτσο του.

Πολύ μ' αρέσει να πηγαίνω στο σπίτι του γιατρού Ρογκόφ. Εγώ, έτσι κι αλλιώς, τρελαίνομαι να πηγαίνω επισκέψεις. Μόνη μου, χωρίς τη μαμά. Με δέχονται σαν μεγάλη και με ρωτάνε. «Πώς πάει η ζωή, Σάσενκα;»

Ο Ιβάν Κωνσταντίνοβιτς δε μένει ολομόναχος. Έχει την ορντινάντσα του. Σ' όλους τους αξιωματικούς και τους γιατρούς του ρωσικού στρατού, ακόμα και στους απόστρατους, στέλνουνε ένα στρατιώτη που κάνει τη θητεία του. Οι κακόμοιροι οι ορντινάντσες. Η Ντούνια τους συναντάει σαν πάει να ψωνίσει και τους λυπάται η ψυχή της. Μαγειρεύουν, πλένουν, νταντεύουν μωρά, κι ούτε να βγάλουν άχνα δεν μπορούν.

– Έτσι θα μάθουν να πολεμάνε..., μουρμουρίζει η Ντούνια.

Όποια όμως ορντινάντσα έχει πάει στο γιατρό Ρογκόφ άμα τελειώσει η θητεία της και φεύγει, μόνο που δεν κλαίει. Γιατί εκείνος τους βοηθάει στις δουλειές, τρώνε στο ίδιο τραπέζι κι ακούει τα βάσανα και τις, ιστορίες του.

Τώρα έχει μια ορντινάντσα το Σαραφούτ, είναι Τάταρος και μιλάει ρωσικά κι αυτά το μαύρο τους το χάλι. Εγώ τον αγαπάω πολύ και τον λυπάμαι που μένει τόσο μακριά από το χωριό του.

– Αχ, βρε καψερέ Σαραφούτ, του λέει ο Ιβάν Κωνσταντίνοβιτς, που 'χεις εννιά αδελφάκια και σ' έστειλε η μοίρα, για να μην πω η πατρίδα, να ζεις μ' ένα μαγκούφη.

Ο Ιβάν Κωνσταντίνοβιτς έβαλε ένα ξυλαράκι και έδεσε το φτερό του πουλιού κι ύστερα με κάλεσε να πιούμε τσάι. Ο Σαραφούτ έχει κάπου πάει κι εγώ χαίρομαι ν' ανοίγω μόνη μου τα ντουλάπια και να ετοιμάζω το τραπέζι. Στο σπίτι, αν πάω στην κουζίνα να πάρω τίποτα, η Ντούνια μου βάζει τις φωνές: «Άσε, θα τ' ανακατώσεις όλα, θα σου δώσω εγώ ό,τι χρειάζεσαι».

Εδώ, και να θέλω, δεν έχω ν' ανακατώσω τίποτα, γιατί στο μεγάλο ντουλάπι της κουζίνας είναι όλα φύρδην μίγδην όπως λέει η θεία της Ρίτας και της Ζόγιας. Διαλέγω δυο μεγάλα φλιτζάνια με μπλε και χρυσή ρίγα γύρω γύρω, διώχνω από το τραπέζι τη Σκεφτική (τη γάτα), προσέχω μην πατήσω τη Σόνια τη χελωνίτσα κι ετοιμάζω για το τσάι. Εχ, και να 'βλεπε η Ντούνια ακόμα και σε ζωγραφιά μια γάτα πάνω στο τραπέζι!

– Άμα μεγαλώσεις, Σάσενκα, λέει ο Ιβάν Κωνσταντίνοβιτς ενώ πίνουμε το τσάι, και γίνεις κορίτσι της παντρειάς, θα σου μιλήσω για μια κοπέλα. Την πιο γλυκιά, την πιο όμορφη, μα και την πιο πικρή. Για να μην κάνεις ποτέ κι εσύ ό,τι έκανε εκείνη.

Εγώ πίνω σιγά σιγά το τσάι μου, και θα 'θελα να του πω να μου το πει από τώρα γιατί, Θεέ μου, είναι τόσα πολλά όσα θέλουν όλοι να μου πούνε σα μεγαλώσω, που δε θα προφτάσουνε ή θα τα ξεχάσουνε ως τότε.

Γύρισα στο σπίτι κι η μαμά με την Ντούνια μου βάλανε τις φωνές πως άργησα. Τους είπα για το πληγωμένο πουλάκι που το πήγα στον Ιβάν Κωνσταντίνοβιτς.

– Της αρέσει να τριγυρνά στα ξένα σπίτια, συνεχίζει τη μουρμούρα η Ντούνια.

Θα 'λεγε κι άλλα, μα γύρισε από τη δουλειά του ο μπαμπάς κι έτρεξε εκείνη στην κουζίνα να ετοιμάσει να φάμε.

– Σουσάμη, τι θα πει «είμαι μπλεγμένος ως το λαιμό», του λέω και δείχνω το λαιμό μου.

– Πού το ψάρεψες πάλι αυτό, Κουκούτσι μου;

– Το 'λεγε ο Φεγγάρης Φεγγάροβιτς.

– Σάσενκα, σ' το ξαναλέω, κάνει εκείνος σοβαρά, μη

λες τίποτα και πουθενά για το δάσκαλό σου.

– Ούτε σε σένα; διαμαρτύρομαι. Αν δε ρωτάω και σένα, Σουσάμη μου, θα σκάσω.

Ο μπαμπάς βάζει τα γέλια.

Του διηγήθηκα τότε όλα όσα έγιναν στο Βοτανικό κήπο και στο σπίτι του γιατρού Ρογκόφ κι εκείνος είχε κλείσει τα μάτια και κουνούσε πού και πού το κεφάλι του, ώσπου ακούστηκε η γκρινιάρικη φωνή της Ντούνιας πως ζεσταίνει και ξαναζεσταίνει το φαγητό κι εμείς (δηλαδή ο μπαμπάς κι εγώ) όλο μια φλυαρία είμαστε.

Το απόγευμα, σα γύρισε η Πολίν από τα «εξωτερικά» μαθήματά της, κάναμε το πρώτο δικό μου μάθημα γαλλικά. Δεν ξέρω αν είναι γιατί αγαπώ την Πολίν, μα μ' αρέσει τόσο να την ακούω να διαβάζει γαλλικά, κι ας μην καταλαβαίνω λέξη. Ενώ σα διάβαζε η Τσιτσίλχεν ή τώρα η Διπλοτσιτσίλχεν παρ' όλο που καταλαβαίνω, νομίζω πως όλα είναι ξένα κι άνοστα.

Ο παπαγάλος η Κική κάθεται δίπλα μας στο μάθημα κι όλο κάτι λέει: «Ρε-βο-λι-σιο-νέεεεεερρρρρρρ».

– Τι θα πει αυτό, Πολίν;

– Επαναστάτης. Άκουσε που το 'λεγε κάποιος φίλος μου...

Κι ο δάσκαλός μου είναι ρεβολισιονέερ, λέω από μέσα μου, αφού ο μπαμπάς είπε να μη μιλάω σε κανένα για το τι είναι και δεν είναι ο Φεγγάρης Φεγγάροβιτς.

ΜΙΑ ΠΡΩΤΟΜΑΓΙΑ... ΤΟΝ ΑΠΡΙΛΗ

Περιμένω τον Πάβελ Γκρηγκόρεβιτς για μάθημα. Για να περάσει η ώρα στρώνω και ξεστρώνω το κρεβάτι μου να μη μοιάζει κακοτυλιγμένος λαχανοντολμάς, που λέει η Πολίν. Αφού το 'φτιαξα για τρίτη φορά και ξέρω πως καλύτερα δε γίνεται (μα η αλήθεια είναι πως βαρέθηκα κιόλας), πάω να ρίξω μια ματιά στην έκθεση που ετοίμασα για το μάθημα. Τα τετράδιά μου τα 'χω από ώρα πάνω στο τραπέζι στην τραπεζαρία. Κοιτάζω το μεγάλο ρολόι του τοίχου, είναι δέκα και δέκα. Πώς το 'παθε κι άργησε δέκα λεπτά ο Φεγγάρης Φεγγάροβιτς! Ποτέ του δεν αργεί! Όρθιος, κοντά στο τραπέζι είναι ο μπαμπάς, με το καπέλο στο κεφάλι και την τσάντα με τα εργαλεία στο χέρι. Ρίχνει μια ματιά στο ιατρικό περιοδικό που μόλις έφερε ο ταχυδρόμος. Έτσι διαβάζει πάντα, στα πεταχτά, από τον έναν άρρωστο στον άλλο.

– Μπαμπά, πόσες του μηνός έχουμε σήμερα; ρωτάω έτσι για να ρωτήσω κάτι, αφού δε μου 'ρθε (περίεργο πράγμα) τίποτ' άλλο για ρώτημα στο μυαλό.

– Κοίταξε το ημερολόγιο, απαντάει εκείνος χωρίς να σηκώσει το κεφάλι από το περιοδικό.

Πάω στο ημερολόγιο που είναι κρεμασμένο δίπλα στον μπουφέ, με μεγάλους μεγάλους αριθμούς είναι γραμμένο: 19 Απριλίου. Κι από κάτω με μικρά γράμματα: 1 Μαΐου.

– Μπαμπά, γιατί γράφει εδώ με μεγάλα γράμματα 19 Απριλίου και με μικρούτσικα, 1 Μαΐου;

Ο μπαμπάς μου θα μπορούσε αντί γιατρός να 'ναι σπουδαίος ταχυδακτυλουργός. Καταφέρνει να διαβάζει, ν' ακούει τι του λέω, να μου απαντάει χωρίς να πάψει το διάβασμα και με το 'να χέρι να ψαχουλεύει την τσάντα του μήπως ξέχασε τίποτα.

– Στο εξωτερικό, λέει και γυρίζει το φύλλο του περιοδικού του, έχουν άλλο ημερολόγιο.

Ο μπαμπάς κλείνει το περιοδικό του και κουμπώνει το παλτό του.

– Γιατί... γιατί...

– Δεν προφταίνω τώρα να σου εξηγήσω. Πάντως το δικό μας ημερολόγιο πάει δεκατρείς μέρες πιο πίσω από τις άλλες χώρες. Κάθε εκατό χρόνια αυτή η διαφορά μεγαλώνει κατά μια μέρα.

Άλλο πάλι κι αυτό. Έχει δίκιο ο Φεγγάρης Φεγγάροβιτς που λέει πως είμαι τούβλο. Μα πώς άργησε έτσι! Ο μπαμπάς έχει πάει κιόλας στην πόρτα για να φύγει, μα κουτουλάει πάνω στην Ντούνια που μπαίνει φουριόζα.

– Περιμένεις το δάσκαλό σου; μου λέει λαχανιασμένη.

– Ναι.

– Περίμενέ τον ως τη δεύτερη παρουσία. Δε θα 'ρθει ο Μπουζουριασμένος σου. Ο καψερός!

Τρόμαξα. Για να τον πει «καψερό» η Ντούνια που δεν τον έχει στα όπα όπα, κάτι κακό θα 'παθε.

– Τι συμβαίνει, Ντούνια, ρωτάει βιαστικά ο μπαμπάς.

– Αχ, Παναγία παρθένα μου, σταυροκοπιέται η Ντούνια, πήγα στην αγορά πρωί πρωί να ψωνίσω και τον είδα σ' ένα σοκάκι τον Μπουζουριασμένο το δικό μας, μαζί με κάτι άλλους, μπουζουριασμένους σαν και δαύτον, να κρατάει μια κόκκινη σημαία κι από πίσω ο γιος της Ευδοκίας που δουλεύει στη φάμπρικα κι ένα σωρό άλλοι εργάτες και φώναζε: «Κάτω ο τσάρος», «Κάτω η εξουσία», «Εξουσία είμαστε μεις».

– Σιγότερα, Ντούνια, κάνει ο μπαμπάς, γιατί εκείνη φώναζε μ' όλη της τη δύναμη, λέγε παρακάτω.

– Αχ, παρακάτω! Ήρθε ο Μπουνιάς (που να τονε δω κρεμασμένο ανάποδα με τη γλώσσα δυο πιθαμές έξω) κι οι κοζάκοι πάνω στ' άλογα κι άρχισαν να βαράνε στο ψαχνό κι ο κόσμος έτρεχε και το 'βαλα κι εγώ στα πόδια, όχι θα καθόμουνα να τις φάω!

– Σουσάμη, λες να 'παθε τίποτα ο Πάβελ Γκρηγκόρεβιτς; ρωτάω κι ακούω τη φωνή μου που τρέμει.

Ο μπαμπάς δεν απαντάει. Ακούγονται φωνές στην εξώπορτά μας και τρέχω να δω ποιος είναι.

Ο Βλαντίμηρ Ιβάνοβιτς, ο μπαμπάς της Ρίτας και της Ζόγιας, με κάνει πέρα και μπαίνει. Τα φρύδια-κάμπιες κουνιούνται σαν τρελά. Πίσω του έρχεται η μαμά ταραγμένη.

– Τι πάθατε; αρρώστησε κανείς στο σπίτι;

– Από υγεία, δόξα στο Θεό, φωνάζει σχεδόν εκείνος κι ύστερα γυρίζει στον μπαμπά: Δε σας τα 'λεγα;

– Τι μου λέγατε; κάνει ο μπαμπάς με όσο μπορεί πιο ήρεμη φωνή.

– Για την απεργία. Το 'πανε και το κάνανε. Κι όχι μόνο άφησαν τη δουλειά και πήρανε τους δρόμους, μα ήρθανε δυο αλητάράδες, δυο εργάτες, και μου δώσαν ένα χαρτί. «Είμαστε», λέει, «επιτροπή του εργοστασίου κι εδώ μέσα είναι τα αιτήματά μας.» Ακούτε; Τα αι-τή-μα-τά τους!

– Και τι ζητάνε; ρωτάει ο μπαμπάς με φωνή που δε μοιάζει δικιά του και μίλησε για να πει κατι.

Τα φρύδια-κάμπιες τρελάθηκαν πια για τα καλά κι η φωνή του Βλαντίμηρ Ιβάνοβιτς κάνει να τρέμουν τα βαζάκια στον μπουφέ.

– Θένε αύξηση του μεροκάματου – πρώτον. Και λιγότερες ώρες εργασίας – δεύτερον. Και καλύτερους όρους εργασίας – τρίτον. Κι έτσι που πάμε θα μου πούνε σε λίγο «φύγε συ να 'ρθω εγώ». Δεν πάνε στο διάβολο...
– Βλαντίμηρ Ιβάνοβιτς, τον κόβει ο μπαμπάς, είναι κι η Σάσενκα εδώ. Αφήστε, τα κουβεντιάζουμε άλλη ώρα.
Η Σάσενκα ούτε προσέχει τι λέει ο Βλαντίμηρ Ιβάνοβιτς. Εγώ ένα συλλογιέμαι: Γλίτωσε άραγε ο Φεγγάρης Φεγγάροβιτς;

Ευτυχώς κι έφυγε βιαστικά, όπως ήρθε, ο μπαμπάς της Ρίτας και της Ζόγιας, αλλιώς, θα 'πεφτε πάνω στο δάσκαλό μου που μπήκε αναμαλλιασμένος με το ένα μανίκι του σακακιού του τελείως ξεκολλημένο, μα μ' ένα πρόσωπο τόσο χαμογελαστό, τόσο φεγγαρολουσμένο, «λες και του καθαρίζανε αυγά», που είπε κι η Ντούνια πιο ύστερα. Τα μάτια του είναι γελαστά γελαστά και γυαλίζουνε σαν κάτι παράξενα μαμούνια που 'χει στη συλλογή του ο γιατρός Ρογκόφ.

– Είστε καλά; ρωτάει ο μπαμπάς.
– Μια χαρά, γελάει εκείνος. Πέτυχε Ίγκορ Λβόβιτς. Πέτυχε, η απεργία! Μας κυνήγησαν οι κοζάκοι, σκορπίσαμε, βαρούσαν στο ψαχνό μα ένα γύρο σ' όλες τις φάμπρικες και τα εργοστάσια απεργούν!

Εγώ τους κοιτάζω και προσπαθώ να θυμηθώ τη γαλλική λέξη... πώς την είπε ο παπαγάλος η Κική...

Ξάφνου, εκείνος γύρισε και με κοίταξε.
– Σάσενκα καλή μου (πρώτη φορά με λέει Σάσενκα, όλο Σάσα με φωνάζει), δε θα κάνουμε μάθημα σήμερα. Πρέπει να φύγω.

Η μαμά και η Ντούνια (ναι, ναι, κι η Ντούνια) τον παρακαλούνε να πιει ένα φλιτζάνι τσάι και να φάει κάτι. Εκείνος βιάζεται. Μόλις προφταίνει η μαμά να του ράψει το μανίκι με μεγάλες βελονιές. Μας αποχαιρετάει.

– Θα ξαναπεράσω... ίσως το απόγευμα, λέει πριν φύγει, και γέμισε το δωμάτιο από φεγγαρίσιο χαμόγελο.

Το... απόγευμα, η ώρα δεν περνάει. Κοιτάζω από το παράθυρό μου τις ράγιες. Θαρρείς και δε συμβαίνει τίποτα. Τραβάνε το δρόμο τους. Περνάνε τα τρένα. Περνάει κι ο κόσμος. Άλλοι περπατούνε βιαστικά, άλλοι χαζεύουν. Στη γωνιά του δρόμου κρέμεται μια μεγάλη ρεκλάμα του θεάτρου της πόλης: «Τρελός από έρωτα», καθ' εκάστην 6-9 μ.μ. Μια γυναίκα πουλάει ανεμώνες μοβ και ροζ. Ένα παιδάκι έχει δέσει σ' ένα καλάμι ένα σπάγκο, στην άκρη κρέμασε ένα καρφί, κάθεται σ' ένα πεζουλάκι και κάνει πως ψαρεύει, λες και κάτω ο δρόμος είναι η θάλασσα. Έρχεται η Διπλοτσιτσίλχεν, κάνουμε μάθημα, διαβάζω από το βιβλίο που μου δίνει: «Ήτανε παγωνιά. Η Κάρλχεν, ο Αμίλχεν και ο Παούλχεν πολύ λυπόνταν τα καημένα τα σπουργιτάκια που χοροπηδούσανε στο χιόνι και δε βρίσκανε τι να φάνε». Τελειώνει το μάθημα, φεύγει η Διπλοτσιτσίλχεν. Ουφ, σήμερα δεν την άντεχα καθόλου. Τρέχω στην κουζίνα, η Ντούνια κάνει μετάνοιες στην εικόνα που 'ναι πλάι στο τζάκι και στην άλλη, πλάι στην κατσαρόλα, και παρακαλάει να φυλάνε τον Μπουζουριασμένο κι όλα τα παιδιά.

– Τι έπαθε η Ντούνια; ρωτάω τον μπαμπά που κάθε λίγο πετιέται στο σπίτι να μάθει αν είχαμε νέα από τον Πάβελ Γκρηγκόρεβιτς.

– Η Ντούνια είναι απλός άνθρωπος, έχει μάλαμα καρδιά, λέει ο μπαμπάς. Με ποιον ήθελες να 'ναι, με τους κοζάκους; Με τους κυνηγημένους βέβαια.

– Κάνε κι εσύ καμιά προσευχή, με τραβάει να γονατίσω δίπλα της η Ντούνια, δικός σου είναι ο δάσκαλος.

Η Παναγία της κατσαρόλας έχει τόσο μαυρίσει από τις κάπνες, που μοιάζει αραπίνα.

Κάθε τόσο έξω από τα παράθυρα περνάει μια περίπολος από τρεις τέσσερις κοζάκους. Πού και πού από μακριά ακούμε έναν κρότο σαν ξερή πιστολιά.

Άρχισε να σκοτεινιάζει, η μαμά κι η Ντούνια ανάβουν όλες τις λάμπες. Η Πολίν γύρισε από τα μαθήματά της. Είναι ξαναμμένη. «Λένε πως έπιασαν πολλούς.» «Λένε πως χτύπησαν στο ψαχνό.» «Υπάρχουν νεκροί και τραυματίες.» Ο μπαμπάς πήγε κι έφερε ένα μεγάλο βαλιτσάκι κι άρχισε να εξετάζει ένα ένα τα φάρμακα και τα εργαλεία που έχει μέσα. Εγώ για πρώτη φορά δε ρωτάω τίποτα, μα τίποτα...

Κάποιος χτυπάει την πόρτα.

— Ο δάσκαλός μου, πετάγομαι.

Η Ντούνια πάει ν' ανοίξει. Σε λίγο γυρίζει μ' ένα αγοράκι. Το γνώρισα αμέσως, είναι ο Γιόζεφ, ο φίλος της Γιούλιας, εκείνος που 'στριβε να καπνίσει τσιγάρο.

— Μ' έστειλε ο Πάβελ...

— Είναι καλά; ρωτάμε όλοι πριν τον αφήσουμε να τελειώσει.

— Αχά, κάνει ο Γιόζεφ και βγάζει από τη φόδρα ενός λιγδιασμένου και στραβοπατημένου καπέλου που φορούσε ένα χαρτάκι.

Ήτανε από το Φεγγάρη Φεγγάροβιτς. Έγραφε του μπαμπά να πάρει το βαλιτσάκι του και ν' ακολουθήσει το μικρό. Η Ντούνια ξεκρεμάει το παλτό και το καπέλο του μπαμπά από την κρεμάστρα κι ετοιμάζεται να του το δώσει. Ο μπαμπάς σαν να μη βιάζεται να φύγει.

— Άντε, πάμε, λέει ανυπόμονα ο Γιόζεφ.

— Για κάτσε, κάνει ο μπαμπάς. Ο Πάβελ Γκρηγκόρεβιτς γράφει να σ' εξετάσω πρώτα. Εμπρός, γδύσου.

Ο Γιόζεφ μουτρώνει, μα βγάζει το σακάκι του. Στην πλάτη του έχει μια μεγάλη βαθιά χαρακιά όλο αίμα. Από το φόβο μου κλείνω τα μάτια, όπως τότε που η Ίρμα η θηριοδαμάστρια ετοιμαζότανε να βάλει το κεφάλι της στο στόμα του λιονταριού.

— Ιησού Χριστέ, φωνάζει η Ντούνια.

– Πώς το 'κανες; ρωτάει η μαμά.

– Ένας κοζάκος με το κνούτο. Είδα τον Πάβελ Γκρηγκόρεβιτς κι έτρεχα ξοπίσω του κι ήτανε κι άλλοι πολλοί.

Ανοίγω τα μάτια μου. Ο μπαμπάς του πλένει με οξυζενέ την πληγή. Εκείνος δαγκώνει τα χείλια του μα δε βγάζει μιλιά.

– Παλικάρι, του λέει ο μπαμπάς.

– Άντε λοιπόν, πάμε, βιάζεται ο Γιόζεφ.

Ο μπαμπάς όμως δε θέλει να πάει με το Γιόζεφ. Τον βλέπει που μόλις στέκεται στα πόδια του και καίει στον πυρετό.

– Πες μου τη διεύθυνση, του λέει, και κάθισε εσύ εδώ να σε γιατροπορέψει η Ντούνια.

Έκλεισε το βαλιτσάκι του κι ετοιμάστηκε να φύγει.

– Πού πας; τον σταματάει η μαμά. Αμάξι δεν κάνει να πάρεις, μη δει ο αμαξάς πού σε πάει κι αν πας με τα πόδια, εσύ στα σκοτεινά δε βλέπεις καλά.

– Σαν να 'χεις δίκιο, κάνει ο μπαμπάς και στέκεται με το βαλιτσάκι αναποφάσιστος.

– Πάω εγώ μαζί, πετιέται η Πολίν. Θα πάρω το γιατρό αγκαζέ και θα περπατάμε στο σούρουπο σαν ερωτευμένο ζευγαράκι.

Βάλαμε όλοι τα γέλια.

Η Πολίν έτρεξε στο δωμάτιο, πήρε το καλό της πανωφόρι που 'χε για γιακά ένα μικρό γουνάκι, ένα ζωάκι που κούμπωνε στο λαιμό της το κεφάλι του με την ουρά.

– Έτοιμη για ραντεβουδάκι, γελάει και το γυριστό μυτάκι της κουνιέται χαρούμενα.

Φύγανε, εμείς πάμε στο παράθυρο και τους κοιτάμε ή μάλλον κοιτάμε τις σκιές τους, γιατί έχει σκοτεινιάσει για καλά, που στρίβουνε το δρόμο πιασμένοι αλαμπρατσέτο.

Κάποιος μου γαργαλάει το χέρι και ξυπνάω. Είναι ο

παπαγάλος η Κική. Ο ήλιος έχει μπει στην κάμαρά μου και φτάνει μέχρι τα πόδια του κρεβατιού μου. Είναι πρωί! Πότε κοιμήθηκα; Πώς βρέθηκα στο κρεβάτι μου; Θυμάμαι πως ήμουνα στο γραφείο του μπαμπά, στο ντιβανάκι, σκεπασμένη με την παλιά γούνα της μαμάς. Η μαμά καθότανε στην πολυθρόνα κι η Ντούνια σταυροπόδι κατάχαμα. Δίπλα, από την τραπεζαρία, ακούγαμε το ρολόι του τοίχου να χτυπάει μία... δύο... τρεις... Ποιος μ' έφερε στο κρεβάτι μου; Τι ώρα είναι; Πετάγομαι απότομα και κοιτάζω το κρεβάτι της Πολίν. Είναι άδειο και στρωμένο, σαν να μην κοιμήθηκε κανένας.

– Αλήθεια σου λέω, Κική, δεν ξέρω πού είναι, λέω στον παπαγάλο που εξακολουθεί να φέρνει βόλτες στο κρεβάτι μου.

– Μπονζούρ! μπήκε η Πολίν στο δωμάτιο.

Μια Πολίν πιο ξερή κι από την ξερή κομπόστα. Χλωμή χλωμή. Το γουνάκι έχει στριφογυρίσει, το κεφαλάκι από το ζωάκι έχει πάει πίσω και η ουρίτσα κρέμεται στο σβέρκο της. Κρατάει το καπέλο της στο χέρι. Τα γοβάκια της, τα καλά της τα λουστρίνια, με τα ψηλά τακούνια, είναι καταλασπωμένα.

– Αχ, Σασενκά, τι νύχτα και τούτη! αναστενάζει, ύστερα χαμογελάει και πέφτει βαριά στο κρεβάτι της.

Ο παπαγάλος τρέχει κοντά της. Τρέχω κι εγώ.

– Τι έγινε, Πολίν; Τώρα γυρίσατε;

Η Πολίν που έχει μια στιγμή κλείσει τα μάτια, τ' ανοίγει αμέσως.

– Ο μπαμπάς σου, Σασενκά, μπορεί να 'ναι τρελός, μα είναι ο πιο καταπληκτικός άνθρωπος που έχω γνωρίσει!

Όλη νύχτα, μου διηγιέται, τρέχανε αλαμπρατσέτο με τον μπαμπά από σπίτι σε σπίτι. Δηλαδή τι σπίτια, χαμόσπιτα. Πήγανε και ξύπνησαν και το γιατρό Ρογκόφ. Ήτανε ένας πολύ βαριά τραυματισμένος. «Αν τον πάμε στο νοσοκομείο, θα τον στείλουν μετά στο νοσοκομείο της φυλακής», είχε πει ο μπαμπάς.

Μπαίνει μέσα στο δωμάτιό μας η μαμά και φέρνει της Πολίν στο δίσκο αχνιστό καφέ (η Πολίν δεν μπορεί αν δεν πιει τρία ολόκληρα φλιτζάνια καφέ το πρωί, ούτε να δει δε θέλει το τσάι) και ψωμάκια με βούτυρο και μαρμελάδα. Η Πολίν την αγκαλιάζει.

– Ποιος να μου το 'λεγε πως θα 'βρισκα οικογένεια σ' αυτήν εδώ την άκρη της γης, έξω από το φίκο και τον παπαγάλο μου!

Από κείνο το πρωί, κάθε μέρα περιμένουμε να φανεί ο Πάβελ Γκρηγκόρεβιτς.

– Θα 'ρθει, λέει ο μπαμπάς, περιμένει να ησυχάσουν τα πράγματα και θα φανεί.

Εγώ διαβάζω και ξαναδιαβάζω τα μαθήματα που έχω κάνει μαζί του, μα δε βρίσκω κανένα γούστο να ξέρω ότι «ένας έμπορος αγόρασε τόσους στατήρες στάρι...», άμα δε βλέπω απέναντί μου το γελαστό φεγγαροπρόσωπο του Φεγγάρη Φεγγάροβιτς.

Πέντε ολόκληρες μέρες περάσανε! Την έκτη μέρα το πρωί, χτύπησε το κουδούνι μας. Άνοιξε η μαμά την πόρτα κι έτρεξα κι εγώ από κοντά, μήπως είχαμε κανένα μήνυμα από το δάσκαλό μου. Γιατί ο ίδιος δεν ήτανε, γνώριζα καλά το χτύπημά του.

Στην πόρτα στέκει μια γυναίκα. Είναι ψηλή, λιγνή κι έχει κάτι μεγάλα πράσινα μάτια και καστανά μαλλιά, σγουρά σγουρά, πυκνά μαλλιά, δεμένα ψηλά μ' ένα μαύρο φιόγκο. Στέκεται στην πόρτα σαν να θέλει να πει κάτι που δεν το λέει.

– Καλημέρα σας, κάνει η μαμά.

Η γυναίκα θαρρείς και ξεθάρρεψε. Κοιτάζει εμένα. Με κοιτάζει κατάματα, ύστερα πάλι τη μαμά.

– Με συγχωρείτε που σας ενοχλώ. Με λένε Άνια Μπορίσοβνα. Είμαι αρραβωνιαστικιά του Πάβελ Γκρηγκόρεϐιτς, του δασκάλου της κόρης σας.

– Η αρραϐωνιαστικιά του Πάϐελ Γκρηγκόρεϐιτς, απορεί η μαμά. Δε μας είπε ποτέ...

– Ναι, ναι, καταλαϐαίνω, λέει η ξένη γυναίκα. Εγώ δεν καταλαϐαίνω τίποτα! Η μαμά της λέει να περάσει μέσα. Πάμε όλοι στην τραπεζαρία, καταφτάνει και η Ντούνια. Κάθομαι σε μια καρέκλα και μπλέκω τα πόδια μου στριφογυριστά στα μπροστινά καρεκλοπόδαρα. Δε θα το κουνήσω κι ας μου λέει κάθε τόσο η μαμά κι η Ντούνια: «Δεν πας να δεις μήπως ο παπαγάλος δεν έχει νερό» ή «Ξαναδιάϐασε τα γερμανικά σου.»

Η ΄Ανια Μπορίσοϐνα ούτε αγγίζει το φλιτζάνι με το τσάι που της έϐαλε μπροστά της η Ντούνια. Κάθεται στην άκρη άκρη της καρέκλας, κι απέναντί της η μαμά στην πολυθρόνα κι η Ντούνια όπως πάντα κατάχαμα και την περιμένουμε ν' αρχίσει να μιλάει, γιατί δε θα παραξενευόμασταν τόσο αν ξαφνικά μέρα μεσημέρι έϐγαινε στον ουρανό ένα ολοστρόγγυλο φεγγάρι, όσο που μας παρουσιάστηκε αυτή η αρραϐωνιαστικιά του Φεγγάρη Φεγγάροϐιτς.

– ΄Εφτασα σήμερα από την Πετρούπολη, μιλάει με σιγανή φωνή η ΄Ανια, μα δε ϐρήκα τον Πάϐελ σπίτι του. Η νοικοκυρά του μου είπε έχει μέρες να φανεί και ίσως ξέρετε εσείς, γιατί παραδίνει μαθήματα στην κόρη σας.

– Τι να ξέρουμε, ψυχή μου, πετιέται η Ντούνια, που μέχρι κι εγώ τον καρτεράω νύχτα μέρα με λαχτάρα, σαν αρραϐωνιάρα.

– Πώς δε μας είπε ποτέ πως είναι αρραϐωνιασμένος, ρωτάει όσο πιο ευγενικά μπορεί η μαμά.

– Δεν το 'ξερε κι ο ίδιος, λέει η ΄Ανια και γελάει που μας ϐλέπει να την κοιτάμε μ' ανοιχτό το στόμα, μα θαρρείς και ξεθάρρεψε αμέσως.

Πίνει μια γουλιά τσάι, χαμογελάει ξανά, κάθεται πιο ϐολικά στην καρέκλα της κι αρχίζει να διηγιέται «τ' αρραβωνιάσματά της» με τον Πάβελ Γκρηγκόρεβιτς.

– Πηγαίναμε μαζί στο Πανεπιστήμιο, εγώ όμως στο γυναικείο τμήμα και δεν τον ήξερα πολύ καλά. Συναντιόμασταν σε κανένα φιλικό σπίτι. Μου χαμογελούσε άμα με συναντούσε στο διάδρομο του Πανεπιστημίου, του χαμογελούσα κι αυτό ήταν όλο. Όταν τον έπιασαν και τον είχανε φυλακή ήρθε και με βρήκε ένας κοινός μας φίλος. «Θέλεις, μου λέει, ν' αρραβωνιαστείς τον Πάβελ;» Εγώ δεν κατάλαβα τι εννοούσε. Μου εξήγησε πως ο Πάβελ δεν έχει ούτε μητέρα, ούτε αδελφή να τον επισκεφτεί στη φυλακή, γιατί μόνο σε τόσο στενούς συγγενείς επιτρέπεται το επισκεπτήριο. Να πάω λοιπόν στη διεύθυνση της φυλακής και να πω πως είμαι αρραβωνιαστικιά του. Θα 'παιρνα άδεια να τον δω, θα του πήγαινα πράγματα και θα κατάφερνα να μεταδώσω μηνύματα που θέλανε οι φίλοι του. Το επισκεπτήριο στη φυλακή γίνεται μέσα από μια διπλή σίτα. Στη μια μεριά στέκονται οι επισκέπτες και πίσω από τη διπλή σίτα οι κρατούμενοι. Οι φύλακες περνοδιαβαίνουν κι από τη μια κι από την άλλη μεριά, για ν' ακούνε τις συζητήσεις. Όταν άκουσα ένα φύλακα να φωνάζει: «Για τον Πάβελ Γκρηγκόρεβιτς επισκεπτήριο η αρραβωνιαστικιά του», η καρδιά μου άρχισε να χτυπάει δυνατά και ν' αναρωτιέμαι αν θα καταλάβαινε ο Πάβελ. Σε λίγο, να τος, και παρουσιάζεται πίσω από τη διπλή σίτα, μα μόλις με βλέπει χαμογελάει όλο του το πρόσωπο.

»– Άνιουσκα, ψυχούλα μου, σ' αποθύμησα τρελά, μου λέει και καταλαβαίνω πως έχει μπει αμέσως στο νόημα.

»– Πάβελ, χρυσέ μου, λέω κι εγώ, θα σε περιμένω να γυρίσεις.

»Κι ύστερα ανάμεσα στα κάγκελα κατάφερα να του μεταδώσω τα μηνύματα που μου είχανε πει φίλοι του κι εκείνος τα δικά του.

103

» Έξι μήνες πήγαινα και τον έβλεπα κι άρχισα μέσα μου να τον αγαπώ. Ύστερα τον στείλανε τρία χρόνια στη Σιβηρία. Από κει, βέβαια, ούτε γράμμα, ούτε τίποτα. Και να, πριν λίγο καιρό, μου γράφει από την πόλη σας. Μου γράφει για το σπίτι σας, για τη Σάσενκα και με ρωτάει αν θέλω ν' αρραβωνιαστούμε στ' αλήθεια, να παντρευτούμε, γιατί κι αυτός όλο τον καιρό που πήγαινα στη φυλακή μ' αγάπησε και με συλλογιόταγε. Δεν του απάντησα με γράμμα. Μάζεψα τα πράγματά μου και να 'με... μα δεν τον βρήκα.

Αυτό το «δεν τον βρήκα» το είπε τόσο λυπημένα η Φεγγαρούλα, έτσι τη βάφτισα κιόλας, που ένιωσα έναν κόμπο στο λαιμό. Της Ντούνιας πια τα μάτια τρέχουν βρύση. Κείνη την ώρα ήρθε κι ο μπαμπάς και παραβγαίναμε ποια θα του πρωτοπεί την ιστορία της αρραβωνιαστικιάς του δασκάλου μου.

– Τώρα είμαι σίγουρος πως τον έχουν πιάσει, κάνει ο μπαμπάς συλλογισμένος κι αρχίζει να βάζει με το νου του ποιον έχει γιατρέψει που να 'χει σχέση με φυλακές και αστυνομία.

– Μήπως ο φον Λίτεν; λέει η μαμά.

– Έχεις δίκιο, ενθουσιάζεται κείνος. Κάνω θεραπεία στη γυναίκα του κι όπου πάει κι όπου σταθεί λέει τι σπουδαίος γιατρός είμαι.

– Μην μπείτε όμως σε μπελάδες..., ανησυχεί η Άνια.

– Τι μπελάδες, δεν την αφήνει ν' αποτελειώσει ο μπαμπάς. Θα πάω στο φον Λίτεν, είναι συνταγματάρχης της χωροφυλακής και θα του πω: η κόρη μου ετοιμάζεται να δώσει εξετάσεις και χάθηκε ο δάσκαλός της. Λένε πως τον συλλάβανε κι εγώ θέλω να ξέρω αν πρέπει να ψάξω να της βρω άλλον.

Ο συνταγματάρχης φον Λίτεν υποσχέθηκε να μάθει τι απέγινε ο Πάβελ Γκρηγκόρεβιτς και την άλλη μέρα συμβούλεψε τον μπαμπά να μου βρουν άλλο δάσκαλο, γιατί ο δικός μου ήτανε για τα καλά χωμένος φυλακή κι αυτές τις μέρες θα τον δικάζανε. Ο μπαμπάς δεν κουράστηκε να μου βρει δάσκαλο, πρότεινε στην Άνια να μου συνεχίσει τα μαθήματα. Μόνο κουράστηκε πολύ κι έσπαγε το κεφάλι του, μαζί με το γιατρό Ρογκόφ, σε ποιον να μιλήσουν, για να μην είναι μεγάλη η τιμωρία που θα βάλουν στον Πάβελ Γκρηγκόρεβιτς.

Επισκεπτήριο δε δέχονται για τον κρατούμενο Πάβελ Γκρηγκόρεβιτς πριν τελειώσει η ανάκριση.

– Τι θα πει ανάκριση, Σουσάμη;

– Θα πει όταν σε ρωτάει η Ντούνια: Εσύ έσπασες το καπάκι της ζαχαριέρας, και σε ρωτάει και σε ξαναρωτάει, ώσπου να σε μπλέξει και να πεις «ναι».

– Τι θα τον κάνουνε το δάσκαλό μου;

– Αχ, Κουκούτσι μου, μακάρι να 'ξερα.

Η Άνια όμως κατάφερε να δούμε το Φεγγάρη Φεγγάροβιτς έστω κι από μακριά. Και την είδε κι εκείνος.

Μια μέρα, αφού τελειώσαμε το μάθημα, ρώτησε η Άνια τη μαμά αν μ' αφήνει να πάμε βόλτα με τη βάρκα στο ποτάμι. Η μαμά είπε «ναι», φτάνει να βάλω το χοντρό μου ζακετάκι, γιατί έχει υγρασία, μην κρυώσω.

Το βαρκάρη τον λένε Αντόν, τραβάει κουπί και τραγουδάει ένα πολωνέζικο τραγούδι. Μα πιο δυνατά απ' αυτόν φωνάζουνε στις όχθες του ποταμού τα βατράχια «κουάξ κουάξ κουάξ» και πάλι νομίζω πως λένε: «Τρεχάτε, τρεχάτε, συμφορά...» Σφίγγομαι κοντά στην Άνια.

– Κοίτα, μου λέει εκείνη και μου δείχνει ψηλά.

Η βάρκα έχει στρίψει και ξαφνικά ξεπροβάλλει μπροστά μου ένας τεράστιος πέτρινος τοίχος με μικρά παράθυρα φραγμένα με χοντρά σιδερένια κάγκελα.

– Είναι η φυλακή, μου ψιθυρίζει η αρραβωνιαστικιά του Πάβελ Γκρηγκόρεβιτς.

Ο βαρκάρης παύει το τραγούδι, μόνο τα βατράχια συ-

105

νεχίζουν σαν τρελά το κράξιμό τους. Στα παραθυράκια, πίσω από τα κάγκελα, έχουν φανεί κεφάλια. Εμείς περνάμε και ξαναπερνάμε και κάποια στιγμή, ένα κεφάλι, που δεύτερο δεν υπάρχει στον κόσμο, ολοστρόγγυλο σαν γιομάτο φεγγάρι, φάνηκε σ' ένα παραθυράκι. Η Άνια μ' αγκαλιάζει. Είναι μακριά και δεν μπορούμε να ξεχωρίσουμε καθαρά. Σίγουρα όμως το φεγγαροπρόσωπο θα χαμογελάει και θα φέγγει ολόκληρο. Ύστερα το κεφάλι χάνεται και φαίνεται ένα χέρι που μας κουνάει ένα μαντίλι.

– Με είδε, μόλις ακούγεται η φωνή της Άνιας. Τώρα ξέρει πως ήρθα.

Πάνω στο χέρι μου πέφτουν κάτι ζεστά δάκρυα. Το βράδυ δεν μπορούσα να κοιμηθώ, μια σκέψη στροβίλιζε στο μυαλό μου. Άκουσα την Πολίν που ήρθε να πέσει κι έκανε σιγά σιγά, μη με ξυπνήσει.

– Πολίν, ψιθυρίζω.

– Δεν κοιμάσai;

– Όχι.

Τρέχω και χώνομαι στο κρεβάτι της.

– Πολίν, λέω και ψάχνω να βρω τις λέξεις, θέλεις αρραβωνιαστικό;

Είναι σκοτεινά και δε βλέπω το πρόσωπό της.

– Τι λες, Σασενκά;

– Πολίν, γιατί δεν πας στη φυλακή να πεις πως είσαι η αρραβωνιαστικιά κάποιου φυλακισμένου; Άμα βγει, μπορεί να θέλει να σε πάρει, όπως ο Πάβελ Γκρηγκόρεβιτς την Άνια.

Η Πολίν περνάει το χέρι της πίσω από το λαιμό μου και μ' αγκαλιάζει.

– Παράξενο κοριτσάκι που είσαι, Σασενκά, όλο απίθανα πράγματα πας και σκέφτεσαι. Εγώ δεν είμαι σαν την Άνια. Είμαι γριά πια για αρραβωνιαστικιά, τριάντα οχτώ χρονών.

Ανακάθομαι στο κρεβάτι. Δε φανταζόμουνα πως η Πολίν είναι τόσο μεγάλη. Τριάντα οχτώ χρονών. Αλήθεια τι είναι αυτό που κάνει τους ανθρώπους να γερνάνε; Εκείνες οι ρυτίδες, οι ψιλές ψιλές που έχει η Πολίν γύρω από τα μάτια; Και τι θα πείραζαν ένα φυλακισμένο να την παντρευτεί σα βγει από τη φυλακή; Τι θα πείραζαν αυτές οι ψιλές ρυτιδούλες, αφού είναι τόσο καλή και τόσο παλικάρι;

– Άντε στο κρεβάτι σου και είναι αργά, μου λέει με μια φωνή που το νιώθω πως προσπαθεί να την κάνει χαρούμενη, κι αύριο κουβεντιάζουμε για αρραβωνιάσματα και για γάμους.

Την άλλη μέρα παρακάλεσα την Άνια να πάμε στο Βοτανικό κήπο να δούμε τη Γιούλια.

Τη βρήκαμε καταλυπημένη και ολομόναχη. Πάει ο Βάσεκ. Τον πιάσαν την Πρωτομαγιά που δεν ήτανε Πρωτομαγιά και ήτανε 19 του Απρίλη. Χάρηκε φυσικά η Γιούλια που με είδε και που γνώρισε και την Άνια. Μα...

– Καλύτερα να μην περπατούσα ποτέ και να 'τανε εδώ ο Φεγγάρης κι ο Βάσεκ, κάνει και τρέμει το χείλι της μην κλάψει.

– Γιούλιτσκα, της μιλάει γλυκά η Άνια, έλα να κάνουμε όπως θα 'θελε ο Πάβελ. Να σου κάνω μάθημα. Μου 'πε η Σάσενκα πως άρχισες να διαβάζεις μαζί του.

Ύστερα ξεχάσαμε τις λύπες, η Άνια μας διηγιότανε ένα σωρό αστεία, τις κατεργαριές που έκανε στους φύλακες σαν πήγαινε στη φυλακή να δει το δάσκαλό μου. Η Γιούλια της λέει άμα παντρευτεί να φορέσει ένα κόκκινο φόρεμα σαν τη σημαία της Πρωτομαγιάς, στολισμένο με άσπρα κλαριά από τις βυσσινιές που θα κόψουμε από το Βοτανικό κήπο. Μονάχα που για να γίνουν όλα αυτά, πρέπει ο Φεγγάρης Φεγγάροβιτς να μην είναι πίσω από το μικρό παραθυράκι με τα σιδερένια κάγκελα.

ΘΑΥΜΑΤΑ, ΓΑΜΟΣ ΚΑΙ ΑΠΟΧΑΙΡΕΤΙΣΤΗΡΙΑ

Ποια από τις εικονίτσες της Ντούνιας έκανε το θαύμα δεν ξέρω. Εκείνη η μαυρισμένη που είναι πλάι στο τηγάνι ή η άλλη κολλητά στην κατσαρόλα; Η Ντούνια σταυροκοπιέται όλη μέρα όσο μαγειρεύει και παρακαλάει να ξανακυλήσει η γυναίκα του συνταγματάρχη φον Λίτεν και να 'χουν ανάγκη από γιατρό.

Ένα πρωί, λοιπόν, έγινε το θαύμα, και στείλανε το αμάξι να πάρει τον μπαμπά, γιατί η συνταγματαρχίνα ήτανε στα τελευταία της. Ο μπαμπάς πήρε την τσάντα του κι έφυγε, κι η Ντούνια δώστου πάλι μετάνοιες.

– Κάνε, Παναγίτσα μου, το θάμα σου να τη γιάνει ο γιατρός μας κι ο συνταγματάρχης να μας τονε λευτερώσει τον Μπουζουριασμένο.

Όλη τη νύχτα ο μπαμπάς την πέρασε στο φον Λίτεν. Φώναξε και το γιατρό Ρογκόφ. «Έκοψαν, έραψαν», που λέει κι η Ντούνια, γλίτωσε η συνταγματαρχίνα. Ο φον Λίτεν πήγε να δώσει ένα ολόκληρο πουγκί στον μπαμπά.

– Δε θέλω πληρωμή. Μονάχα να μου βγάλετε το δάσκαλο της κόρης μου. Συνήθισε μαζί του κι αν κάνει μ' άλλον, κινδυνεύει να μην περάσει στις εξετάσεις.

Ο φον Λίτεν στην αρχή υπόγραψε ένα χαρτί να επιτρέψουν στην Άνια να πάει επισκεπτήριο στη φυλακή.

109

– Πρώτη φορά πάω σαν επίσημη αρραβωνιαστικιά, έλεγε κείνη και δεν κρατιότανε από τη χαρά της.

Σε τρεις μέρες ο Πάβελ Γκρηγκόρεβιτς ήτανε σπίτι μας, μα εδώ σταμάτησε τα θαύματα η Παναγία της Ντούνιας. Αν ο δάσκαλός μας ήθελε να μείνει στην πόλη μας, είπε ο φον Λίτεν, έπρεπε να υπογράψει ένα χαρτί που να λέει πως θα καθίσει φρόνιμα, δε θ' ανακατεύεται με τις απεργίες και τους εργάτες, πως δε θα πηγαίνει σε διαδηλώσεις, πως δε θα κάνει μαθήματα στα φτωχά παιδιά κι ένα σωρό άλλα, αλλιώς, θα τον στείλουν σε άλλη πόλη.

– Εχ, Σάσα Βελιτσάντσκαγια, μου λέει ο Φεγγάρης Φεγγάροβιτς και μου ζουλάει τη μύτη, λυπάμαι που θα σε χάσω, μα δεν μπορώ να υπογράψω όλα αυτά που μου ζητάνε.

– Κάνε ό,τι σου λέει η συνείδησή σου και μη σκέφτεσαι τίποτ' άλλο, τον συμβουλεύει ο μπαμπάς.

– Η συνείδησή μου, Ίγκορ Λβόβιτς, φωνάζει πως πρέπει να κάνω ακριβώς όλα αυτά που δε θέλει ο φον Λίτεν, απαντάει ο δάσκαλός μου.

– Ε, τότε, στείλε στο διάβολο το φον Λίτεν, του λέει ο μπαμπάς.

Τρεις μέρες δώσανε άδεια στον Πάβελ Γκρηγκόρεβιτς να μείνει στην πόλη μας. Την πρώτη, μου 'κανε πραγματικές εξετάσεις να δει πού βρίσκομαι, γιατί ο καιρός για τις εξετάσεις πλησιάζει. Βρήκε πως πήγαινα μια χαρά. Τη δεύτερη, βάλαμε όλοι τα καλά μας να πάμε στο γάμο του Φεγγάρη Φεγγάροβιτς και της Άνιας. Εγώ ήμουνα στις ανάποδές μου γιατί η Ντούνια με τυράννησε για να μου πλέξει το κοτσιδάκι, γκρίνιαζα γιατί με βάλανε να φορέσω το καλό μου φόρεμα που είχε πιέτες γύρω γύρω κι η μαμά κι η Ντούνια όταν το φορούσα έλεγαν: «Μη κάθεσαι έτσι, θα ζαρώσουν οι πιέτες», γκρίνιαζα γιατί τα καλά μου τα παπούτσια νόμιζα πως με χτυπούσαν στις μύτες.

– Στις ανάποδές σου είσαι τέτοια μέρα, με μαλώνει η Ντούνια.

Το 'ξερα. Μα δεν έφταιγε ούτε το καλό μου φουστάνι ούτε τίποτα. Ήτανε γιατί θα 'χανα το δάσκαλό μου και την Άνια, που είχα αρχίσει να την αγαπάω πολύ. Δε φόρεσε η Άνια κόκκινο φόρεμα σαν τη σημαία της Πρωτομαγιάς, μα ένα πράσινο σαν τα μάτια της, με μεγάλο δαντελένιο γιακά.

Παρ' όλες τις «ανάποδές» μου, δεν μπόρεσα να μη γελάσω σαν είδα την Ντούνια στολισμένη μ' ένα ψάθινο καπέλο που είχε απάνω ένα κόκκινο τριαντάφυλλο και δυο πολύχρωμα φτερά, που σίγουρα θα τα 'χε μαδήσει από κείνον το μεγάλο κόκορα του γιατρού Ρογκόφ. Ο γαμπρός, ο Φεγγάρης Φεγγάροβιτς φορούσε ό,τι φορούσε κάθε μέρα, μόνο που το χαμόγελό του ήτανε – αν μπορούσε να γίνει – ακόμα πιο φεγγερό.

Μα κείνη που ήτανε κομψή σαν φιγουρίνι ήτανε η Πολίν. Φορούσε ένα μπλε ταγιέρ μ' ένα άσπρο ψεύτικο χρυσάνθεμο στην μπουντουνιέρα και μια άσπρη μπλούζα όλο δαντέλες. Είχε ένα καπέλο τυλιγμένο μέσα σ' ένα βέλο κι ένα τόσο δα τσαντάκι κεντημένο με χάντρες. Ήρθε και ο γιατρός Ρογκόφ με φράκο! Πίσω του κρεμόντανε δυο ουρές σαν χελιδόνι, μα μπροστά δεν κούμπωνε, εμπόδιζε η φουσκωτή του κοιλίτσα. Ύστερα φάγαμε όλοι στο σπίτι. Η Ντούνια κι η μαμά μαγείρευαν όλη μέρα χτες του κόσμου τα φαγητά. Οι μεγάλοι ήπιανε βότκα, γελούσαν, τραγουδούσαν, ως κι ο μπαμπάς έπιασε το τραγούδι που έχει μια φωνή... (από κείνον πήρα).

– Οχ, Ίγκορ, μην τραγουδάς, μην τραγουδάς, γελάει η μαμά, θα τρομάξουν τα χελιδόνια και θα ξαναφύγουν πίσω.

Μόνο κάποιος είναι λυπημένος στη γιορταστική τούτη μέρα. Κάποιος που ξέρω καλά, με μια κοτσιδούλα τόση

111

δα, που έχει φυτρώσει όμως για τα καλά. Κάθομαι αμίλητη στο τραπέζι και πλέκω τα κρόσσια του καλού τραπεζομάντιλου που έχουν στρώσει για το γάμο.

– Σάσα, πάμε να πάρουμε λίγο αέρα. Πετάχτηκα. Ήταν ο Φεγγάρης Φεγγάροβιτς που μου μιλούσε.

– Πήγαινε, πήγαινε, λέει ο μπαμπάς.

Η Ντούνια σηκώνεται να μου φέρει το χοντρό μου ζακετάκι, γιατί τα βράδια έχει ψύχρα. Βγαίνουμε και καθόμαστε σ' ένα παγκάκι μπροστά στο σπίτι μας. Εγώ δεν μπορώ να βγάλω μιλιά και κοιτάω όλο μπροστά μου.

– Μη λυπάσαι που φεύγουμε, ακούω τη φωνή του δασκάλου μου. Να δεις που θα ξανάρθουμε. Ή εγώ, ή η Άνια. Ή θα 'ρθούμε μια μέρα κι οι δυο να χτυπήσουμε χαρούμενα την πόρτα, ή αν ακούσεις καμιά φορά στο παράθυρό σου ένα πετραδάκι να χτυπάει πάνω στο τζάμι, βγες σε λίγο και πήγαινε και στάσου κάτω από την καμάρα με τα σκαλίσματα σε κείνο το μικρό δρομάκι. Θα 'μαι εγώ ή η Άνια. Αυτό όμως θα το ξέρεις μόνο εσύ, Σάσα Βελιτσάνσκαγια, γιατί δε θα πρέπει να μαθευτεί πως ήρθαμε στην πόλη σας. Κοίταξέ με τώρα και χαμογέλα.

Στον ουρανό έχει βγει ολοστρόγγυλο το φεγγάρι. Μα πόσο πιο φεγγαρίσιο είναι το πρόσωπο του Φεγγάρη Φεγγάροβιτς!

Οι άλλοι συνέχισαν το γλέντι και μένα με στείλανε να κοιμηθώ γιατί ήτανε πολύ αργά.

– Δεν κοιμάσαι;

Ήτανε ο μπαμπάς που ήρθε και κάθισε στα πόδια του κρεβατιού μου.

– Δεν κοιμάμαι... Συλλογιέμαι... Σουσάμη μου, πες μου, εσύ είσαι ρεβολισιονέερ;

– Όχι, Κουκούτσι μου, δεν είμαι επαναστάτης, μιλάει χαμηλόφωνα ο μπαμπάς που όσο άσχημη είναι η φωνή

112

του όταν τραγουδάει, τόσο μελωδική γίνεται άμα μιλάει.

– Αχ, γιατί;

– Γιατί; Γιατί δεν είμαι τόσο παλικάρι, ούτε τόσο υπομονετικός... Χρειάζεται, Κουκούτσι μου, κουράγιο και θυσίες και φυλακές και εξορίες. Όχι, δεν είμαι τόσο παλικάρι. Να τους βοηθήσω, ναι... μα να γίνω σαν κι αυτούς δεν αντέχω.

– Γιατί, Σουσάμη μου, να μην μπορείς να κάνεις κάτι να νικήσουν πιο γρήγορα!

– Τι να κάνω;

Παρ' όλο που είμαστε μόνοι μας, οι δυο μας, στο δωμάτιο, πλησιάζω στο αυτί και του ψιθυρίζω:

– Να σκοτώσεις τον τσάρο.

Ο μπαμπάς μ' αγκαλιάζει, με φιλάει και γελάει με την καρδιά του.

– Κουτοκούκουτσό μου! Νομίζεις πως αν το 'θελαν εκείνοι, δε θα το 'καναν; Δε θα το 'κανε ο Φεγγάρης Φεγγάροβιτς που δε φοβάται τίποτα; Μα έχουν άλλα πιο σπουδαία να κάνουν από το να ξεκάνουν έναν τσάρο.

– Ποια, Σουσάμη;

– Αυτά θα τα μάθεις όταν...

– Όταν μεγαλώσει η κοτσίδα μου!

113

ΕΞΕΤΑΣΕΙΣ

Οι μέρες περνάνε τόσο γρήγορα, όπως όταν παίζουμε κουτσό και πηδάμε από το ένα τετράγωνο στο άλλο. Δεν πάμε για καλοκαίρι στον παππού και στη γιαγιά.

– Δε θα πάτε πουθενά φέτος, Ελένα Μιχαήλοβνα; ρωτάνε τη μαμά.

– Όχι, δε θα το κουνήσουμε. Η Σάσενκα δίνει εισαγωγικές εξετάσεις.

Διαβάζω στο δωμάτιό μου και κάποια στιγμή ακούω σαν να χτυπάει ένα πετραδάκι στο παράθυρο. Πετάγομαι απάνω. Ο Πάβελ Γκρηγκόρεβιτς, συλλογιέμαι. Μα γρήγορα βλέπω πως γελάστηκα. Είναι η καλοκαιριάτικη μπόρα και το χαλάζι που χτυπάει στα τζάμια μου.

Η μέρα για τις εξετάσεις ορίστηκε στις 5 Αυγούστου. Δε θα δώσω στο Γυμνάσιο θηλέων, αλλά στο Ινστιτούτο. Στο Ινστιτούτο οι σπουδές είναι ανώτερες από το Γυμνάσιο. Γι' αυτό το Ινστιτούτο συζητάνε όλοι στο σπίτι από το πρωί ως το βράδυ κι η Ντούνια ακόμα. Εκτός από μένα.

– Πώς σου 'ρθε η ιδέα να τη στείλουμε στο Ινστιτούτο, γκρινιάζει η μαμά του μπαμπά. Στο Γυμνάσιο το περιβάλλον είναι πιο οικογενειακό.

– Στο Ινστιτούτο το σχολικό πρόγραμμα είναι ανώτερο, εξηγεί ο μπαμπάς.

– Λίγο ακόμα και θα τη στείλεις και στο Γυμνάσιο αρρένων που είναι ακόμα καλύτερο το πρόγραμμα, δε σταματάει τη μουρμούρα η μαμά.
– Αν τη δεχότανε, γιατί όχι; πεισμώνει τώρα ο μπαμπάς. Στο Ινστιτούτο τα μαθηματικά που διδάσκουν είναι ανώτερα από το Γυμνάσιο, κάνουν και τριγωνομετρία.
– Για σκέψου, τριγωνομετρία! αγανακτάει η μαμά. Ανάγκη που την έχει η Σάσενκά μας την τριγωνομετρία! Ο μπαμπάς θυμώνει για τα καλά.
– Έχει και παραέχει. Χωρίς μαθηματικά δεν υπάρχει σκέψη και χωρίς σκέψη δεν είσαι ολοκληρωμένος άνθρωπος.
Όσο όμως και να φώναζε η μαμά, δεν κατάφερε να του αλλάξει γνώμη και δώσανε τα χαρτιά μου στο Ινστιτούτο. Όταν με ρωτάνε τα κορίτσια της ηλικίας μου, γιατί θα δώσω εξετάσεις στο Ινστιτούτο και όχι στο Γυμνάσιο, δεν μπορώ βέβαια να τους πω: «χωρίς μαθηματικά δεν υπάρχει σκέψη και χωρίς σκέψη δεν είσαι ολοκληρωμένος άνθρωπος». Λέω λοιπόν με την πιο καλοαναθρεμμένη φωνούλα μου:
– Δεν ξέρω. Έτσι θέλει ο μπαμπάς... Αυτός σίγουρα ξέρει...
Στις 5 Αυγούστου το πρωί, νομίζω πως αυτή θα είναι η χειρότερη μέρα της ζωής μου. Όλοι μιλούνε χαμηλόφωνα, λες κι είναι κανένας άρρωστος στο σπίτι. Ο μπαμπάς έχει φύγει από τα ξημερώματα για έναν άρρωστο και δεν έχει γυρίσει. Πάνω στο τραπεζάκι μου μού 'χει αφήσει ένα γραμματάκι.

Κουκούτσι!
1) Ηρεμία – ηρεμία!
2) Πριν απαντήσεις – σκέψου καλά!
3) Αν φοβάσαι πολύ, συλλογίσου το Φεγγάρη Φεγγά-

ροβιτς που χαμογελούσε και στις πιο δύσκολες στιγμές.
Μη σε νοιάζει, όλα θα πάνε καλά.
Ο Σουσάμης σου.

Όλο το σπίτι είναι ξεσηκωμένο. Ξεκινάμε με τη μαμά για να με πάει από το χεράκι στο Ινστιτούτο. Η Πολίν κι η Ντούνια μας ξεπροβοδίζουν ίσαμε τη γωνιά του δρόμου. Η τσέπη μου είναι φουσκωμένη με «γούρια». Η Ντούνια μου 'δωσε ένα μαύρο ξυλαράκι και μου 'πε πως είναι «αγιασμένο», η Πολίν ένα ροζωπό κοχύλι, η μαμά ένα πορσελάνινο κουνελάκι που το 'χε από μικρή. Εγώ νιώθω στο κεφάλι μου μια μεγάλη τρύπα και στο στομάχι σαν να 'χω φάει κλοτσιά από τον Μπουνιά. Περπατάμε με τη μαμά στο δρόμο. Όλα είναι σαν κάθε μέρα. Στις πόρτες των μαγαζιών έχουν βγει οι μαγαζάτορες και φωνάζουν για πελάτες με χίλιες δυο αλλιώτικες φωνές:
– Ομπρέελεες ευρωπαϊκές! Πουκάμισα, δαντέλες, κορδέλες παριζιάνικες!
Κι εγώ πάω στο Ινστιτούτο για εισαγωγικές εξετάσεις. Καλύτερα να πήγαινα στη φυλακή κι ας έχει πέτρινους τοίχους και παραθυράκια με κάγκελα. Προσπαθώ να θυμηθώ το Φεγγάρη Φεγγάροβιτς, μα δε βοηθάει σε τίποτα. Ο πόνος στην κοιλιά δε λέει να μ' αφήσει. Σφίγγω το χέρι της μαμάς που είναι κρύο σαν πάγος. Η μαμά είναι χλωμή χλωμή και λέω πως θα φοβάται περισσότερο από μένα. Μπαίνουμε στο χαρτοπωλείο και αγοράζουμε κόλλες για τις εξετάσεις. Μια με γραμμές για τα ρωσικά και μια με τετραγωνάκια για την αριθμητική.
– Τι έχει η μικρή; ακούω απόμακρα τη φωνή της γυναίκας του χαρτοπωλείου.
Μόλις αντίκρισα τις κόλλες ένιωσα σαν να μην είχα πόδια. Η μαμά έβγαλε το μαντίλι της και σκούπισε το μέτωπό μου.

117

– Πάει για εισαγωγικές εξετάσεις στο Ινστιτούτο, λέει η μαμά με κάποιο καμάρι.

– Να, λοιπόν, για γούρι, μου χαμογελάει η γυναίκα και μου δίνει μια ζωγραφιά: ένα χέρι που κρατάει ένα μπουκέτο «μη με λησμόνει». Δεν είχα το κουράγιο ούτε από μέσα μου να πω «ω, φεργκισμαϊνίχτ».

. Φτάσαμε. Το Ινστιτούτο είναι ένα μακρόστενο κτίριο με τρία πατώματα. Τα παράθυρα είναι χωρίς παραθυρόφυλλα, τα τζάμια είναι βαμμένα ως τη μέση άσπρα και μοιάζουνε με τα μάτια των τυφλών που ζητούν ελεημοσύνη στους δρόμους. Στην είσοδο συναντάμε τα Σαμπανοβάκια με τη μαμά τους. Ξέχασα την καμένη ζάχαρη και τη χαμένη μας φιλία κι ένιωσα σαν ξαλάφρωμα που είδα γνωστά μου πρόσωπα. Η Ζόγια φαίνεται ένιωσε κι αυτή το ίδιο και ήρθε και φιληθήκαμε. Η Ρίτα μου πέταξε ένα «γεια σου» μονάχα κι έτρεξε με κάτι άγνωστά μου κορίτσια. Η μαμά τους κι η μαμά η δικιά μου αγκαλιάζονται και φιλιούνται τρεις φορές. Είναι φιλενάδες από μικρές κι αν τσακώνονται οι άντρες τους, αυτές δεν τις νοιάζει.

– Πάμε, λέει η Ζόγια.

– Στο καλό και κουράγιο, κάνουν οι μαμάδες μας κι η φωνή της δικιάς μου τρέμει.

Ανεβαίνουμε μια σιδερένια στριφογυριστή σκάλα και φτάνουμε σ’ ένα μεγάλο διάδρομο γεμάτο κορίτσια της ηλικίας μας.

– Φοβάσαι; μουρμουρίζω της Ζόγιας.

– Μπα, κάνει τόσο αδιάφορα, που ακούω και δεν το πιστεύω.

– Κι αν μας κόψουν;

– Τη Ρίτα και μένα δε μας κόβουν. Κάναμε ιδιαίτερα με τη δασκάλα της πρώτης τάξης.

– Ε, και;

– Μα είσαι τελείως χαζούλα, γελάει η Ζόγια.

118

Εκείνη την ώρα χτύπησε το κουδούνι. Μονομιάς σταμάτησαν οι φωνές. Η καρδιά μου χτυπάει πιο δυνατά κι από το κουδούνι που βροντάει ασταμάτητα. Από το βάθος του διαδρόμου έρχεται μια γυναίκα που μας φωνάζει παραγγέλματα σαν να 'μασταν στρατιώτες.

– Στις τάξεις σας, δεσποινίδες. Στις τάξεις σας.

– Η επιστάτρια, ακούω γύρω μου κάνα δυο ψιθυριστές φωνές κοριτσιών.

Μπαίνουμε στην τάξη μας. Στο βάθος, αντίκρυ στα θρανία, είναι ένα μακρόστενο τραπέζι και πίσω κάθονται αμίλητες κι ακίνητες σαν μαρμαρωμένες τρεις δασκάλες. Καθόμαστε στα θρανία ή μάλλον μας βάζει η επιμελήτρια να καθίσουμε. Η Ζόγια και η Ρίτα είναι στις πρώτες σειρές, εμένα μ' έχουν βάλει στις τελευταίες. Κοιτάω με τρόπο γύρω μου: άγνωστα πρόσωπα.

– Δεσποινίδες, ακούγεται πάλι η φωνή της επιστάτριας, να κάθεστε φρόνιμα, να μη θορυβείτε, να μη μιλάτε με τις διπλανές σας. Αρχίζουμε με την προφορική εξέταση στα ρωσικά.

Ένα ένα κορίτσι που ακούει τ' όνομά του πλησιάζει στο τραπέζι που είναι καθισμένες οι δασκάλες. Στην αρχή διαβάζει ένα κομμάτι που του δίνουν κι ύστερα τη ρωτάνε γραμματική και συντακτικό. Ρώτησαν μια, δυο, τρεις, πέντε, άλλες απάντησαν καλά, άλλες χειρότερα. Η Ρίτα όμως διαβάζει άσχημα, κομπιάζει και στο συντακτικό τα 'κανε μούσκεμα. Νιώθω πάλι το άδειασμα στο στομάχι, την τρύπα στο κεφάλι. Πριν είχα ησυχάσει, γιατί μου φαίνονταν εύκολα όσα ρωτούσαν. Όμως η δασκάλα μιλάει γλυκά στη Ρίτα, την ξαναρωτάει κάτι πιο εύκολο, τη βοηθάει σχεδόν ν' απαντήσει. Νιώθω πάλι καλά. Άντε πια, να 'ρθει η σειρά μου να γλιτώσω. Έχουμε μείνει λίγες που δεν εξεταστήκαμε, εφτά όλες κι όλες. Ας τελειώνουμε κι εμείς, κουράστηκα να κάθομαι ακούνητη και ν' ακούω τις άλλες ν' απαντάνε. Στο κεφά-

119

λι μου μέσα αρχίζουν να μπερδεύονται οι πτώσεις: το «να» συντάσσεται με... Αν πάω έτσι, δε θ' απαντήσω τίποτα. Χτυπάει το κουδούνι. Για ποιον; Δεν τελειώσαμε.

— Δεσποινίδες, ακούγεται πάλι η επιστάτρια, μπορείτε να βγείτε στο διάδρομο, διάλειμμα δέκα λεπτών. Όσες δεν εξεταστήκατε θα επιστρέψετε σ' αυτήν την τάξη, οι υπόλοιπες θα πάνε στη διπλανή τάξη να γράψουν ορθογραφία και αριθμητική.

Εμένα μ' αφήσανε τελευταία μαζί με άλλες έξι. Μόνο εγώ είμαι Ρωσίδα. Οι τέσσερις είναι Εβραίες, οι δυο Πολωνέζες.

— Σ' άφησαν με τις αλλόθρησκες! μου λέει πειραχτικά η Ρίτα.

— Πώς τις είπες;

Χτύπησε όμως το κουδούνι κι η Ρίτα έτρεξε γελώντας να πάει στην τάξη της.

Πλάι μου στο θρανίο είναι ένα αδύνατο κορίτσι με μεγάλα συλλογισμένα μάτια. Προφταίνει να μου πει τ' όνομά της: Έλα Φέιγκελ.

Εμάς τις εφτά μας ρώτησαν πολύ πιο δύσκολα απ' ό,τι είχαν ρωτήσει τις άλλες κι ύστερα σα γράψαμε ορθογραφία και αριθμητική, μας δώσανε θέματα ακόμα πιο δύσκολα.

Γυρνάμε με τη μαμά στο σπίτι. Νιώθω τέτοια κούραση, μα και ξαλάφρωμα.

— Απορώ γιατί τη βάλανε με τις Εβραίες και τις Πολωνέζες, λέει η μαμά.

Ο μπαμπάς διαβάζει το περιοδικό του κι απαντάει χωρίς να διακόψει το διάβασμα:

— Ίσως γιατί πληροφορήθηκαν πως εμείς στην οικογένειά μας δεν κάνουμε διακρίσεις. Ή μπορεί να βάλανε και μια Ρωσίδα, για να δείξουν πως δεν κάνουν αυτοί διακρίσεις, κι έπεσε ο κλήρος στη Σάσενκα.

— Η Έλα Φέιγκελ είναι πολύ συμπαθητικό κορίτσι,

αν περάσουμε κι οι δυο, θα την κάνω φιλενάδα, λέω, μα δεν είμαι σίγουρη αν με προσέχει ο μπαμπάς.

Την άλλη μέρα τρέξαμε με τη μαμά, την Πολίν και την Ντούνια να δούμε τ' αποτελέσματα που τα είχανε τοιχοκολλήσει στην πόρτα του Ινστιτούτου. Σ' αυτούς που πέτυχαν στο γράμμα «Β» διαβάσαμε: Βελιτσάνσκαγια Αλεξάνδρα, αυτή είμαι εγώ! Στο γράμμα «Φ» Φέιγκελ Έλα και στο «Σ» και τα δυο Σαμπανοβάκια, παρ' όλο που η Ρίτα τα 'χε κάνει θάλασσα.

Η ΣΑΝΙΔΑ, Η ΚΟΥΡΟΥΝΑ ΚΙ ΕΜΕΙΣ

Τα μαθήματα αρχίζουν στις 20 Αυγούστου. Την παραμονή στέκω στη μέση της τραπεζαρίας σαν χριστουγεννιάτικο δέντρο. Μου έχουνε φορέσει τη στολή του σχολείου: ένα καφέ φόρεμα πολύ μακρύ κι από πάνω μια μαύρη ποδιά. Το φόρεμα είναι ραμμένο με όλους τους κανόνες του Ινστιτούτου: Δυο κουφωτές πιέτες μπρος – καμιά πίσω. Εγώ καμαρώνω σαν γύφτικο σκερπάνι και γύρω μου καμαρώνουν η μαμά, η Ντούνια, η Πολίν κι ο παπαγάλος η Κική. Μόνο ο μπαμπάς λείπει στους αρρώστους του.

Κάποιος χτυπάει την εξώπορτα με πολλά απανωτά χτυπήματα, η Ντούνια τρέχει ν' ανοίξει και μπαίνει ο Ιδάν Κωνσταντίνοβιτς. Πίσω του έρχεται ο Σαραφούτ που κρατάει ένα τεράστιο καρπούζι. Ο γιατρός Ρογκόφ στέκεται μπροστά μου με στάση προσοχής, ρουφάει την κοιλιά του, χαιρετάει στρατιωτικά και λέει με βροντερή φωνή, σαν να δίνει παράγγελμα σ' ολόκληρο σύνταγμα:

– Καλές σπουδές, Σάσενκα!

Το βράδυ έκανα ολόκληρο καβγά με τη μαμά. Ήθελε να πέσω από τις οχτώ να κοιμηθώ. Γκρινιάζω, πεισμώνω, μα δε μου πέρασε.

– Έτσι κι αλλιώς, δε θα με πάρει ο ύπνος, λέω μουτρωμένα και πέφτω στο κρεβάτι.

Η Πολίν έρχεται να κοιμηθεί κι εκείνη. Ξέρω πως δεν έχει καθόλου διάθεση να πέσει με τις κότες, εκείνης της αρέσει πάντα να ξαπλώνει πολύ αργά. Το νιώθω όμως πως θέλει να μου κάνει συντροφιά. Η πόρτα της κάμαράς μας είναι μισάνοιχτη. Η μαμά κάθε τόσο έρχεται και ρίχνει ματιές αν κοιμήθηκα. Ύστερα την ακούω από την τραπεζαρία να μαλώνει την Ντούνια που φαίνεται έχει πάει να ταχτοποιήσει τα μαχαιροπίρουνα στον μπουφέ.

– Μη βροντοκοπάς, το παιδί έχει αγωνία γι' αύριο, δεν μπορεί να το πάρει ο ύπνος.

Κι όμως «το παιδί» συλλογιέται πως αύριο αρχίζει μια καινούρια ζωή κι αποκοιμιέται.

Το πρωί έχω κιόλας ξυπνήσει σαν έρχεται η Ντούνια να πει πως είναι ώρα να σηκωθώ. Η Πολίν σηκώνεται κι αυτή μαζί μου και με βοηθάνε με τη μαμά να ντυθώ. Η Ντούνια ετοιμάζει το πρωινό. Ο μπαμπάς έχει φύγει από τα ξημερώματα σε άρρωστο. Δεν μπορώ να καταπιώ μπουκιά. Η μαμά επιμένει. Φωνάζω πως θα κάνω εμετό. Μπαίνει στη μέση η Πολίν και λέει πως είναι ώρα να φύγουμε. Μου περνούνε τα λουριά της σάκας στην πλάτη. Βγαίνω πρώτη από την πόρτα κι ακολουθούν η μαμά, η Πολίν κι η Ντούνια. Στο κεφαλόσκαλο μας προλαβαίνει ο μπαμπάς που γύρισε από τον άρρωστό του.

– Για πού όλη αυτή η συνοδεία; ρωτάει.

– Πάμε τη Σάσενκα..., μα δεν προλαβαίνει ν' αποτελειώσει τη φράση της η μαμά.

– Δε θα πάτε πουθενά, αγριεύει ο μπαμπάς. Λίγο ακόμα και θα την πάτε αγκαλίτσα κοτζάμ κορίτσι! Το σχολείο στην άλλη γωνία και ξεκίνησε ολόκληρη διμοιρία να τη συνοδέψει.

– Μα, Ίγκορ, τολμάει η μαμά να πει, πρώτη μέρα...

– Ούτε πρώτη, ούτε ξεπρώτη, την κόβει ο μπαμπάς.

Απότομα όμως γλυκαίνει η φωνή του και γυρίζει σε μένα:

– Άντε, Σάσενκα. Τράβα το δρόμο μονάχη σου. Τελειώσανε πια τα ψέματα. Στο σχολειό δε θα 'χεις ούτε μαμά, ούτε Πολίν, ούτε Ντούνια να τρέχουν ξοπίσω σου. Αρκετά σε χαϊδέψαμε. Άντε μόνη σου και να δεις πως θα τα καταφέρεις. Σύμφωνοι;

– Σύμφωνοι, λέω, μα νιώθω έναν κόμπο στο λαιμό και παίρνω το δρόμο.

– Πρόσεχε τ' αμάξια, φωνάζει πίσω μου η μαμά.

– Τα πράγματά σου, ακούω τη φωνή της Ντούνιας. Νην ξεχάσεις τα πράγματά σου.

– Μπον σανς! Καλή τύχη, έρχεται απόμακρα η φωνή της Πολίν.

Γυρίζω το κεφάλι και κοιτάζω που μου κουνάνε τα μαντίλια κι ύστερα προχωρώ με κανονικό βήμα σαν μεγάλη, ίσια μπροστά, χωρίς να χαζεύω στις βιτρίνες ούτε καν στο ζαχαροπλαστείο της γωνιάς που έχει εδώ και λίγες μέρες βάλει στη βιτρίνα του έναν κύκνο από πορσελάνη που η κούφια ράχη του είναι παραγεμισμένη με καραμέλες σε πολύχρωμα χαρτάκια.

Πριν στρίψω τη γωνιά του δρόμου, βλέπω ξαφνικά το Γιόζεφ. Δεν έχω καιρό για κουβέντες.

– Γεια σου, του λέω, πάω σχολείο και κάνω να τον προσπεράσω.

Εκείνος με σταματάει.

– Έχω κάτι για σένα, Σάσενκα.

Μου βάζει στα χέρια ένα κουτάκι και παίρνει δρόμο. Το ανοίγω περίεργη. Είναι ένα πενηνταράκι, ένα νόμισμα με μια τρύπα στη μέση. Στον πάτο του κουτιού βρίσκω ένα χαρτάκι διπλωμένο στα τέσσερα. Το ξεδιπλώνω και διαβάζω: «Καλό σχολειό, Σάσα Βελιτσάνσκαγια. Σου στέλνω την περιουσία μου, ν' αγοράσεις ό,τι θες. Ακόμα και βλακείες. Ακόμα κι ανθρωπάκια να τα πνίξεις στον κουβά που έπνιγες τους Καπουλέτους και τους Μοντέγους. Αν πλήξεις στο σχολείο, θυμήσου πως πρέπει να μάθεις γράμματα, αν θες να πας κάποτε εκεί που τραβάνε οι ράγιες. Φεγγάρης Φεγγάροβιτς». Διπλώνω ξανά το χαρτάκι και βάζω το κουτάκι στην τσέπη μου. Το νόμισμα το σφίγγω στη φούχτα μου. Δε θ' αγοράσω τίποτα. Θα το κρεμάσω μ' ένα κορδονάκι στο λαιμό μου και θα το φορώ πάντα, ακόμα κι όταν μεγαλώσω κι ας έχει φτάσει η κοτσίδα πιο κάτω κι από τη μέση.

Συνέχισα το δρόμο πιο γρήγορα, έστριψα τη γωνιά και, να το, αντίκρυ μου το σχολείο. Γκρίζο, θεόρατο, με τ' άσπρα παράθυρα βαμμένα ως τη μέση που φάνταζαν σαν μάτια τυφλού. Τώρα θα περάσω απέναντι και θα μπω στην πόρτα του. Άξαφνα τα πόδια μου γίνονται ασήκωτα. *Κουράγιο, Σάσα Βελιτσάνσκαγια. Οι ράγιες σε περιμένουν στο τέρμα τους.*

— Καλημέρα. Με θυμάσαι; ακούω πίσω μου μια φωνή. Γύρισα το κεφάλι. Βέβαια και τη θυμάμαι, είναι η Έλα Φέιγκελ, το κοριτσάκι που δίναμε μαζί εξετάσεις.

— Πώς δε σε θυμάμαι. Πάμε να μπούμε, μην αργήσουμε.

— Πάμε, λέει κι εκείνη και περνάμε το δρόμο.

Η πόρτα του σχολείου είναι πράσινη πολύ σκούρα κι έχει μπρούντζινα χερούλια. Στεκόμαστε μπροστά της, η Έλα κι εγώ, αναποφάσιστες.

Μπαμ μπαραμπάμ. Κάποιος χτυπάει ταμπούρλο τη σάκα μου που είναι κρεμασμένη στην πλάτη μου. Γυρίζω και βλέπω ένα παχουλό κοριτσάκι με κόκκινα μάγουλα που κρατάει στο χέρι της, έτοιμη να το δαγκώσει, ένα μεγάλο κομμάτι μηλόπιτα.

— Εγώ έπαιξα ταμπούρλο στην καμπούρα σου. Γιατί έχεις τη σάκα στην πλάτη, στρατιώτης είσαι;

Δεν έχω όρεξη να γελάσω, μα ούτε και να θυμώσω. Το κοριτσάκι έχει πολύ γελαστά και χαρούμενα μάτια κι έτσι του απαντάω:

126

– Άμα φοράς τη σάκα στην πλάτη, δεν καμπουριά-
ζεις και στέκεσαι ίσια.
– Κουροφέξαλα, γελάει εκείνο και δαγκώνει μια με-
γάλη μπουκιά μηλόπιτα.
– Δεν είναι κουροφέξαλα. Το λέει ο μπαμπάς μου που
είναι γιατρός.
– Α, τότε αλλάζει, λέει εκείνη μισομπουκωμένη. Σου
επιτρέπω, και μου κάνει μια μεγαλόπρεπη κίνηση σαν
βασίλισσα. Ύστερα καταπίνει την μπουκιά της και συ-
νεχίζει: Ο δικός μου ο μπαμπάς, ξέρεις ποιος είναι; Ο
Σλάβα Νορέικο! που έχει το μεγάλο ρεστοράν στην κεν-
τρική πλατεία.
Την κοιτάζω και κουνάω «όχι» με το κεφάλι μου. Πού
να το ξέρω εγώ το ρεστοράν; Δεν έχω πάει ποτέ στη ζωή
μου σε ρεστοράν.
– Άκου να μην ξέρει το ρεστοράν «Νορέικο», ανοίγει
διάπλατα τα μάτια της εκείνη. Είναι το πιο μεγάλο ρε-
στοράν της πόλης μας. Ο Σλάβα Νορέικο είναι ο μπα-
μπάς μου κι εγώ η Μαρία, ή Μάσα, ή Μάσενκα, η κόρη
του. Κι εσάς πώς σας λένε;
– Σάσα Βελιτσάνσκαγια, λέω εγώ.
– Έλα, Φέιγκελ, λέει η Έλα, κι ο μπαμπάς μου είναι
δάσκαλος.
Η Μάσα υποκλίνεται κωμικά.
– Χαίρω πολύ, δεσποινίδες, μας λέει. Σίγουρα θα εί-
μαστε μαζί στο δεύτερο τμήμα της πρώτης τάξης.
– Γιατί; έχει δυο τμήματα η πρώτη; ρωτάω.
– Κι αυτό δεν το ξέρεις; ξεκαρδίζεται η Μάσα. Στο
πρώτο τμήμα είναι η αριστοκρατία και στο δεύτερο η
μεσαία τάξη και οι αλλόθρησκες.
Δεν έχω και πολύ καταλάβει, μα η Μάσα έχει σπρώξει
κιόλας την πράσινη σκούρα πόρτα.
– Ακολουθήστε με, και κάνετε βήμα το βήμα ό,τι κά-
νω εγώ.

Μπαίνουμε σ' ένα σκοτεινό διάδρομο όπου δεξιά είναι το βεστιάριο. Η Μάσα μας πάει κατευθείαν στις κρεμάστρες που πάνω τους είναι μια πινακίδα: Α΄ Τάξις – Β΄ Τμήμα. Δίπλα, κάτω από μια άλλη πινακίδα, που γράφει Α΄ Τάξις – Α΄ Τμήμα, βλέπω τα βυσσινιά παλτά της Ζόγιας και της Ρίτας. Δεν το 'ξερα πως τα Σαμπανοβάκια είναι αριστοκρατία!

Ενώ εγώ και η Έλα κρεμάμε τα παλτά μας, η Μάσα μας σπρώχνει με τους αγκώνες. Μας δείχνει μια γυναίκα ψηλή και πολύ αδύνατη που στέκεται παράμερα και επιβλέπει τι γίνεται τριγύρω.

– Τη βλέπετε αυτή με το γκρίζο φόρεμα; Είναι η Σανίδα, η υπεύθυνη της τάξης μας.

Αυτή που η Μάσα είπε πως τη λένε Σανίδα γύρισε προς το μέρος μας.

– Νορέικο! Γιατί δε βγάζετε το παλτό σας; Εσείς, τουλάχιστο, θα πρέπει να γνωρίζετε τον κανονισμό! Απαγορεύεται να καθυστερείτε εις το βεστιάριον.

– Έδειχνα στις καινούριες τι πρέπει να κάνουν, Εβγένια Ιβάνοβνα, απάντησε η Μάσα με μελιστάλαχτη φωνή.

Φαίνεται πως η Σανίδα έχει και κανονικό όνομα! Μόλις ξεμάκρυνε λίγο, ρωτάω τη Μάσα:

– Μα πώς τα ξέρεις όλα εσύ;

Εκείνη γέρνει το κεφάλι προς τα πίσω, απλώνει τα χέρια της και λέει με ύφος ψευτοσπουδαίο:

– Είμαι πολύξερη εγώ. Ακαδημαϊκός. Κάνω για δεύτερη φορά την πρώτη τάξη.

Δεν προλάβαμε να πούμε τίποτ' άλλο και χτύπησε το κουδούνι. Η Μάσα μας σπρώχνει με την Έλα ν' ανέβουμε τη στριφογυριστή σιδερένια σκάλα. Στο μεγάλο διάδρομο είναι μαζεμένο όλο το σχολείο. Στο βάθος, απάνω σε μια μικρή εξέδρα, στέκεται μια γυναίκα μ' ολόμαυρο φόρεμα, με στητό μαύρο γιακά που φτάνει ως το πηγού-

νι της. Τα μαλλιά της είναι κατάμαυρα και τα έχει σφίξει σ' έναν κότσο. Τα μάτια της μαύρα κι αυτά.
– Είναι η Κουρούνα, η διευθύντρια, μας ψιθυρίζει η Μάσα.

Η Κουρούνα σηκώνει το δεξί χέρι σαν απλωμένη μαύρη φτερούγα κι ένα μεγάλο κορίτσι με μια μακριά μακριά πλεξούδα έρχεται και στέκεται δίπλα της. Η Κουρούνα απλώνει και το άλλο χέρι και τότε το κορίτσι αρχίζει να ψέλνει μια προσευχή κι ακολουθάει όλο το σχολείο, εκτός από μένα και την Έλα. Εγώ δεν ξέρω τα λόγια, η Έλα είναι Εβραία και σίγουρα δεν ξέρει χριστιανικές προσευχές. Η Μάσα τσιρίζει παράφωνα στο αυτί μου.

Γλυκό του κόσμου στήριγμα,
αθάνατη Μαρία,
εσύ που ακούς τη δέηση
που υψώνουν τα παιδιά,
άκου κι εμάς που υψώνουμε
σε Σε την προσευχή μας,
που απ' την αγνή ψυχή μας
βγαίνει για Σε θερμά.

Η Κουρούνα κατεβάζει τα χέρια της κι αυτό θα πει, όπως εξηγεί η Μάσα: Γρήγορα στις τάξεις σας.

Η τάξη μας έχει μαύρα θρανία. Σε μια γωνιά, ψηλά, καίει ένα καντήλι μπροστά σε μια εικόνα. Στον τοίχο πάνω από την έδρα κρέμεται ο τσάρος. Ο Αλέξανδρος ο Γ'. Εδώ μέσα θα πρέπει να περάσω μια ολόκληρη ζωή. Στεκόμαστε στριμωγμένες όλες στον άδειο χώρο μπροστά από τα θρανία. Η Σανίδα μας παραμερίζει να πάει στην έδρα. Αλήθεια, μοιάζει σανίδα.
– Δεσποινίδες, θα σας χωρίσω σε ζεύγη, κάθε ζεύγος θα κάθεται σ' ένα ορισμένο θρανίο. Απαγορεύεται ν' αλ-

λάζετε θέση έως το τέλος του σχολικού έτους.
Η καρδιά μου χτυπάει δυνατά. Δε με βάζει ούτε με την Έλα ούτε με τη Μάσα. Δίπλα μου κάθεται ένα κορι-τσάκι μ' αχτένιστα σγουρά μαλλιά και από τον κατάλο-γο, που φωνάζει τα ονόματά μας η Σανίδα κι απαντούμε «παρούσα», μαθαίνω πως τη γειτόνισσά μου τη λένε Κά-τια Κονταούροβα.
– Τι μέρα είναι σήμερα; ρωτάει η Σανίδα και με δείχνει.
– Σάββατο, απαντάω.
Η Σανίδα βάζει τις φωνές και μας βγάζει ολόκληρο λόγο για «κακή αγωγή» από τα σπίτια μας, πως όλο το σχολείο πρέπει να τα επωμιστεί κι άλλα πολλά. Κοιτάζω σαστισμένη. Τι κακό έκανα; Μήπως δεν είναι Σάββατο; Κι όμως, είμαι σίγουρη. Το σχολείο αρχίζει Σάββατο, το έγραφε το χαρτί που μας έστειλαν κι η Ντούνια μάλιστα που το άκουσε είχε πει: «Δε θα σας κουράσουν και πο-λύ, την Κυριακή θα κάτσετε».
– Νορείκο, τσιρίζει τώρα η Σανίδα. Εσείς που είσθε από πέρσι θα έχετε μάθει τουλάχιστον πώς ν' απαντάτε. Λοιπόν τι μέρα είναι σήμερα;
Η Μάσα σηκώνεται, βγαίνει και στέκει ακριβώς πλάι στο θρανίο της σε στάση προσοχής και απαντάει με μια φωνή που δε μοιάζει με τη δική της.
– Σήμερα είναι ημέρα Σάββατο, Εβγένια Ιβάνοβνα.
Αχ, Σουσάμη, Σουσάμη, πού μ' έστειλες; Τριγωνομε-τρία να μάθω ή σα με ρωτάς τι ώρα είναι, θα πρέπει να στέκομαι προσοχή και να σου λέω: Ίγκορ Λβόβιτς, είναι πέντε η ώρα και δέκα λεπτά. Όσο να το πω όλο αυτό το κατεβατό, εσύ θα 'χεις φύγει κιόλας για τους αρρώστους σου. Αχ, «κακή αγωγή» που μου 'δωσες, Σουσάμη.
– Πού είναι ο νους σας, Αλεξάνδρα Βελιτσάνσκαγια; Είπα να βγάλετε το πρόχειρο τετράδιο να γράψετε το πρόγραμμα, βλέπω ξάφνου τη Σανίδα να στέκει από πά-νω μου.

Ανοίγω γρήγορα γρήγορα τη σάκα και βγάζω το τετράδιο. Η Σανίδα πάντα ακούνητη. Τα χάνω, μου πέφτει η κασετίνα, τα μολύβια σκορπίζονται.

– Ορίστε, εξαιτίας σας αργοπορεί όλη η τάξη, λέει με δυνατή φωνή η Σανίδα για ν' ακούσουν όλοι και ξαναγυρίζει στη θέση της.

Νιώθω όλα τα μάτια καρφωμένα απάνω μου. Ευτυχώς άρχισε να υπαγορεύει το πρόγραμμα και ξαλάφρωσα. Πρώτη ώρα: Αριθμητική, δεύτερη: Ρωσικά, τρίτη: Γαλλικά, τέταρτη: Ρυθμική.

Ο Φιόντορ Νικήτιτς, ο δάσκαλος της αριθμητικής, έχει ένα τεράστιο κεφάλι, κόκκινα μαλλιά και γουρλωτά μάτια. Περίεργο, η Μάσα δεν ξέρει να του 'χουν κανένα παρατσούκλι. Με σηκώνει στον πίνακα, λύνω μια άσκηση σωστά, μα τραβάει τα μαλλιά του με τα ορνιθοσκαλίσματά μου.

– Τι αριθμός είναι αυτός, Βελιτσάνσκαγια;

– Τέσσερα...

– Μοιάζει πιότερο με πελαργό στο ένα πόδι. Θα σας βάλω λοιπόν τέσσερα κι όχι άριστα που είναι το πέντε, μήπως και μάθετε να γράφετε ευανάγνωστα.

Στο σπίτι νομίζουν πως θα μαζεύω τα άριστα σαν τις πεταλούδες με την απόχη. Όσα μου 'μαθε ο Φεγγάρης Φεγγάροβιτς φτάνουν και για τη Δεύτερη τάξη, καλλιγραφία όμως δεν μπόρεσε να μου μάθει.

– Γιατί είσαι μουτρωμένη; με ρωτάει η Μάσα στο διάλειμμα.

– Απάντησα σωστά και μου 'βαλε τέσσερα.

– Ε, και;

– Ο μπαμπάς λέει πως θα 'πρεπε να παίρνω άριστα.

– Οχ, κάνει η Μάσα, μια σου φορτώνουνε σαν γάιδαρο τη σάκα στη ράχη, μια θένε άριστα με το τσουβάλι, ζωή είναι αυτή;

Γελάμε κι οι δυο και ξαναγυρνάμε στις θέσεις μας,

γιατί καταφτάνει η Σανίδα που μας κάνει η ίδια ρωσικά. Με τον Πάβελ Γκρηγκόρεβιτς ήτανε το πιο διασκεδαστικό μου μάθημα, με τη Σανίδα είναι κατόρθωμα να κρατάς το κεφάλι σου όρθιο μην πέσει από τη νύστα.

Ουσιαστικά και επίθετα: Ονομαστική η κοσμία μαθήτρια, γενική: της κοσμίας μαθητρίας...

Δε με ρώτησε τίποτα κι ήμουνα πολύ ευχαριστημένη. Η κακομοίρα η Μάσα την πλήρωσε.

– Εσείς που είστε από πέρσι σίγουρα θα ξέρετε τη δοτική...

Εκείνη όμως δε θυμότανε τίποτα και τα φουσκωτά της μαγουλάκια είχαν γίνει σαν μήλα κατακόκκινα.

Δεν υπάρχει πιο γλυκιά μουσική από τον ήχο του κουδουνιού όταν χτυπάει για διάλειμμα, μετά το μάθημα με τη Σανίδα. Θαρρείς και χτυπάει αλλιώτικα, παρά όταν χτυπάει για να μπούμε στο μάθημα. Μετά τη δεύτερη ώρα, το διάλειμμα είναι λίγο πιο μεγάλο, μόλις όμως προφταίνουμε να φάμε κάτι που έχουμε φέρει από το σπίτι, και, να, καταφτάνει η Κουρούνα κι ανεβαίνει στην εξέδρα.

– Δεσποινίδες!

Μαρμαρώνουμε όλες στις θέσεις μας, λες και μας τράβηξαν φωτογραφία. Η φωνή της Κουρούνας είναι δυνατή και τονίζει όλες τις συλλαβές.

– Κυρίως απευθύνομαι στις καινούριες. Απαγορεύεται να φέρετε στις σάκες σας άλλα βιβλία εκτός από τα βιβλία του σχολείου. Απαγορεύεται να μιλάτε στα διαλείμματα μεταξύ σας άλλη γλώσσα εκτός της ρωσικής. Οι πολωνικής και εβραϊκής καταγωγής να ξεχάσουν στο σχολείο τη γλώσσα τους και να θυμούνται πως το σχολείο μας είναι Ρωσία και μόνο Ρωσία.

Νιώθω το χέρι της Έλας να σφίγγει το δικό μου. Η Κουρούνα κούνησε τις μαύρες φτερούγες της, που σήμαινε πως μπορούμε να συνεχίσουμε το διάλειμμα, την

ίδια όμως στιγμή χτύπησε το κουδούνι. Γαλλικά μας κά-
νει η ίδια η Κουρούνα. Ρωτάει ποιες ξέρουνε κάπως τη
γλώσσα και σηκώσαμε το χέρι μας η Έλα, εγώ κι ένα
άλλο κορίτσι που το λένε: Λίντα Κάρτσεβα.
Η Κουρούνα φωνάζει την Κάρτσεβα να πάει κοντά
της στην έδρα με το βιβλίο της. Η Λίντα είναι πολύ ψη-
λή, με μια μακριά μακριά ξανθιά κοτσίδα. Έχει μελιά
μάτια και μεγάλο μέτωπο. Ανοίγει το βιβλίο, χωρίς να
τρέμει το χέρι της, στη σελίδα δώδεκα που της ορίζει η
Κουρούνα και διαβάζει τόσο όμορφα, που σ' όλη την
τάξη δεν ακούγεται ανάσα.
– Πού μάθατε γαλλικά; ρωτάει η Κουρούνα.
– Έμαθα γαλλικά στο Παρίσι, Λιουμπόβ Γκεόργκεβ-
να (έτσι τη λένε την Κουρούνα). Έζησα εκεί ένα χρόνο
με τους γονείς μου, απαντάει η Λίντα και κρατάει στητό
το κεφάλι της.
Αχ, να μπορούσα κι εγώ να στεκόμουνα έτσι όπως η
Λίντα!
– Ο πατέρας σας είναι διπλωματικός; συνεχίζει τις
ερωτήσεις η Κουρούνα.
– Όχι, ο πατέρας μου είναι νομικός, Λιουμπόβ
Γκεόργκεβνα, απαντάει η Λίντα με περηφάνια.
Ύστερα η Κουρούνα φωνάζει την Έλα. Η Έλα δια-
βάζει καλά, μα με χαμηλή φωνή που μόλις ακούγεται.
– Ποιος σας έμαθε γαλλικά; την τρομάζει η φωνή της
Κουρούνας.
– Ο πατέρας μου είναι καθηγητής, Λιουμπόβ Γκεόρ-
γκεβνα, ψιθυρίζει η Έλα. Σπούδασε στο Παρίσι.
– Σε ποιο Γυμνάσιο διδάσκει γαλλικά;
Η Έλα κοντοστέκεται και ψάχνει να βρει τις λέξεις.
– Δεν έχει δικαίωμα να διδάξει σε Γυμνάσιο. Είμαστε
Εβραίοι. Διδάσκει ρωσικά στο διτάξιο εβραϊκό σχολείο.
Εκεί δεν κάνουν γαλλικά.
– Σωστά, λέει η Κουρούνα, οι καθηγηταί πρέπει να

είναι ορθόδοξοι χριστιανοί.

Ήρθε κι η σειρά μου. Διάβασα καλά. Η Κουρούνα είπε πως έχω σωστή προφορά. Με ρώτησε ποιος είναι ο δάσκαλός μου, της είπα για την Πολίν. Έβαλε και στις τρεις μας άριστα.

Ύστερα άρχισε με μια βαρετή φωνή να μαθαίνει στην υπόλοιπη τάξη το γαλλικό αλφάβητο.

Εγώ κοιτάζω όλη την ώρα τη Λίντα Κάρτσεβα και προσπαθώ να κρατώ το κεφάλι μου όπως εκείνη, μα στο τέλος μου πιάστηκε ο λαιμός. Ατέλειωτη μου φάνηκε αυτή η πρώτη μέρα του σχολείου. Θαρρείς κι έχω φύγει μέρες από το σπίτι.

– Τώρα θα σπάσουμε πλάκα, μας πληροφορεί η Μάσα, πριν μπούμε για το μάθημα ρυθμικής.

Ρυθμική κάνουμε στη μεγάλη αίθουσα: ένα απέραντο δωμάτιο, στον έναν τοίχο είναι όλο παράθυρα που βλέπουν σ' έναν κήπο, στον απέναντι τοίχο είναι κρεμασμένα τεράστια πορτρέτα: από τον Ιβάν τον Τρομερό ως τον Αλέξανδρο Α΄, το Νικόλαο Β΄, τον Αλέξανδρο Β΄ και αντίκρυ ακριβώς από την πόρτα, ακόμα πιο μεγάλο, ένα κάδρο ολόσωμο. Ο τωρινός τσάρος, Αλέξανδρος Γ΄. Όλα τα κάδρα είχανε χρυσές σκαλιστές κορνίζες. Λίγο πιο ξέχωρα απ' όλα είναι ένα άλλο πιο μικρό που παρασταίνει μια πολύ όμορφη γυναίκα. Η Μάσα μας ψιθυρίζει πως είναι η μεγάλη πριγκίπισσα Μαρία Πάβλοβνα, η προστάτιδα του σχολείου μας.

Μπαίνουμε στη μεγάλη αίθουσα δυο δυο, με τη Σανίδα επικεφαλής. Τα πόδια μας γλιστράνε στο παρκέτο, σαν να 'μαστε σε πίστα για παγοπέδιλα. Στεκόμαστε ακούνητες, σαν τα πιόνια του μπαμπά πριν αρχίσει να παίζει σκάκι με το γιατρό Ρογκόφ.

– Προχωρείτε, διατάζει η Σανίδα.

Προχωρούμε, μα πάντα γλιστράμε. Θυμήθηκα τον παπαγάλο την Κική που η Πολίν τον έβαζε για τιμωρία πάνω στο πιάνο κι εκείνος γλιστρούσε και δεν μπορούσε να κάνει βήμα. Η Σανίδα πάει και στέκεται στην πόρτα να υποδεχτεί τη δασκάλα της ρυθμικής.

– Όλγα Δημήτροβνα, ιδού το Β΄ τμήμα της πρώτης τάξεως, μας παρουσιάζει η Σανίδα.

Η δασκάλα της ρυθμικής είναι κοντούλα, αδύνατη, έχει έναν κότσο ψηλά στο κεφάλι και γύρω γύρω ένα στεφανάκι ψεύτικες μαργαρίτες. Πίσω της έρχεται μια παχουλή γυναίκα με γκρίζα μαλλιά, κρατάει κάτω από τη μασχάλη της ένα βιβλίο με νότες και πάει κατευθείαν και κάθεται στο πιάνο. Η Όλγα Δημήτροβνα μας χαμογελάει και δε μας λέει δεσποινίδες σαν όλες τις δασκάλες.

– Κορίτσια! Στο πρόγραμμα του σχολείου το πρώτο μάθημα είναι η υπόκλιση.

Ανασηκώνει το μακρύ της φόρεμα και μας δείχνει τι στάση πρέπει να 'χουν τα πόδια μας και μετά πώς πρέπει να κινούμε τα χέρια μας. Κάνουμε ό,τι μας λέει. Είμαστε όμως για κλάματα. Εκτός από τη Λίντα. Η Σανίδα τσιρίζει:

– Δεσποινίδες, μην είστε σαν αρκούδες! Το παν σ' ένα κορίτσι είναι η χάρις.

Η Μάσα πάει να υποκλιθεί, γλιστράει στο παρκέτο, αρπάζεται από πάνω μου και βρισκόμαστε και οι δυο μας φαρδιές πλατιές χάμω. Ένα γέλιο ξεσπάει από παντού. Γελάμε κι εμείς με την καρδιά μας.

– Στη γωνιά και οι δυο, αγρίεψε η Σανίδα.

Δυο μεγάλα κορίτσια, κλεισμένα τα δέκα για καλά, στέκονται στη γωνία. Το ένα παχουλό με κόκκινα μαγουλάκια, το άλλο αδύνατο με πόδια σαν ακρίδα κι ένα φρεσκοφυτρωμένο κοτσιδάκι. Όλη η τάξη συνεχίζει να υποκλίνεται, κι η Μάσα κι εγώ στη γωνία, κι απέναντί μας, λοξά, το πορτρέτο του τσάρου.

Έχει ξανθά μαλλιά όλο μπούκλες ο τσάρος και κάτι

135

ξέθωρα γουρλωτά μάτια. Πού να το 'ξερε, λέω από μέσα μου, πως εγώ είμαι «ενάντια στην εξουσία» σαν το Φεγγάρη Φεγγάροβιτς.

Χτυπάει το κουδούνι, όμως η Σανίδα δε μας αφήνει να τρέξουμε να πάρουμε το παλτό μας. Μας βάζει πάλι δυο δυο στη σειρά, κατεβαίνουμε τις σκάλες και φτάνουμε στο βεστιάριο. Ούτε κι εκεί μπορούμε να πάμε κατευθείαν στις κρεμάστρες. Πρέπει να περιμένουμε να περάσει πρώτα το Α΄ τμήμα της πρώτης τάξης.

– Γιατί, ψιθυρίζω στη Μάσα, περιμένουμε να περάσουν πρώτα οι άλλες, αφού εμείς ήρθαμε πρώτες;

– Γιατί αυτές είναι η αφρόκρεμα, μου απαντάει με πνιχτό γέλιο η Μάσα.

Δεν το πιστεύω πως βρίσκομαι στο δρόμο και τραβάω για το σπίτι. Θαρρώ πως ήμουνα κλεισμένη ατέλειωτο καιρό σε κάτι χειρότερο κι από φυλακή και βγήκα τώρα στον ήλιο. Ίσαμε τη γωνία του δρόμου περπατάμε μαζί η Έλα, η Μάσα, η Λίντα κι εγώ. Πριν χωρίσουμε φιλιόμαστε με την Έλα, τη Λίντα, πάω να φιλήσω και τη Μάσα...

– Δεσποινίδες, οι διαχύσεις απαγορεύονται! μιμείται τη φωνή της Σανίδας η Μάσα.

Γελάμε κι οι τρεις ξαλαφρωμένες.

Δεν προφταίνω να χτυπήσω το κουδούνι στο σπίτι κι η πόρτα ανοίγει κιόλας. Η μαμά, η Πολίν, η Ντούνια, ακόμα κι ο μπαμπάς, με περίμεναν φαίνεται και παραφύλαγαν.

– Λοιπόν;

– Πες μας.

– Πώς ήτανε; με ζαλίζουν στις ερωτήσεις.

– Αφήστε το παιδί, δεν το βλέπετε τι χλωμό που είναι, το τσακίσανε στην κούραση, λέει η Ντούνια και φεύγει τρεχάτη να πάει να φέρει το φαΐ στο τραπέζι.

Η μαμά κι η Πολίν με βοηθάνε να ξεφορτωθώ τη σάκα μου, ν' αλλάξω φόρεμα... Στην τραπεζαρία έχει καθίσει κιόλας ο μπαμπάς στο τραπέζι. Καθόμαστε κι εμείς.

– Λοιπόν; ξαναρωτάει ο μπαμπάς.

Το κεφάλι μου όλο και χαμηλώνει και κοντεύει να ακουμπήσει το πιάτο, θαρρείς και θα πιω τη σούπα με τη γλώσσα σαν γάτα.

Όλοι σωπαίνουν.

– Αχ, ξεκουτιασμένη Ντούνια, προσπαθεί να κάνει αστεία τη φωνή του ο μπαμπάς, πάλι ξέχασες να βάλεις αλάτι στη σούπα κι η μαθήτριά μας ετοιμάζεται να την αλατίσει με δάκρυα.

Κι αλήθεια, δεν κρατιέμαι άλλο και τα δάκρυά μου κατρακυλάνε στη σούπα. Η μαμά κι η Πολίν με κοιτάνε ανήσυχες. Η Ντούνια έρχεται μ' αγκαλιάζει και βάζει τις φωνές.

– Σε δείρανε; Για πες μου ποιος και θα του δείξω εγώ.

– Ντούνια, σε παρακαλώ, θυμώνει ο μπαμπάς, μη λες ό,τι θέλεις. Ποιος να τη δείρει. Λέγε, Σάσενκα, τι έγινε;

Καταπίνω τα δάκρυα. Σηκώνω το κεφάλι και τους τα λέω όλα. Για την Κουρούνα και τη Σανίδα, τη γωνία που με βάλανε, για τα μαθήματα που είναι να βαριέσαι να ζεις, για την «κακή αγωνή» που είπε η Σανίδα πως μου έχουνε δώσει, για το ότι δεν κάνει τα κορίτσια που είναι Εβραίες ή Πολωνέζες να μιλούν τη γλώσσα τους, ούτε στο διάλειμμα. Σταματάω μια στιγμή να πάρω ανάσα κι ύστερα ρωτάω:

– Σουσάμη, το 'ξερες πως είμαστε μεσαία τάξη;

Ο μπαμπάς χαμογελάει. Όταν μάλιστα του εξήγησα πως μας χώρισαν σε Α΄ και Β΄ τμήμα και πως τα Σαμπανοβάκια είναι αριστοκρατία και αφρόκρεμα γελάει με κείνο το χαρούμενο τρανταχτό του γέλιο.

– Μα, Ίγκορ, μιλάει η μαμά με τη λεπτή φωνούλα της, είναι δυνατόν ποτέ να πληγώνουν έτσι το παιδί και να το βάζουν σε κατώτερη...

Ο μπαμπάς σταμάτησε να γελάει και σοβάρεψε.

– Δεν πιστεύω να σε πήρε ο πόνος, Κουκούτσι, που σε χώρισαν από τα Σαμπανοβάκια. Βέβαια και είμαστε μεσαία τάξη – και δόξα στο Θεό γι' αυτό – γιατροί, διανοούμενοι, δικηγόροι... κι η αριστοκρατία είναι ο στρατιωτικός διοικητής, ο κυβερνήτης ο διορισμένος από τον τσάρο, οι μεγαλοβιομήχανοι και οι μεγαλέμποροι. Μια χαρά είσαι στο τμήμα που σε βάλανε. Όσο για τ' άλλα, πρέπει να μάθει η Σάσενκα πως στη ζωή δε συναντάει κανείς μόνο συμπαθητικούς ανθρώπους. Όλοι οι δάσκαλοι δεν μπορεί να 'ναι Φεγγάρης Φεγγάροβιτς. Και θα σε αδικήσουν στους βαθμούς και θα σε τιμωρήσουν άδικα, γιατί το σχολείο είναι μια μικρογραφία της κοινωνίας που ζούμε. Καλύτερα ν' αρχίσει σιγά σιγά να γνωρίζει η κόρη μας και τα καλά της και τα κακά της.

Το βράδυ ο μπαμπάς γύρισε πολύ νωρίς κι ώσπου έπεσα στο κρεβάτι δεν τον φώναξαν για κανέναν άρρωστο. Πριν το φαγητό κάθεται στο γραφείο του, φυλλομετράει τα χαρτιά του κι εγώ απέναντί του στη μεγάλη πολυθρόνα προσπαθώ να καθίσω με χάρη όπως η Λίντα Κάρτσεβα.

– Πώς κάθεσαι έτσι, Κουκουτσάκι, σαν στραβοχυμένος λουκουμάς, βάζει τα γέλια και κλείνει τα χαρτιά του.

– Σουσάμη, έκανα κιόλας τρεις καλές φίλες στο σχολείο, λέω και του μιλάω για την Έλα, τη Λίντα και τη Μάσα.

Ξέχασα την Κάτια Κονταούροβα, γιατί, παρ' όλο που καθότανε δίπλα μου στο θρανίο, στα διαλείμματα την παρατούσα κι έτρεχα στις άλλες.

– Η φιλία, Κουκούτσι, είναι το πιο όμορφο πράγμα που μπορείς να 'χεις στη ζωή σου. Είδες, λοιπόν, πως δεν είναι και τόσο φριχτό το σχολείο.

– Ας είχες τη Σανίδα και σου 'λεγα.

ΨΕΜΑΤΑ ΚΑΙ «ΨΕΜΑΤΑ»

Αν ένα πράγμα μαθαίνουμε καλά στο σχολείο είναι να λέμε ψέματα. «Χωρίς ψέμα δε ζεις εδώ μέσα», μας είπε η πολύξερη Μάσα και είχε δίκιο. Αλλιώς, αν λέγαμε την αλήθεια, μόλις μας ρωτούσε η Σανίδα: ποιος ήτανε ο «ιθύνων νους» κι αυτό θα πει, ποιος το σκέφτηκε, θα 'πρεπε να απαντήσουμε η Έλα. Δηλαδή ν' προδώσουμε τη φιλενάδα μας.

Η Κάτια Κονταούροβα ήρθε στην παρέα μας, μάλλον την πήραμε. Καθότανε στο διάλειμμα σε μια γωνιά ολομόναχη.

– Δεν έχω δει στη ζωή μου πιο αχτένιστο κορίτσι, είπε η Μάσα.

– Έχει όμως πολύ όμορφα μαλλιά, έκανε η Λίντα και την πλησιάσαμε κι οι τρεις.

– Τρελαίνομαι να κάνω κομμώσεις, λέει της Κάτιας η Λίντα, άσε με να σου χτενίσω τα μαλλιά.

– Είναι πυκνά και σγουρά, λέει ντροπαλά η Κάτια, και δεν μπορώ να τα χτενίσω μόνη μου.

– Πες στη μαμά σου, πετιέται η Μάσα.

Η Κάτια μας λέει πως είναι ορφανή και ήρθε από το Κίεβο να ζήσει εδώ μ' ένα θείο της. Ο θείος της είναι κι αυτός από τους «μπουζουριασμένους» που θα 'λεγε η Ντούνια. Τον στείλανε στην πόλη μας «υπό επιτήρησιν» όπως το Φεγγάρη Φεγγάροβιτς.

Η Λίντα βγάζει το χτενάκι από τα μαλλιά της (έχει δυο μικρά χτενάκια στις ρίζες των μαλλιών εκεί που αρχίζει η κοτσίδα της) και χτενίζει τα μαλλιά της Κάτιας. Αλήθεια, ήτανε πολύ όμορφα, καστανά με κυματιστές σκάλες. Η Κάτια είναι αδύνατη στα μαθήματα, ο θείος της δεν έχει καιρό να τη βοηθήσει.

— Να 'ρχεσαι σπίτι να διαβάζουμε μαζί, της λέει η Έλα, που κάθεται στην ίδια γειτονιά.

Είχε και μια άλλη ιδέα η Έλα και μας την είπε, όταν δεν ήτανε η Κάτια μπροστά. Η Κάτια έχει μια σάκα το μαύρο της το χάλι, παλιά, χωρίς χέρι, που αναγκαζότανε να την κρατάει κάτω από τη μασχάλη.

— Να μη σας ξαναδώ μ' αυτή τη σάκα, Κονταούροβα, έλεγε και ξανάλεγε η Σανίδα.

Μας λέει λοιπόν η Έλα να μαζέψουμε λεφτά και να χαρίσουμε μια σάκα στην Κάτια, γιατί ο θείος της πού να βρει να της αγοράσει. Έτσι τη ρωτήσαμε τάχα αδιάφορα: «Κάτια, πότε είναι τα γενέθλιά σου;»

Είναι και δύο κοριτσάκια στην τάξη, Πολωνέζες, πολύ συμπαθητικά, η Αλέσια και η Σλάβα. Μιλάμε και σ' αυτές σ' ένα μικρό διάλειμμα για τη σάκα της Κάτιας. Η Λίντα όμως μας κόβει τη φόρα. Θα τα πούμε, μας λέει, στο μεγάλο διάλειμμα στο «Τροκαντερό».

Το «Τροκαντερό» μάς το 'δειξε η Μάσα από την πρώτη μέρα του σχολείου, αλλά πού να το φανταστούμε πως εκεί θα περνάμε τις καλύτερες ώρες της σχολικής ζωής μας. Στην άκρη του μεγάλου διαδρόμου υπάρχει μια μικρή πορτούλα, την ανοίγεις και βρίσκεσαι σ' ένα σκοτεινό και στενό διάδρομο. Μόλις κλείσεις πίσω σου την πορτούλα παύει κάθε θόρυβος. Οι τοίχοι του σχολείου είναι πέτρινοι και πολύ χοντροί, παύουν οι φωνές από το μεγάλο διάδρομο, όπου κάνουν διάλειμμα γύρω στα πεντακόσια παιδιά. Δεν ακούς ούτε Σανίδες: «Δεσποινίδες, φερθείτε κοσμίως», ούτε φοβάσαι μη σου ξεπεταχτεί η Κουρούνα στην εξέδρα. Προχωρείς στα σκοτεινά, μα στο βάθος υπάρχει ένα ξέφωτο.

Ο διαδρομάκος σχηματίζει σαν ένα δωμάτιο με τρία παράθυρα από τη μια μεριά κι από την άλλη τρεις πόρτες που οδηγούν στ' αποχωρητήρια. Η Μάσα μας εξήγησε πως στην πόλη μας υπάρχει ένα κέντρο πολυτελείας το «Τροκαντερό», ο ιδιοχτήτης του ζούσε κάποτε στο Παρίσι, εκεί που βρίσκεται το πραγματικό «Τροκαντερό». Η Μάσα δεν ξέρει ποιος πρωτόβγαλε στο σχολείο τον προθάλαμο των αποχωρητηρίων έτσι, μα το λένε από παλιά, ίσως κάποιες μαθήτριες από τις μεγάλες τάξεις. Στο «Τροκαντερό» τρώμε πολλές φορές το σάντουιτς που 'χουμε φέρει από το σπίτι ή τις μηλόπιτες που μας κουβαλάει η Μάσα από το ρεστοράν του μπαμπά της. Εκεί μπορούμε να γελάμε με την καρδιά μας, χωρίς φόβο μη βρεθεί αναπάντεχα πίσω μας η Σανίδα: «Τα κορίτσια με αγωγή δε γελούν δυνατά». Εκεί λέμε τα μικρά μυστικά μας, εκεί γνωριζόμαστε, εκεί πιάνουμε φιλίες, εκεί κάνουμε όνειρα: «Εγώ άμα μεγαλώσω θα γίνω ηθοποιός», «εγώ δασκάλα», «εγώ θηριοδαμάστρια» ή «ταραξίας» (το ταραξίας το λέω από μέσα μου).

Τρέξαμε λοιπόν στο «Τροκαντερό» να δούμε τι θα μας πει η Λίντα.

– Κορίτσια, μας λέει, μη μας ξεφύγει λέξη για τη σάκα της Κάτιας, γιατί κινδυνεύουμε να βρεθούμε στο εδώλιον.

Η Λίντα ακούει από τον μπαμπά της και μας πετάει κάθε τόσο καμιά λέξη που έχει σχέση με νομικά και εμείς την ακούμε σαν χαζές.

– Οχ, βρε Λίντοτσκα, της λέει η Μάσα, κάν' το λιανά να το καταλάβουμε.

– Αν το πάρει είδηση η Σανίδα, μπορεί να μας κατηγορήσει για παράνομο έρανο. Ο πατέρας μου είχε αυτές

143

τις μέρες μια δίκη. Δίκαζαν κάποιους γιατί μάζευαν λεφτά να τα δώσουν σε μια οικογένεια που πέθαινε της πείνας.

– Και γιατί, δεν κάνει να βοηθάς τους φτωχούς; απορώ εγώ.

– Μα δε διαβάζεις εφημερίδες; αγανακτεί η Λίντα. Η κυβέρνηση απαγορεύει τους ιδιωτικούς εράνους.

Αποφασίσαμε να μου δώσουν εμένα τα λεφτά, να πάω με την Πολίν ν' αγοράσω τη σάκα και να γιορτάσουμε τα γενέθλια της Κάτιας στο σπίτι της Έλας. Η Κάτια λέει πως το σπίτι τους έχει δυο καμαράκια όλα κι όλα και, ακόμα, δεν μπορεί να βάζει το θείο της σε έξοδα για γιορτές.

Πέρα, απόμακρα, μόλις κι ακούγεται ο ήχος του κουδουνιού. Με βαριά καρδιά αφήνουμε το «Τροκαντερό» για να πάμε στο μάθημα. Είχα μείνει τελευταία και ανέβαινα τη σκάλα. Μπροστά μου ακριβώς ανέβαιναν οι δυο Πολωνέζες, η Αλέσια και η Σλάβα. Μιλούσανε πολωνέζικα. Εγώ καταλαβαίνω, γιατί πολλές φορές όταν με πήγαιναν περίπατο στο πάρκο έπαιζα με Πολωνεζάκια.

– Έχει ένα καρφί το παπούτσι μου, έλεγε η Αλέσια.

– Στο άλλο διάλειμμα βγάλ' το να το χτυπήσουμε με την κασετίνα μου που είναι πιο σκληρή, της λέει η Σλάβα.

Δεν είπαν τίποτε άλλο. Κάποια στιγμή βλέπω πως πίσω μου ανεβαίνει η Σανίδα. «Άραγε τις άκουσε;» αναρωτιέμαι.

Μπήκαμε στην τάξη, μα η Σανίδα δε φαίνεται. Καθόμασταν σαν αγγελάκια, γιατί πολλές φορές παραφυλάει πίσω από την πόρτα κι αν κάνουμε πως μιλάμε ή γελάμε, να τηνε ξαφνικά μπροστά μας. Περιμένουμε λοιπόν και σήμερα και σε λίγο καταφτάνει μαζί με την Κουρούνα. Άμα μπαίνει η Κουρούνα στην τάξη, εκτός από την ώρα που μας κάνει το μάθημά της, ξέρουμε πως δεν είναι για καλό. Σηκωνόμαστε όλες όρθιες, στητές, σαν στρατιωτάκια. Η Κουρούνα κουνάει τη μαύρη φτερούγα που σημαίνει. «Καθίστε». Καθόμαστε.

– Βελιτσάνσκαγια!

Είναι η Σανίδα που φωνάζει τ' όνομά μου. Σηκώνομαι ξανά όρθια.

– Απάντησε, σε παρακαλώ, με πάσαν ειλικρίνειαν. Πρόσεξε την ερώτησίν μου: Το σχολείον μας τι έδαφος είναι;

Τι θέλει να πει; Έχω μάθει πια ν' απαντάω με φράση σκουληκομερμηγκότρυπα. Έδαφος, συλλογιέμαι, είναι το πάτωμα.

– Το σχολείο μας, Εβγένια Ιβάνοβνα, είναι έδαφος παρκέτο, απαντάω όχι με πολύ σίγουρη φωνή.

Η Σανίδα κοκκινίζει σαν παντζάρι, στην τάξη ακούγεται ένα πνιγμένο γέλιο, τα φτερά της Κουρούνας ανεβοκατεβαίνουν.

– Το σχολείον μας είναι έδαφος ρωσικόν ανόητη, λέει με παγερή φωνή.

– Βελιτσάνσκαγια, ξαναφωνάζει η Σανίδα, την ώρα που ανεβαίνατε τη σκάλα ποια γλώσσα ομιλούσαν οι δεσποινίδες που ήταν μπροστά σας;

Δε διστάζω, λέω το ψέμα μου μεγάλο μεγάλο:

– Οι δεσποινίδες που ήταν μπροστά μου μιλούσαν ρωσικά, Εβγένια Ιβάνοβνα, αλλιώς, δε θα καταλάβαινα τι έλεγαν.

Η Σανίδα πάει να με φάει με τα μάτια της. Η Κουρούνα κάτι της λέει και μετά μου γνέφει να πάω στην έδρα και με ρωτάει να της πω σιγά τι έλεγαν τα κορίτσια. Η Σανίδα έχει πάει κοντά στο θρανίο που κάθονται η Σλάβα και η Αλέσια και τις ρωτάει, φαίνεται, κρυφά κι αυτές. Ύστερα ξαναγυρίζει στην έδρα και σιγοψιθυρίζει στο αυτί της Κουρούνας.

145

– Καλά, λέει η Κουρούνα με ξερή φωνή.

– Πηγαίνετε στη θέση σας, μου κάνει η Σανίδα με κακία που δεν την άφησαν να δείξει στην Κουρούνα πως τα προλαβαίνει όλα.

– Άφρισε η Σανίδα, κάνει όλο χαρά η Μάσα την ώρα που σχολνούσαμε.

– Αυτό που έκανε στην τάξη λέγεται «αναπαράσταση», λέει η Λίντα.

Δεν ξέρω πώς λέγεται, ένα μόνο ξέρω, πως πάω να γίνω η πιο μεγάλη ψεύτρα σ' όλη την τάξη. Μα αυτό ακόμα δεν ήτανε παρά η αρχή. Έγινε όπως συμφωνήσαμε. Πήγα με την Πολίν ν' αγοράσουμε τη σάκα για την Κάτια. Βρήκαμε μια πολύ ωραία, αλλά κόστιζε περισσότερο από τα λεφτά που είχαμε μαζέψει.

– Θα βάλω εγώ τα υπόλοιπα, λέει η Πολίν κι αγοράζουμε την πιο όμορφη σάκα του μαγαζιού.

Η Έλα Φέιγκελ μένει σ' ένα μικρό σπιτάκι με κήπο. Ο μπαμπάς είχε πάει να δει έναν άρρωστο εκεί κοντά και με συνοδεύει, γιατί είναι αρκετά μακριά να πάω μόνη μου. Κρατάω ένα μεγάλο πακέτο: τη σάκα. Στην καγκελόπορτα του κήπου είναι ο μπαμπάς της Έλας. Κάτι χάλασε, γιατί έχει ένα κατσαβίδι και χαρχαλεύει την κλειδαριά. Μόλις μας βλέπει αφήνει τα μαστορέματα.

– Είμαι σίγουρος πως είσαι η Σάσενκα, χαμογελάει.

– Κι αυτός ο μπαμπάς μου, λέγω εγώ και γελούνε κι οι δυο τους.

– Χαίρομαι πολύ που σας γνωρίζω, Ίγκορ Λβόβιτς (ήξερε πώς τον λένε), όλη η πόλη μας μιλάει για σας.

Σφίγγουνε τα χέρια και συμφωνούνε κι οι δυο πως πρέπει να γνωριστούνε καλύτερα, άλλη μέρα, γιατί ο μπαμπάς βιάζεται τώρα να πάει στον άρρωστό του.

– Μέρες που έρχονται, καλό θα είναι να βρισκόμαστε οι άνθρωποι που έχουμε τα ίδια χνότα, λέει ο μπαμπάς της Έλας.

146

Μην ξεχάσω να ρωτήσω το βράδυ τον μπαμπά τι θα πει «μέρες που έρχονται» και «τα ίδια χνότα».

Το σπίτι της Έλας έχει λίγα έπιπλα. Αν το 'βλεπε η Ντούνια, θα κούναγε το κεφάλι της από λύπηση: «Οι καημένοι οι άνθρωποι, ούτε μπουφέ με βιτρίνες δεν έχουν. Εμένα όμως μ' αρέσει που δεν έχει ούτε μπουφέ ούτε μπιμπελό ούτε ανθοστήλες με μπρούντζινα σκαλιστά δοχεία για να μπαίνουν μέσα οι γλάστρες. Ένα τραπέζι στη μέση κι απάνω ένα βάζο με φρεσκοκομμένα λουλούδια από το κηπάκι και σε μια γωνιά ένα μεγάλο ντιβάνι με κλαρωτό σκέπασμα. Το δωμάτιο της Έλας έχει δυο κρεβάτια και δυο μικρά ξύλινα τραπέζια που τα 'χουν για γραφεία η Έλα και ο αδελφός της. Δηλαδή τώρα το έχουν, ξέχασα να το πω, η Έλα και η Κάτια. Ο αδελφός της Έλας έχει φύγει στην Πετρούπολη στο Πανεπιστήμιο.

– Γιατί να κάθεσαι μόνη στο σπίτι, αφού ο θείος σου λείπει και γυρίζει το βράδυ πολύ αργά, λέει μια μέρα η Έλα της Κάτιας.

Πήγε πρώτα η Κάτια να κάνουν μαζί τα μαθήματα, μετά έμεινε ένα βράδυ εκεί, μετά δεύτερο και τώρα τον περισσότερο καιρό μένει στην Έλα. Πολύ τις ζηλεύω! Να 'χεις μια συμμαθήτρια στο σπίτι να λέτε τα δικά σας! Εγώ έχω συντροφιά την Πολίν, μα δεν είναι το ίδιο. Το δωμάτιό μας είναι πολύ μεγάλο και θα χωρούσε μια χαρά και τρίτο κρεβάτι, η μαμά όμως κι η Ντούνια θα σήκωναν τον κόσμο στο πόδι. «Ξένο παιδί στο σπίτι!» Στης Έλας όλα είναι πιο απλά. Η μαμά της μάλιστα είπε στην Έλα: «Πρόβλημα ρούχων για την Κάτια δεν υπάρχει, αφού έχετε το ίδιο μπόι».

Η Κάτια έκανε μεγάλες χαρές για τη σάκα. Ήρθε κι ο θείος της που δε μοιάζει καθόλου στο Φεγγάρη Φεγγάροβιτς, παρ' όλο που είναι κι αυτός «μπουζουριασμένος». Είναι ψηλός, αδύνατος, με μια μεγάλη μύτη και καθόλου γελαστό πρόσωπο. Οι ώμοι του είναι γυρτοί και φοράει ένα μαύρο τριμμένο αμπέχονο. Λιγάκι τρομάζεις σαν τον πρωτοδείς.

– Δεν ξέρετε τι καλός που είναι, μας λέει η Κάτια. Το βράδυ τον νιώθω μέσα στον ύπνο μου που έρχεται και με σκεπάζει.

Η Μάσα έφερε μια ολόκληρη τούρτα μέσα σε κουτί. Το κουτί είχε απέξω ένα τριαντάφυλλο κι έγραφε με χρυσά γράμματα: Ρεστοράν «Νορέικο». Ήρθαν κι η Λίντα, που είχε δέσει πίσω τα μαλλιά της μ' ένα βελούδινο φιόγκο κι έμοιαζε μεγάλη, και η Αλέσια με τη Σλάβα.

– Αν σε ρωτήσει η Σανίδα πού βρήκες τη σάκα, λέει η Λίντα στην Κάτια, πες πως σου τη χάρισε κάποια από μας, αλλά μόνο μ ί α.

– Γιατί να με ρωτήσει, απορεί η Κάτια.

– Δεν... αν..., απαντάει αόριστα η Λίντα.

– Κονταούροβα! Πού τη βρήκατε αυτή την ωραία σάκα; ρωτάει το άλλο πρωί η Σανίδα που τίποτα δεν της ξεφεύγει.

Η Κάτια δεν είναι πολύ καλή μαθήτρια, στην αριθμητική μάλιστα είναι κακή και στο ψέμα ακόμη χειρότερη. Κοκκινίζει ολόκληρη και λέει κομπιάζοντας:

– Είχα χτες τα γενέθλιά μου και μου τη χάρισε η...

– ... Βελιτσάνσκαγια, ακούω τη φωνή της Λίντας.

Η Σανίδα άφρισε, σήκωσε τη Λίντα στη γωνιά, για να μάθει να μη μιλάει χωρίς να τη ρωτούν.

– Βελιτσάνσκαγια, πού βρήκατε αυτή τη σάκα; συνεχίζει η Σανίδα την «ανάκριση», όπως θα 'λεγε η Λίντα.

Εγώ σηκώνομαι ήρεμη και σίγουρη:

– Ο πατέρας μου έχει πολλές σάκες, Εβγένια Ιβάνοβνα, του τις χαρίζουν καμιά φορά οι άρρωστοί του.

Η Κάτια έχει ανοίξει το στόμα της και με κοιτάζει με

148

θαυμασμό. Στο διάλειμμα τρέχουμε στο «Τροκαντερό» και δέχομαι συγχαρητήρια.

– Ήσουν άφθαστη, μου λέει η Μάσα.

– Είδες, Σουσάμη, λέω στον μπαμπά το βράδυ, που με μάθαινες να μη λέω ψέματα.

Εκείνος σηκώνει το κεφάλι από την εφημερίδα που διαβάζει. Τον νιώθω σαν να διστάζει λίγο.

– Υπάρχουν ψέματα και «ψέματα», μπαίνει στη συζήτηση η Πολίν. Θυμάσαι, Σασενκά, την περασμένη Πρωτομαγιά που τρέχαμε με το γιατρό στα σοκάκια να βρούμε τους πληγωμένους που είχανε κουβαλήσει κρυφά σε διάφορα σπίτια; Αν την άλλη μέρα ρωτούσε η αστυνομία τον πατέρα σου πού κρύβονται οι τραυματίες, θα έλεγε την αλήθεια;

– Θα 'λεγα, λέει ο μπαμπάς, ποιους τραυματίες; Εγώ κοιμόμουνα στο κρεβάτι μου. Το ψέμα για να γλιτώσεις κάποιον, Κουκούτσι, δεν είναι ψέμα.

– Δηλαδή στην αστυνομία και στη Σανίδα πρέπει να λέμε πάντα ψέματα;

– Σχεδόν πάντα, απαντάει η Πολίν, γιατί ο μπαμπάς έχει κιόλας ξαναπέσει στην εφημερίδα του.

Σαν ήρθε στο κρεβάτι μου να μου πει καληνύχτα, ένιωσα πάλι τα μανιταράκια που μου ξεφύτρωναν.

– Σουσάμη, τι θα πει: «στις μέρες που έρχονται» και «τα ίδια χνότα»;

Αυτή τη φορά όμως ο μπαμπάς το 'βαλε καλά στο νου του να μην απαντήσει. Πρέπει, λέει, να κοιμηθώ, γιατί είναι αργά κι εκείνος έχει να περάσει να ρίξει μια ματιά σ' έναν άρρωστο του που τον εγχείρισε το πρωί.

– Μια μέρα δε θα το κουνήσω από το σπίτι και θ' απαντήσω σ' ό,τι θες, μα να 'χουμε πολλές ώρες καιρό.

– Αυτή η μέρα, Σουσάμη, δε θά 'ρθει ούτε στη δεύτερη παρουσία, που λέει κι η Ντούνια.

149

Ο ΤΣΑΡΟΣ ΠΑΣΩΝ ΤΩΝ ΡΩΣΙΩΝ
ΚΑΙ Ο ΦΕΓΓΑΡΗΣ... ΠΑΣΩΝ ΤΩΝ ΦΕΓΓΑΡΙΩΝ

Είχαμε αριθμητική με το Φιόντορ Νικήτιτς. Μόλις χτύπησε το κουδούνι, πριν βγούμε για το διάλειμμα, μπήκε στην τάξη η Σανίδα. Παράξενο, δε μας λέει: «Δεσποινίδες», αλλά «Παιδιά μου»!
– Παιδιά μου..., μεγάλη δοκιμασία έπληξε την πατρίδα μας. Η Αυτού Μεγαλειότης ο τσάρος μας, ο ένδοξος αυτοκράτωρ Αλεξάντρ Αλεξάντροβιτς, είναι βαριά ασθενής. Όλος ο λαός μας προσεύχεται για τη θεραπεία του. Μετά το διάλειμμα δε θα έχετε άλλο μάθημα. Στην εκκλησία του σχολείου μας θα ψαλεί δέησις. Οι αλλόθρησκες μπορούνε να επιστρέψουν στα σπίτια τους.
Μόλις φεύγει η Σανίδα όλη η τάξη πανηγυρίζει για το χαρμόσυνο νέο: Δε θα 'χουμε μαθήματα! Και την άλλη ώρα είχαμε ρωσικά με τη Σανίδα. Η Έλα, η Αλέσια, η Σλάβα κι όλες οι αλλόθρησκες μπορούν να πάνε σπίτια τους. Αχ, γιατί να μην είμαι κι εγώ αλλόθρησκη! Μονάχα ένα κορίτσι στην τάξη μας αναστενάζει, η Ζένια Ζβάγκινα: «Αχ, ο καημενούλης ο τσάρος».
Η Ζένια έχει μεγάλες σχέσεις με τον τσάρο Αλέξανδρο τον Γ΄. Πιο σωστά, με το κάδρο του, που κρέμεται στη μεγάλη αίθουσα. Άμα έχουμε μάθημα που η Ζένια δεν το έχει διαβάσει, γράφει γραμματάκι στον τσάρο. «Τσάρε μου μεγαλόψυχε, κάνε να μη με σηκώσουν στο μάθη-

μα.» Το γράφει σ' ένα μικρούτσικο χαρτάκι, το διπλώνει στα τέσσερα και το πετάει μ' όλη της τη δύναμη πάνω από το κάδρο του τσάρου. Αν το χαρτάκι ξεπεράσει το κάδρο και πέσει από πίσω, σημαίνει πως όλα θα πάνε καλά. Δε θα τη σηκώσουν. Αν όμως χτυπήσει στο κάδρο και ξαναπέσει κάτω, τότε η Ζένια τα βάφει μαύρα.

– Αχ, θα πεθάνει και τι θα γίνουμε, χτυπιέται τώρα.

– Οχ, καημένη, θα 'ρθει άλλος τσάρος, την παρηγορεί η Μάσα.

Από τότε που αρρώστησε ο τσάρος όλοι οι γιατροί της πόλης μας που γνωρίζονται με τον μπαμπά έρχονται να τον δούνε. Όταν δεν τον βρίσκουν κάθονται στο γραφείο του και τον περιμένουν να πεταχτεί μια στιγμή στο σπίτι από τον έναν άρρωστο στον άλλο. Εγώ είμαι την πιο πολλή ώρα σπίτι. Δεν κάνουμε σχεδόν καθόλου μάθημα, παρά είμαστε γονατισμένες στην εκκλησία του σχολείου να παρακαλάμε για τον τσάρο. Δεν είναι βέβαια καθόλου σωστό να χαίρεσαι για ξένη αρρώστια, μα περνάμε ζωή και κότα από τότε που ο «αφέντης» και «αυτοκράτορας» αρρώστησε, κι ανάμεσα σε δυο γονατίσματα τρέχουμε στο «Τροκαντερό» και κουβεντιάζουμε για χίλια δυο. Στο σπίτι, πάλι, βοηθάω την Ντούνια να σερβίρει τσάι στους συνάδελφους του μπαμπά που τον περιμένουν κι ύστερα κάθομαι σε μια γωνίτσα στο γραφείο και με ξεχνάνε. Μ' αρέσει πολύ ν' ακούω τους φίλους του μπαμπά να συζητούνε. Οι φιλενάδες της μαμάς, όλο τα ίδια και τα ίδια: «Είδατε τα καπέλα από το Παρίσι που έφεραν στο μεγάλο μαγαζί;» «Αχ, με τις υπηρέτριες σήμερα είναι απελπισία.» «Πώς τη φτιάχνετε την τούρτα με κάστανα;»

Ενώ οι φίλοι του μπαμπά... «Πώς να μην ανησυχεί κανείς, αν γίνει τσάρος ο πρίγκιπας διάδοχος Νικόλαος, εδώ μαγείρισσα αλλάζεις και ανησυχείς, αν θα 'ναι καλύτερη ή χειρότερη...» «Λέτε να δώσει αμνηστία, να γίνει κάποια εκδημοκρατικοποίηση!» «Δεν είναι και τόσο γέρος, σαράντα εννιά χρονών...» «Μπα, άλλοι τσάροι πέθαναν πιο νέοι...» «Όχι από φυσικό θάνατο.»

Δεν καταλαβαίνω γιατί μιλάνε θαρρείς κι ο τσάρος έχει κιόλας πεθάνει, ενώ εμάς μας έχουν μελανιάσει τα γόνατα στη δέηση «διά την υγείαν του».

Κι όμως ο τσάρος πέθανε για τα καλά. Ήρθε στο σπίτι μας ο Ιβάν Κωνσταντίνοβιτς Ρογκόφ κι ένας άλλος φίλος του μπαμπά, ο μόνος που δεν είναι γιατρός, ο Αλεξάντρ Στεπάνοβιτς. Είναι καθηγητής των ρωσικών κι ο μπαμπάς τον πειράζει πως είναι «άτακτο αγοράκι», γιατί τον έχουν διώξει απ' όλα τα Γυμνάσια και για να ζήσει παραδίνει ιδιαίτερα μαθήματα. Είναι πολύ ψηλός, λιγνός, μ' ένα μακρύ μυτερό μούσι κι η Ντούνια τον έχει βαφτίσει: «Κατέβα να φάμε».

Ήταν αργά το απόγευμα, ο μπαμπάς είχε ξαπλώσει στο ντιβανάκι του γραφείου να κοιμηθεί λίγο, γιατί όλη μέρα δεν είχε έρθει καθόλου να ξεκουραστεί. Είχε σκεπάσει το πρόσωπό του με την εφημερίδα που διάβαζε κι εγώ την κοίταζα που κυμάτιζε με το φύσημα και ξεφύσημα του μπαμπά. Από το χολ ακούγεται η φωνή της Ντούνιας «τα πόδια σας» και κατάλαβα πως ήρθε ο «Κατέβα να φάμε», γιατί ποτέ δε σκουπίζει τα πόδια του.

– Σουσάμη, τον ξυπνάω και του τραβάω σιγά σιγά την εφημερίδα.

Πριν προλάβω να πω τίποτ' άλλο ο μπαμπάς ήταν κιόλας καθιστός στο ντιβάνι, καθώς μπαίνει στο γραφείο ο γιατρός Ρογκόφ κι ο Αλεξάντρ Στεπάνοβιτς.

– Έχετε νέα; ρωτάει ο μπαμπάς.

– Απεδήμησε εις Κύριον, λέει ο Ιβάν Κωνσταντίνοβιτς.

– Τίναξε τα πέταλα, κάνει ο Αλεξάντερ Στεπάνοβιτς.

Εγώ στην αρχή κατάλαβα πως μιλούσανε για τον τσάρο, πως έγινε καλά και πήγε περίπατο με το άλογο. Φαίνεται όμως πως «απεδήμησε εις Κύριον» και «τίναξε τα πέταλα» θα πει πέθανε, γιατί αμέσως ο μπαμπάς ρώτησε:

– Τι ξέρετε για τον καινούριο τσάρο, Αλεξάντρ Στεπάνοβιτς;

Ο Αλεξάντρ Στεπάνοβιτς μιλάει με αστείο ύφος σαν να διαβάζει από βιβλίο:

– «Η γέννησις του πρίγκιπος διαδόχου Νικολάου ανηγγέλθη εις τον λαόν με τριακοσίους κανονιοβολισμούς από το φρούριον Πετροπαβλόσκι... Την εσπέραν η πρωτεύουσα εφωταγωγήθη...» Αυτά διάβασα τότε, αυτά και ξέρω για τον καινούριο μας τσάρο.

– Ας ελπίσουμε πως θα δοθεί αμνηστία, λέει ο Ιβάν Κωνσταντίνοβιτς.

Ο «Κατέβα να φάμε» έχει πάει κι έχει σταθεί κοντά στο παράθυρο κοιτάζοντας έξω.

– Οι ελπίδες θα 'ρθουν απ' αλλού, Ιβάν Κωνσταντίνοβιτς, από κει πέρα, λέει και δείχνει πέρα μακριά, εκεί που τραβάνε οι ράγιες.

– Ας περιμένουμε κι αύριο τη διακήρυξη, επιμένει ο γιατρός Ρογκόφ.

Όταν καθίσαμε στο τραπέζι, η Πολίν ρώτησε τον μπαμπά ποιες είναι οι ελπίδες που μπορεί να περιμένουμε από τον καινούριο τσάρο.

– Ο κόσμος... ελπίζει, λέει εκείνος και ψάχνει να βρει τις λέξεις, πως μπορεί να θελήσει να φτιάξει μια πλατιά κυβέρνηση και να καλέσει τις πιο μεγάλες αξίες του τόπου να τον βοηθήσουν να κυβερνήσει και να βγάλει τη χώρα από το χάος.

– Κι εσείς το πιστεύετε πως θα το κάνει; ξαναρωτάει η Πολίν.

– Ο κόσμος το ελπίζει, εγώ, να σας πω, δεν έχω ακούσει στην ιστορία κανέναν τσάρο που να 'χει βάλει μόνος του το κεφάλι του στον ντουρβά.

– Τι θα πει αυτό που είπες, Σουσάμη;

– Δε σου φαίνεται, Ίγκορ, πως τα παρασυζητάτε όλη μέρα μπροστά στο παιδί; λέει η μαμά.

– Μπορεί να 'χεις και δίκιο, κουνάει το κεφάλι του ο μπαμπάς και με στέλνουν να κοιμηθώ.

Στην πόρτα του σχολείου μας έχουν κρεμάσει μαύρα κρέπια. Όλα τα κορίτσια στη τάξη μας έχουν φορέσει πένθος στο μανίκι. Μονάχα τρεις είμαστε χωρίς πένθος, η Έλα, η Λίντα κι εγώ.

– Οι μητέρες σας δε μάθανε, μας λέει με κακιά φωνή η Σανίδα, πως πέθανε ο πολυαγαπημένος μας τσάρος; Ή δεν αντιλαμβάνονται πως το πένθος είναι για όλη τη χώρα; Ή μήπως δεν κλαίνε μαζί μ' ολόκληρη τη Ρωσία;

Τι να της πούμε! Να πω εγώ πως ο μπαμπάς είπε στη μαμά την ώρα που ήθελε να μου περάσει το πένθος στο μανίκι: «Να μη δω τη Σάσενκα με πένθος! Ούτε εγώ σαν πεθάνω δε θα της βάλετε μαύρα, όχι ένας ξένος».

Κατεβάζουμε το κεφάλι και δε μιλάμε. Γιατί, αν το σηκώσουμε, μπορεί να δει τα μάτια μας να γυαλίζουν από χαρά. Δε θα 'χουμε σχολείο τρεις μέρες, για να πενθήσουμε τον τσάρο. Κρίμα που οι τσάροι πεθαίνουν τόσο σπάνια.

Γύρισα στο σπίτι, πέταξα τη σάκα μου σε μια γωνιά, δεν ήξερα όμως τι να κάνω. Είχα ξεσυνηθίσει να είμαι ολομόναχη, να παίζω και να κουβεντιάζω με τις Καθρεφτούλες και τη Σαμοβαρούλα. Τώρα στο σχολείο είχα τις φιλενάδες μου που περιμένουμε ανυπόμονα πότε νά 'ρθει η ώρα να τρέξουμε στο «Τροκαντερό» να τα πούμε. Η μαμά κι η Ντούνια ήτανε όπως πάντα στην κουζίνα, η Πολίν έλειπε στα μαθήματά της, κι ο μπαμπάς δεν είχε φανεί καθόλου σήμερα.

– Σάσενκα, έχεις επίσκεψη, μου φωνάζει η Ντούνια από την κουζίνα.

Στην κουζίνα κάθεται και πίνει τσάι η μαμά της Γιούλιας. Από τη μέρα που άρχισα το σχολείο δεν είχα βρει καιρό να πάω στη φιλενάδα μου.

– Είναι καλά η Γιούλιτσκα; ανησυχώ.

– Μια χαρά, μου χαμογελάει η μαμά της. Έμαθε πως έκλεισε το σχολείο και μ' έστειλε να σε πάρω, να περάσετε όλη τη μέρα μαζί.

Πετάω από τη χαρά μου. Η Ντούνια κι η μαμά ετοιμάζουν ένα καλαθάκι με κομμάτια πίτα, που μόλις βγάλαν από το φούρνο, και γλυκά.

– Στείλτε τη μαντεμουαζέλ Πολίν να την πάρει σα βραδιάσει, λέει η μαμά της Γιούλιας, την αποθύμησε και κείνη η Γιούλιτσκα και θέλει να τη δει.

Στο δρόμο που πηγαίνουμε για το Βοτανικό κήπο, μια χοροπηδάω στο ένα πόδι, μια κλοτσάω τα πετραδάκια που βρίσκω μπροστά μου, ή ξαφνικά φέρνω βόλτα γύρω γύρω. Σαν να ξέχασα πως μεγάλωσα, πως είμαι μαθήτρια πια. Εχ, και να μ' έβλεπε από καμιά μεριά η Σανίδα πως δεν περπατώ «κοσμίως». Τι δε θα 'χω να διηγηθώ στη Γιούλια!

– Σου 'χει μια έκπληξη η Γιούλιτσκα, μου λέει η μαμά της ενώ κοντεύουμε πια να φτάσουμε, μα μια έκπληξη!

Έκπληξη! Τώρα πια είναι που δεν κρατιέμαι από ανυπομονησία να φτάσω.

Η Γιούλια μας περιμένει στην πόρτα, μόλις μάς βλέπει τρέχει με το τραμπαλιστό της περπάτημα και πέφτει στην αγκαλιά μου.

– Σάσενκα! Σάσενκα! Σ' έχασα με το σχολείο!

Στα μάτια της γυαλίζουν δάκρυα. Μα δεν είναι λυπημένη. Φέγγει από χαρά. Το σπίτι τους είναι ένα μεγάλο δωμάτιο και από μια πορτίτσα κατεβαίνεις τρία σκαλά-

κια και πας στην κουζίνα. Η Γιούλια με τραβάει να πά-
με κατά κει. Θα 'ναι η έκπληξη, συλλογιέμαι, θα βρήκε
στον κήπο κανένα παράξενο ζωάκι ή κανένα πουλί με
σπασμένο το φτερούγι. Κατεβαίνω χοροπηδηχτά τα σκα-
λάκια, η Γιούλια έρχεται πίσω μου.
Τον γνώρισα αμέσως! Κι ας έχει ένα ακατάστατο κοκ-
κινωπό γενάκι γύρω στο φεγγαροπρόσωπό του! Στεκό-
τανε ολόρθος στη μέση της κουζίνας.
– Φεγγάρη Φεγγάροβιτς! πέφτω στην αγκαλιά του.
Εκείνος με σηκώνει ψηλά και με καθίζει πάνω στο
τραπέζι.
– Είδες που ξανάρθα, Σάσενκα, λέει και γελάνε και τ'
αυτιά του.
– Ζήτω ο καινούριος τσάρος! φωνάζω κι ο Φεγγάρης
Φεγγάροβιτς με κοίταξε με μάτια ορθάνοιχτα.
– Τρελάθηκες, Σάσα Βελιτσάνσκαγια;
Του λέω για τη διακήρυξη που περιμένουν όλοι με ελ-
πίδα γι' αυτήν, πώς τη λένε τη δύσκολη λέξη..., την εκ-
δη-μο-κρα-τι-κο-ποί-η-ση και την αμνηστία.
– Εσύ έγινες τετράσοφη από τότε που σ' άφησα, με
θαυμάζει ο Φεγγάρης Φεγγάροβιτς.
– Πού είναι η Άνια; Σας δώσανε αμνηστία; ρωτάω
ανυπόμονα.
Ο Φεγγάρης Φεγγάροβιτς δε χαμογελάει πια.
– Όχι, Σάσενκα, τίποτα δεν έδωσε ο καινούριος τσά-
ρος. Να η διακήρυξή του, και βγάζει από την τσέπη του
μια εφημερίδα.
Η μαμά της Γιούλιας έχει έρθει κι αυτή στην κουζίνα.
Καθόμαστε όλοι γύρω γύρω στο τραπέζι.
– Διάβασε δυνατά, λέει ο δάσκαλός μου.
Παίρνω την εφημερίδα και διαβάζω.

«ΗΜΕΙΣ, ΝΙΚΟΛΑΟΣ Ο ΔΕΥΤΕΡΟΣ, ΕΛΕΩ ΘΕΟΥ ΑΥΤΟΚΡΑ-
ΤΩΡ ΚΑΙ ΜΟΝΑΡΧΗΣ ΠΑΣΩΝ ΤΩΝ ΡΩΣΙΩΝ, ΤΗΣ ΜΟΣΧΑΣ,

ΤΟΥ ΚΙΕΒΟΥ, ΤΟΥ ΒΛΑΝΤΙΜΙΡΣΚ, ΤΟΥ ΝΟΒΓΚΟΡΟΝΤ, ΤΣΑΡΟΣ ΤΟΥ ΚΑΖΑΧΣΤΑΝ, ΤΣΑΡΟΣ ΤΗΣ ΣΙΒΗΡΙΑΣ, ΤΣΑΡΟΣ ΤΗΣ ΧΕΡΣΟΝΗΣΟΥ ΤΟΥ ΤΑΒΡΟΥ, ΤΣΑΡΟΣ ΤΗΣ ΓΕΩΡΓΙΑΣ, ΜΕΓΑΣ ΠΡΙΓΚΙΨ ΤΟΥ ΣΜΟΛΕΝΣΚΙ, ΤΟΥ ΛΙΤΟΦΣΚ ΚΑΙ ΤΗΣ ΦΙΛΑΝΔΙΑΣ, ΠΡΙΓΚΙΨ ΤΗΣ ΒΟΥΛΓΑΡΙΑΣ, ΤΗΣ ΕΣΘΟΝΙΑΣ, ΛΕΤΟΝΙΑΣ, ΛΙΘΟΥΑΝΙΑΣ ΚΑΙ ΑΛΛΩΝ ΑΡΧΩΝ, ΚΑΙ ΜΕΓΑΣ ΠΡΙΓΚΙΨ ΤΟΥ ΡΙΑΖΑΝ, ΓΙΑΡΟΣΛΑΒ, ΜΠΕΛΟΖΕΡΣΚ ΚΑΙ ΠΑΣΩΝ ΤΩΝ ΧΩΡΩΝ ΤΟΥ ΒΟΡΡΑ...»

– Φτάσε στο τέλος, Σάσενκα να τελειώνουμε, με σταματάει ο Φεγγάρης Φεγγάροβιτς.
Πηδάω με το μάτι και φτάνω στις τελευταίες γραμμές.

«... ΑΠΟΦΑΣΙΖΟΜΕΝ ΚΑΙ ΔΙΑΚΗΡΥΣΣΟΜΕΝ ΠΡΟΣ ΑΠΑΝΤΑΣ ΤΟΥΣ ΠΙΣΤΟΥΣ ΗΜΩΝ ΥΠΗΚΟΟΥΣ ΟΤΙ ΘΑ ΒΑΔΙΣΩΜΕΝ ΕΙΣ ΤΗΝ ΔΙΑΚΥΒΕΡΝΗΣΙΝ ΤΗΣ ΧΩΡΑΣ ΜΑΣ ΕΠΙ ΤΑ ΙΧΝΗ ΤΟΥ ΑΕΙΜΝΗΣΤΟΥ ΚΑΙ ΠΟΛΥΚΛΑΥΣΤΟΥ ΠΑΤΡΟΣ ΗΜΩΝ...»

Σταματάω να πάρω ανάσα, γιατί είχα διαβάσει μονορούφι όλο το κατεβατό.
– Λοιπόν, ρωτάω ανυπόμονα.
– Λοιπόν, Σάσα Βελιτσάνσκαγια, τρεμοπαίζει τώρα το γένι του Φεγγάρη Φεγγάροβιτς, δε μας χάρισε τίποτα ο καινούριος τσάρος και θα συνεχίσει να κάνει ό,τι ο μπαμπάκας του: ούτε αμνηστία ούτε καλυτέρεψη της ζωής του λαού ούτε τίποτα. Κι εγώ ήρθα κρυφά...
– Κρυφά! τρομάζω.
– Ναι, συνεχίζει, ήρθα κρυφά κι εσύ είσαι πια μεγάλο κορίτσι, Σάσα Βελιτσάνσκαγια, και μπορείς να κρατάς μυστικά.
Θα 'θελα να του πω πως μπορεί να μου πει ό,τι θέλει και, για να 'ναι σίγουρος, μπορώ να ορκιστώ και να κάψω το χέρι μου με την καμένη ζάχαρη, μα ένα μεγάλο κορίτσι δεν μπορεί να λέει τέτοια παιδιακίσια πράγματα.

– Χρειάζομαι την Πολίν, γι' αυτό ήρθα, λέει τώρα σοβαρά ο Φεγγάρης Φεγγάροβιτς.

Αχ, συλλογέμαι, θα θέλει να τη στείλει για αρραβωνιαστικά κανενός φυλακισμένου και πετάω από τη χαρά μου.

Ύστερα τα ξεχάσαμε όλα αυτά, και τον τσάρο και τη διακήρυξή του. Πίνουμε τσάι κι εγώ έλεγα, έλεγα για το σχολείο, για την Κουρούνα και τη Σανίδα, τις καινούριες φιλενάδες, το «Τροκαντερό»... Κι η Γιούλια αναστέναζε: «Αχ, να μπορούσα κι εγώ να 'ρχόμουνα μαζί σου», κι ο Φεγγάρης Φεγγάροβιτς έλεγε: «Άμα νικήσουμε, Γιούλιτσκα, θα πηγαίνουν όλα τα παιδιά σχολείο» κι εγώ ρωτούσα αν θα νικήσουν οι «μπουζουριασμένοι» όταν φτάσει η κοτσίδα μου ως τη μέση, κι ο Φεγγάρης Φεγγάροβιτς γελούσε κι έλεγε: «Μα το κοτσιδάκι σου έγινε κιόλας κοτσιδούλα», κι εγώ καμάρωνα.

– Αυτός ο τσάρος πασών των Ρωσιών γιατί δε σας αφήνει με την Άνια να ξανάρθετε στη πόλη μας; λέω θυμωμένα.

– Ε, να, λοιπόν, που ήρθα και χωρίς να του ζητήσω την άδεια, γελάει το φεγγαροπρόσωπό του.

Η Γιούλια σηκώνεται από την καρέκλα, στέκεται όρθια και κοιτάζει με θαυμασμό το δάσκαλό μου.

– Αν είναι εκείνος τσάρος πασών των Ρωσιών, του λέει, κι εσύ είσαι ο Φεγγάρης... πασών των Φεγγαριών.

Γελάσαμε όλοι και ο Φεγγάρης Φεγγάροβιτς την αγκάλιασε. Τότε ακούσαμε ένα χτύπο στην πόρτα, ο Πάβελ Γκρηγκόρεβιτς σήκωσε το καπάκι της καταπακτής που ήτανε κάτω από το τραπέζι κι ετοιμάστηκε να κατέβει στο υπόγειο. Η μαμά της Γιούλιας κοίταξε από το παράθυρο.

– Είναι η μαντεμουαζέλ Πολίν, είπε, κι ο Φεγγάρης Φεγγάροβιτς ξανάκλεισε την καταπαχτή.

Γυρνάμε με την Πολίν στο σπίτι. Έχει σχεδόν σκοτει-

159

νιάσει. Περνάει ο άνθρωπος με το ραβδί και ανάβει ένα ένα τα φανάρια του δρόμου. Είμαι τόσο κουρασμένη που σέρνω τα πόδια μου. Γυρίσαμε όλο το Βοτανικό κήπο με τη Γιούλια όση ώρα ο Πάβελ Γκρηγκόρεβιτς μιλούσε με την Πωλίν και, όσο να 'ναι, της Γιούλιας τα πόδια δεν είναι και τόσο γερά και στηριζότανε απάνω μου... Φοράω κάτι πλεχτά γαντάκια, μου τα 'δωσε ο δάσκαλός μου την ώρα που έφευγα, δώρο της Άνιας, τα έπλεξε για μένα. Τ' ακουμπάω στα μάγουλά μου, το μαλλί τους είναι απαλό και μυρίζουν σαν τις σφενταμιές την άνοιξη.

– Πολίν, λες να 'ναι όμορφος ο αρραβωνιαστικός σου και καλός σαν το Φεγγάρη Φεγγάροβιτς;

Εκείνη με κοιτάζει κι ύστερα βάζει τα γέλια.

Σα φτάσαμε στο σπίτι, κλείστηκε η Πολίν στο γραφείο με τον μπαμπά. Η μαμά, η Ντούνια κι εγώ καθόμασταν στην τραπεζαρία και προσπαθούσανε κι οι δυο τους να με πείσουν πως πρέπει να παίρνω ένα μπουκάλι γάλα μαζί μου στο σχολείο να το πίνω στο διάλειμμα.

– Έτσι κάνουν τα Σαμπανοβάκια, μου το είπε η Σεραφίμα Πάβλοβνα, λέει η μαμά. Είναι πολύ δυναμωτικό.

– Αδυνάτισες κι έγινες σαν ακρίδα με το σχολείο και τα γράμματα, μουρμουρίζει η Ντούνια.

Η πόρτα του γραφείου άνοιξε:

– Σουσάμη, πετάγομαι, θένε να παίρνω στο σχολείο γάλα...

– Η μαντεμουαζέλ Πολίν πρέπει να φύγει στο Παρίσι για λίγο, λέει ο μπαμπάς χωρίς να προσέξει τι του έλεγα. Πήρε γράμμα πως ο θείος της είναι πολύ άρρωστος κι άλλο συγγενή δεν έχει να του παρασταθεί.

Το μουστάκι του μπαμπά τρέμει σαν όταν λέει ένα πολύ μεγάλο ψέμα... όμως... υπάρχουν ψέματα και «ψέματα». Είμαι το πιο περίεργο κορίτσι του κόσμου. Δε ρωτάω τίποτα. Δε ρωτάω γιατί στέλνει ο Πάβελ Γκρηγκόρεβιτς την Πολίν (γιατί σίγουρα αυτός τη στέλνει) στο Παρίσι να βρει αρραβωνιαστικό.

Ο Αλεξάντερ Στεπάνοβιτς λέει πως στο Παρίσι ζούνε εξόριστοι πολλοί επαναστάτες, που φύγανε κρυφά από τη Ρωσία για να μην τους πιάσει η αστυνομία του τσάρου. Άραγε σε τέτοιον «αρραβωνιαστικό» στέλνει την Πολίν ο Φεγγάρης Φεγγάροβιτς; Μα δε ρωτάω τίποτα. Ούτε όταν πέσαμε να κοιμηθούμε. Δε με παίρνει ο ύπνος, το ίδιο και την Πολίν. Δίπλα στο κρεβάτι της, στο κομοδίνο, έχει ένα μαύρο σιρόπι μέσα σ' ένα παράξενο μπουκαλάκι. Η Πολίν πίνει από αυτό το σιρόπι για κάθε αρρώστια, ακόμα κι όταν είναι στενοχωρημένη ή δεν μπορεί να κοιμηθεί. Άμα αρρωσταίνει και θέλει ο μπαμπάς να την εξετάσει, εκείνη του λέει: Ήπια το σιρόπι μου. Ο μπαμπάς γελάει, η Πολίν όμως γίνεται καλά. Την ακούω τώρα που ξεβουλώνει το μπουκαλάκι στα σκοτεινά.

– Πολίν, δεν ήταν πολύ αστείο το γένι του Φεγγάρη Φεγγάροβιτς; λέω ψιθυριστά για να πω κάτι.

Δε μου απάντησε αμέσως, κατάπινε, φαίνεται, το σιρόπι της.

– Για σκέψου να μην είχα έρθει στο σπίτι σας! ακούγεται μετά χαμηλή η φωνή της. Δε θα τον γνώριζα ποτέ το δάσκαλό σου και θα πέθαινα με κλειστά μάτια.

– Γιατί, πεθαίνουμε και μ' ανοιχτά τα μάτια;

– Κοιμήσου, Σασενκά, είναι πολύ αργά, μου ψιθυρίζει και ακούω το κουτάλι που χτυπάει ξανά πάνω στο μπουκάλι.

ΤΑ «ΣΚΟΝΑΚΙΑ» ΤΟΥ ΤΣΑΡΟΥ
ΚΙ Η «ΣΥΝΩΜΟΣΙΑ» ΜΑΣ

– Λοιπόν, όπως το 'λεγα: ο καινούριος τσάρος, φτυστός ο παλιός, λέει ο Αλεξάντρ Στεπάνοβιτς και καρφώνει το χαρτοκοπτήρα του μπαμπά πάνω στο γραφείο.

Ο μπαμπάς έχει πάει κι έρθει τρεις φορές στους αρρώστους του, μα εκείνοι, δηλαδή ο γιατρός Ρογκόφ κι ο «Κατέβα να φάμε», κάθονται από τις τρεις το απόγευμα στο γραφείο του και τον περιμένουνε κάθε φορά να γυρίσει. Κρίμα, λέω μέσα μου, και συλλογιέμαι το Φεγγάρη Φεγγάροβιτς μόνο στην καταπαχτή του.

– Έμαθες τι είπε στους ξένους ανταποκριτές; ρωτάει ο γιατρός Ρογκόφ τον «Κατέβα να φάμε».

Ο μπαμπάς με κοιτάζει λοξά κι εγώ σηκώνομαι θυμωμένη. Μόλις πάνε και πούνε κάτι που θέλω πολύ να μάθω, ο Σουσάμης με κοιτάζει λοξά κι αυτό σημαίνει «δίνε του».

– Μη φεύγεις, Σάσενκα, ακούω, καθώς έχω γυρισμένη την πλάτη και πάω προς την πόρτα, τη φωνή του «Κατέβα να φάμε», αυτό που θα πω είναι ίσα ίσα για παιδιά του σχολείου.

Η χαρά μου δε λέγεται, θρονιάζομαι στο ντιβάνι κι ο Αλεξάντρ Στεπάνοβιτς με κοιτάζει σαν να θέλει να μιλήσει μόνο σε μένα.

– Ξέρεις αυτά τα χαρτάκια, τα «σκονάκια» που τα λέτε στο σχολείο, για ν' αντιγράφουνε στους διαγωνισμούς; Ε, λοιπόν, κάτι τέτοιο δώσανε και στον τσάρο και του το 'χανε ράψει στο μέσα μέρος του μανικετιού του. Αυτός όμως δεν έχει καθίσει στα θρανία του σχολείου να 'ναι ξεφτέρι στα «σκονάκια», κι όταν τον ρώτησαν οι ξένοι ανταποκριτές αν θα γίνει αυτό που ονειρεύεται ο λαός, δηλαδή να δοθούν περισσότερες ελευθερίες, να γίνει μια πιο πλατιά κυβέρνηση, εκείνος κοίταξε με τρόπο το σκονάκι κι αντί να πει όπως έγραφε «αυτά που ονειρεύεται ο λαός είναι αβάσιμα όνειρα», είπε «απερίσκεπτα όνειρα». Το νέο διαδόθηκε σ' όλο τον κόσμο. Τις ελπίδες του λαού ο τσάρος τις χαρακτήρισε απερίσκεπτα όνειρα!

Ο «Κατέβα να φάμε» έχει σηκωθεί όρθιος, έρχεται και στέκεται από πάνω μου, έτσι όπως είμαι καθιστή τον βλέπω θεόρατο.

– Εσύ, Σάσενκα, σίγουρα θα τα δεις και στον ξύπνιο σου αυτά τα «απερίσκεπτα όνειρα».

Δεν ξέρω πώς μου ήρθε και ξαφνικά πετιέμαι από το καναπεδάκι και κρεμιέμαι στο λαιμό του. Θα 'πρεπε να 'δωσα μεγάλο πήδο, γιατί ο λαιμός του «Κατέβα να φάμε» έφτανε πολύ ψηλά. Εκεί με βρήκε η μαμά όταν μπήκε για να τους πει να πάνε στην τραπεζαρία να πιούνε τσάι.

– Κοτζάμ κορίτσι, μουρμούρισε θυμωμένα.

Η αλήθεια είναι πως, εδώ και κάμποσο καιρό, η μαμά δεν είναι καθόλου ευχαριστημένη μαζί μου. Δεν ξέρω να κάθομαι, δεν ξέρω να στέκομαι, ανακατεύω μεγαλίστικες κουβέντες σα μιλάω, κουνάω τα χέρια μου, δεν προσέχω πώς φοράω τα ρούχα μου, οι κάλτσες μου είναι πάντα πεσμένες, και το κυριότερο: τι θέλω και τρυπώνω στο γραφείο του μπαμπά όταν μαζεύονται οι φίλοι του! «Να κοιτάς μόνο τα μαθήματά σου». Σκέψου να την άκουγα! Δε θα μάθαινα ποτέ για τα «σκονάκια» του

164

τσάρου. Και τι συνταραχτικό θα 'χα να πω αύριο, που ανοίγει το σχολείο μετά το «πένθος» για τον Αλέξαντρο Γ΄, στα κορίτσια στο «Τροκαντερό». Τώρα περιμένω πώς και τι να ξημερώσει, να πάω σχολείο και να φτάσει η ώρα για το μεγάλο διάλειμμα.

«Δεν παίρνεις παράδειγμα τη Λίντα Κάρτσεβα, πώς στέκεται, πώς μιλάει», λέει η μαμά και δεν καταλαβαίνει πως η Λίντα είναι μοναδική. Αν απλώσω εγώ τα χέρια μου όπως εκείνη, μοιάζουνε με κουπιά, ενώ τα δικά της είναι σαν κλωνιά ιτιάς. Αν κάνει εκείνη μια μπούκλα στα μαλλιά της, μοιάζει στο πορτρέτο που είναι στη μεγάλη σάλα του μουσείου. Αν εμένα η μαμά προσπαθήσει να μου κάνει μια μπούκλα με τη μασιά, εκτός που μυρίζω καμένο μαλλί, μοιάζω με κείνο το παράξενο κουνέλι που 'χει στο σπίτι του ο Ιβάν Κωνσταντίνοβιτς κι έχει κάτι σαν φούντα καταμεσής στο κούτελό του. Η Λίντα Κάρτσεβα! Αχ, καημένη μαμά. Σ' όλη την τάξη – τι λέω – σ' όλο το σχολείο δεν υπάρχει δεύτερη σαν τη Λίντα. Και δεν είναι μονάχα όμορφη και γεμάτη χάρη, είναι καλή, έξυπνη, και όλο θάρρος. Όταν η Σανίδα πριν λίγες μέρες μας ανακοίνωσε πως στο πρώτο εξάμηνο θα αποκλείσουν κιόλας από το Ινστιτούτο όσες μαθήτριες έχουν κάτω από τη βάση στα κυριότερα μαθήματα, γιατί το «επίπεδο του σχολείου μας είναι υψηλό», η Λίντα μάς ψιθύρισε την ώρα που χτυπούσε το κουδούνι: «Γρήγορα στο Τροκαντερό». Η Κάτια, η Μάσα, η Ζένια (εκείνη που αγαπούσε τον τσάρο) οι δυο Πολωνέζες και κάτι άλλα κορίτσια που δεν ήτανε στην παρέα μας είχανε βάλει τα κλάματα. Καθεμιά τους είχε κάτω από τη βάση σ' ένα από τα κύρια μαθήματα. Η Λίντα βρήκε τη λύση: Όσες είμαστε «δυνατές» θα 'ρχόμαστε κάθε πρωί είκοσι λεπτά πριν αρχίσει το μάθημα και θα τις βοηθούμε. Εγώ ανέλαβα να τις βοηθήσω στα ρωσικά, η Έλα στην αριθμητική, η Λίντα στα γαλλικά.

165

– Πού πας σαν τρελή, είναι νωρίς ακόμα, μου φωνάζει η Ντούνια, που μ' έβλεπε να πίνω στα όρθια το γάλα μου, με το ένα χέρι να κρατάω το φλιτζάνι, με το άλλο να προσπαθώ να περάσω τα λουριά της σάκας μου στην πλάτη.

Τι να της πω; Με περιμένουν οι «μαθήτριές μου»; Κόβει το μυαλό της Λίντας Κάρτσεβα. Ήτανε η μόνη που ήξερε για τα «σκονάκια» του Τσάρου. Δεν ξέραμε όμως πως η Σανίδα κι η Κουρούνα τα ξέρανε κι αυτές πολύ καλά (όχι τα σκονάκια), αλλά τα «απερίσκεπτα όνειρα».

Μετά το μεγάλο διάλειμμα είχαμε αριθμητική. Ο Φιόντορ Νικήτιτς μπαίνει στην τάξη και ξοπίσω του η Σανίδα, που πάει και κάθεται σε μια καρέκλα πλάι στην έδρα.

– Φιόντορ Νικήτιτς, λέει η Σανίδα με μια μελιστάλακτη φωνή, σας παρακαλώ να εξετάσετε σήμερα τις αδύνατες, γιατί στην επόμενη συνεδρίαση των καθηγητών θα ληφθούν έκτακτα μέτρα.

Ο Φιόντορ Νικήτιτς τινάζει την κοκκινωπή χαίτη του, ανοίγει τον κατάλογο και φωνάζει στον πίνακα τη Ζένια. Εκείνη παιδεύεται, μα λύνει σωστά το πρόβλημα. Ύστερα φωνάζει την Κάτια που απαντάει χωρίς κανένα λάθος. Σαν ν' απορεί ο Φιόντορ Νικήτιτς. Όταν όμως σηκώνει την Αλέσια που ήτανε αληθινή κουμπούρα στην αριθμητική και τώρα λύνει ολόκληρο πρόβλημα χωρίς να διστάζει, η απορία του φτάνει στο κατακόρυφο.

– Μπράβο, λέει της Αλέσια και το λέει με την καρδιά του.

Ο Φιόντορ Νικήτιτς δεν είναι σπουδαίος δάσκαλος, θαρρείς και βαριέται που μας κάνει μάθημα κι ούτε εξηγεί έτσι που να τον καταλαβαίνεις, δεν είναι όμως κακός. Του κάνουμε καζούρα! Πετάμε σαΐτες, τρίζουμε τα θρανία, αρχίζουμε να φταρνιζόμαστε όλες μαζί, φυσικά όταν δεν παρακολουθεί το μάθημα η Σανίδα.

Εκείνος δε θυμώνει, μόνο μας λέει βαριεστημένα: «Άντε, άντε, τελειώνετε, γιατί θα χτυπήσει το κουδούνι κι ακόμα δε σας παρέδωσα το παρακάτω μάθημα». Κι όταν εμείς αποφασίσουμε να ησυχάσουμε δεν παίρνει πια η ώρα κι εξηγεί βιαστικά βιαστικά το καινούριο πρόβλημα που εγώ πολλές φορές βάζω τον μπαμπά να μου το ξαναεξηγήσει.

Η Σανίδα σήμερα σφίγγει τα χείλια της, θαρρείς και στενοχωριέται που τα κορίτσια απάντησαν σωστά.

– Μπράβο, ξαναλέει ο Φιόντορ Νικήτιτς στην Αλέσια, έκανες μεγάλη πρόοδο, πώς τα κατάφερες;

– Με βοήθησε η Έλα Φέιγκελ, απαντάει η Αλέσια και κοιτάζει χαρούμενη την Έλα που κάθεται δίπλα της. Κι εμένα και τις άλλες που έχουν κάτω από τη βάση μάς τα εξήγησε τόσο καλά!

Αν είχε πει πως η Έλα τις μάθαινε να κάνουν τούμπες στον αέρα ή να περπατάνε με τα χέρια, δε θα είχε κάνει στη Σανίδα τόσο σοβαρή εντύπωση. Πετάχτηκε από την καρέκλα της κι έκανε ένα βήμα μπρος, σαν να 'θελε να χιμήξει προς τη μεριά που καθότανε η Έλα. Η Αλέσια τα 'χασε και συνέχισε με σβησμένη φωνή:

– Έρχεται... κάθε πρωί... λίγο πριν το μάθημα... και μας βοηθάει.

– Συνεχίστε την παράδοση, Φιόντορ Νικήτιτς, λέει η Σανίδα με την πιο μονότονη φωνή της.

Ο Φιόντορ Νικήτιτς πάει στον πίνακα, τον γεμίζει αριθμούς, εμάς όμως ο νους μας είναι αλλού και σχεδόν δεν πήραμε είδηση πως χτύπησε το κουδούνι κι εκείνος βγήκε από την τάξη. Βλέπουμε μόνο τη Σανίδα ακούνητη στη θέση της και νιώθουμε παγωμάρα. Δε μας γνέφει πως μπορούμε να βγούμε στο διάλειμμα.

– Φέιγκελ, ακούγεται στριγκιά η φωνή της. Φέιγκελ, είπα.

– Ορίστε.

Η Έλα σηκώνεται από τη θέση της, βγαίνει από το θρανίο και στέκεται σε στάση προσοχής. Είναι χλωμή, όμως πολύ ήρεμη.

– Είναι αλήθεια, Φέιγκελ αυτό που είπε προηγουμένως η συμμαθήτριά σας; ρωτάει η Σανίδα και ξεπετάγονται σάλια σαν ψιλή βροχούλα από το στόμα της.

– Μάλιστα, Εβγένια Ιβάνοβνα, αυτό που είπε προηγουμένως η συμμαθήτριά μου είναι αλήθεια, απαντάει η Έλα με όλους τους κανόνες.

– Σαν να λέμε παραδίδετε μαθήματα στις συμμαθήτριές σας, συνεχίζει η Σανίδα. Σας πληρώνουν με την ώρα;

– Όχι, πετάγεται η Αλέσια από τη θέση της. Δε μας παίρνει λεφτά.

– Δεν παίρνει λεφτά, φωνάζουν και τα άλλα κορίτσια που κάνουν μάθημα με την Έλα.

– Σιωπή, στριγκλίζει η Σανίδα και η τάξη πάλι παγώνει. Δεν απαντήσατε στο ερώτημά μου, Φέιγκελ: Παραδίνετε μαθήματα στις συμμαθήτριές σας;

Η Λίντα κι εγώ λες και το 'χαμε συμφωνήσει σηκωνόμαστε την ίδια στιγμή.

– Τι θέλετε! Γυρεύετε να υπερασπίσετε τη Φέιγκελ, μας κεραυνώνει η Σανίδα όλο θυμό.

– Όχι, Εβγένια Ιβάνοβνα, μιλάει η Λίντα με τη σίγουρη κρυστάλλινη φωνή της, ήθελα μόνο να πω πως κι εγώ επίσης.

– Κι εγώ το ίδιο, Εβγένια Ιβάνοβνα, λέω κι εγώ όσο μπορώ πιο ευγενικά.

Η Σανίδα τρέμει ολόκληρη.

– Τι κι εσείς το ίδιο; Συμβαίνουν φοβερά πράγματα μέσα σ' αυτή την τάξη.

Η Λίντα βγαίνει έξω από το θρανίο της και κάνει ένα βήμα προς την έδρα.

– Επιτρέψτε μου να σας εξηγήσω, Εβγένια Ιβάνοβνα, τίποτε φοβερό δε συμβαίνει. Σκεφτήκαμε να βοηθήσουμε τις συμμαθήτριές μας, για να μην αποκλειστούν από το Ινστιτούτο. Απλούστατα.

Αυτό το «απλούστατα» της Λίντας έκανε τη Σανίδα να τιναχτεί σαν να τη βάρεσε καμουτσιά.

– Και ποιος σας έδωσε την άδεια; τσιρίζει έξω φρενών πια.

Κοιταζόμαστε κι οι τρεις.

– Δεν ξέραμε πως έπρεπε να ζητήσουμε άδεια γι' αυτό, κάνει ήρεμα πάντα η Λίντα.

– Α, δεν το ξέρατε! κοροϊδεύει χολιασμένα η Σανίδα και κάνει απότομα να βγει από την τάξη.

Βλέπουμε τους ώμους της να χοροπηδάνε καθώς μας έχει γυρίσει την πλάτη.

– Τι έκανα, τι έκανα! χτυπιέται η Αλέσια με απελπισία. Τι θα σας κάνουνε!

– Μη λες σαχλαμάρες, την καθησυχάζει η Λίντα. Τίποτα δε έκανες και τίποτα δε θα μας κάνουνε. Έχουν οι γονείς σας να πληρώσουν ιδιαίτερο; Όχι. Λοιπόν κι εμείς σας βοηθάμε. Βραβείο θα μας δώσουν.

Βάλαμε τα γέλια και νομίσαμε πως η ιστορία είχε τελειώσει. Όταν όμως σχολάσαμε, η Σανίδα άφησε όλη την τάξη να φύγει και κράτησε εμάς τις «τρεις δασκάλες», όπως μας φώναζε ειρωνικά.

Η Κουρούνα ζητούσε να παρουσιαστούμε στο διαμέρισμά της. Ξέρουμε πως το διαμέρισμα της Κουρούνας είναι κάπου μέσα στο σχολείο, μα δεν ξέρουμε ακριβώς πού.

Στη μέση της στριφογυριστής σκάλας έχει ένα πορτάκι που ούτε το 'χαμε προσέξει ποτέ μας. Η Σανίδα μας σπρώχνει σχεδόν μέσα και κλείνει πίσω μας την πόρτα. Ανεβαίνουμε μια άλλη σκάλα ή μάλλον μερικά σκαλοπάτια και βρισκόμαστε στη... φωλιά της Κουρούνας.

Μπαίνουμε κατευθείαν σ' ένα μικρό σαλόνι που είναι γεμάτο παντού από μικρά μπιμπελό, θαρρείς κι είναι γυαλοπωλείο. Η Κουρούνα κάθεται σε μια κουνιστή καρέκλα, ακουμπάει το κεφάλι της σ' ένα ατλαζωτό μαξιλαράκι με χρυσή δαντέλα γύρω γύρω. Πλάι της είναι ένα στρογγυλό τραπεζάκι που απάνω είναι στημένη μια λάμπα σε σχήμα κούκλας. Το φουστάνι της κούκλας είναι από γυαλί, χρώμα βυσσινί και κάνει το αμπαζούρ. Το κεφάλι της περισσεύει από τη λάμπα κι είναι ασημένιο με σκαλιστές μπούκλες.

Εμείς οι τρεις, η Λίντα, η Έλα κι εγώ, λυγίζουμε με χάρη το πόδι για να κάνουμε την υπόκλιση που μάθαμε στο μάθημα του χορού. Η Κουρούνα δε βγάζει λέξη. Ακούμε μονάχα έναν ελαφρό θόρυβο από την πολυθρόνα που κουνιέται, ύστερα σταματάει το κούνημα απότομα, μας κοιτάει κατάματα και λέει:

– Ώστε, δεσποινίδες, οι δάσκαλοί σας δεν ξέρουν να εξηγήσουν τα μαθήματα, ενώ εσείς ξέρετε. Οι συμμαθήτριές σας δεν τους καταλαβαίνουν, ενώ εσάς σας καταλαβαίνουν.

Αρχίζει να γελάει μ' ένα ψεύτικο γέλιο κι ύστερα η φωνή της γίνεται απειλητική.

– Κι εσείς, δεσποινίδες, μαθήτριες της πρώτης, ούτε ένδεκα ετών καλά καλά, αποφασίσατε ν' ανοίξετε κρυφό σχολείο στο Ινστιτούτο μας.

Τα χάσαμε κι απομείναμε βουβές, μα πάλι η Λίντα πήρε πρώτη θάρρος.

– Δε θέλαμε ν' ανοίξουμε κρυφό σχολείο, Λιουμπόβ Γκεόργκεβνα, απλούστατα θελήσαμε να βοηθήσουμε τις συμμαθήτριές μας να μην αποκλειστούν...

– Σιωπή, την κόβει αυστηρά η Κουρούνα κι αρχίζει πάλι να κουνιέται στην πολυθρόνα της, όχι αργά αργά όπως πρώτα, μα γρήγορα και νευρικά.

Όταν σταμάτησε, ένιωσα τα χέρια μου παγωμένα.

– Ξέρετε πώς λέγεται αυτό; μιλάει αργά, σχεδόν συλ-
λαβιστά. Συνωμοσία. Μάλιστα, δεσποινίδες. Συνήλθατε
παρανόμως, ωσάν συνωμόται, με σκοπό ν' αναπτύξετε
ομαδική παράνομο δράση. Είστε συνωμότριες. Ξέρετε τι
κάνει το κράτος τούς συνωμότες; Αυτούς που δρουν πα-
ρανόμως και υποθάλπτουν «απερίσκεπτα όνειρα»;
Αυτό το τελευταίο το είπε απέξω η Κουρούνα, όχι σαν
τον τσάρο με σκονάκι και ύστερα συνέχισε προσπαθών-
τας να κάνει τη φωνή της πιο μαλακιά:
– Τέλος πάντων, επειδή είναι πρώτη και ελπίζω τε-
λευταία φορά, σας συγχωρώ. Αι συνωμοσίαι τέλος. Κα-
ταλάβατε;
Σηκώνεται όρθια, απλώνει τη μαύρη φτερούγα της και
μας δείχνει πως μπορούμε να φύγουμε.
Κάναμε πάλι τη «χαριτωμένη» μας υπόκλιση. Η Σανί-
δα είχε εξαφανιστεί. Βρίσκουμε μόνες μας το πορτάκι,
βγαίνουμε στη σκάλα, την κατρακυλάμε. Στο βεστιάριο
έχουν απομείνει μονάχα τα δικά μας πανωφόρια.
– Σαν τρεις κρεμασμένοι, μουρμουρίζει η Έλα.
Βγαίνουμε στο δρόμο και μόνο σα στρίψαμε τη γωνιά
και χάθηκε το Ινστιτούτο από τα μάτια μας, πήραμε βα-
θιά ανάσα.
– «Συ-νω-μό-τριες... Καταλάβατε;», κάνει φτυστή τη
φωνή της Κουρούνας η Λίντα. Βέβαια και καταλάβαμε.
Από δω και πέρα πρέπει να μαζευόμαστε στα σπίτια να
κάνουμε τα μαθήματα κι όχι στο σχολείο κάτω από τη
μύτη της Σανίδας και της Κουρούνας. Μονάχα να προ-
σέχουμε, λέει η Λίντα, γιατί η Σανίδα είναι ικανή να μας
παρακολουθεί και στα σπίτια μας ακόμα.
Φτάνω στο σπίτι και ξαφνικά νιώθω τόσο κουρασμέ-
νη, λες κι η σάκα μου είχε μέσα βαρίδια. Πέφτω απάνω
στον μπαμπά που στέκει όρθιος με την τσάντα στο χέρι
και τη μύτη χωμένη στην εφημερίδα που είναι απλωμένη
πάνω στο τραπέζι.

– Σουσάμη, ξεσπάω, μ' έχεις και κουβαλάω σαν γάιδαρος τη σάκα στη ράχη. Όλα τα κορίτσια την κρατάνε στο χέρι και κανένα δεν έχει στραβή ράχη. Κι η Λίντα Κάρτσεβα στέκει όσια σαν λαμπάδα.

– Είσαι πάλι στις ανάποδές σου, Κουκούτσι, κάνει εκείνος χωρίς να σηκώσει τα μάτια του από την εφημερίδα.

Ξεφορτώνομαι τη σάκα μου κι αρχίζω να φωνάζω για τα καλά, να του λέω για τη Σανίδα και την Κουρούνα, για το κρυφό σχολειό και τι μεγάλη συνωμότρια που είναι η κόρη του. Είχα ανάψει τόσο, που δεν πήρα είδηση πως ο μπαμπάς είχε αφήσει την εφημερίδα του και πως μέσα στο δωμάτιο είχαν μπει η μαμά κι η Ντούνια και με κοίταζαν με τρομαγμένα μάτια.

– Ηρέμησε, Κουκουτσάκι μου, μ' αγκαλιάζει ο μπαμπάς.

– Δώσε της ένα σοροπάκι, λέει η μαμά.

– Βοήθα το τό ερημο, Παρθένα μου, σταυροκοπιέται η Ντούνια.

Ο μπαμπάς θυμώνει:

– Τι κάνετε έτσι, σαν να την έπιασε καμιά αρρώστια. Μια χαρά είναι και το μυαλό της κόβει. Ύστερα γυρίσε σε μένα: Και τώρα τι θα κάνετε;

– Τι θα κάνουν; βάζει η μαμά τις φωνές. Θα καθίσουν στ' αυγά τους, μην τις διώξουν από το σχολείο.

Μου έρχονται κάτι τσουχτερά δάκρυα στα μάτια που ακούω τη μαμά να μιλάει έτσι. Ο μπαμπάς παίρνει την τσάντα του να φύγει, μα νιώθω πως ψάχνει να βρει μια κουβέντα να πει να μας ησυχάσει όλους.

– Θα βρούμε μια λύση. Και τα κορίτσια να βοηθήσουν κι εκείνες να μη βρουν τον μπελά τους.

Ξαφνικά βάζει τα γέλια. Με κοιτάζει από πάνω ως κάτω με το μισοξεπλεγμένο κοτσίδι μου που 'γερνε στη μια πάντα, τα σουρωμένα μου καλτσάκια και το ένα μου παπούτσι που το στραβοπατούσα πάντα από τη μέσα μεριά. Με φίλησε στην κορφή του κεφαλιού και είπε μέσα από τα γέλια του.

— Τρέμε, τσάρε, τέτοια συνωμότρια!

Ο Φεγγάρης Φεγγάροβιτς όμως δε γέλασε καθόλου όταν του διηγήθηκα όλη αυτή την ιστορία, λίγες μέρες αργότερα που τον ξαναείδα στο σπίτι της Γιούλας.

— Από δω και πέρα, Σάσενκα, πρέπει να έχουμε τα μάτια μας δεκατέσσερα, γιατί, φαίνεται, έχουν σκοπό να μας κάνουν να τα πληρώσουμε πολύ ακριβά αυτά τα «απερίσκεπτα όνειρα».

Ύστερα όμως έλαμψε το φεγγαρίσιο πρόσωπό του.

— Εμείς όμως, Σάσα Βελιτσάνσκαγια, θα τους τη σκάσουμε. Κι ένα πρωί θα ξυπνήσουν και θα δούνε τα όνειρά μας να τρέχουν στους δρόμους.

Για δυο πράγματα είχε ακόμα να μου κουβεντιάσει ο δάσκαλός μου. Θα 'στελνε στο σπίτι μας τρεις τέσσερις φορές τη βδομάδα, πολύ πρωί, στις εφτά σχεδόν, πριν πάω σχολείο, δυο αγόρια να τους κάνω μάθημα. Είναι δυο χρόνια πιο μεγάλα από μένα και δουλεύουν στο τυπογραφείο της τοπικής εφημερίδας. Έχουν μάθει να διαβάζουν και να ξεχωρίζουν τα ψηφία κι εγώ πρέπει να τους μάθω λίγα γαλλικά και λίγα γερμανικά. Έτσι, όταν μπορούν να ξεχωρίζουν τα γράμματα σε ξένες γλώσσες θα τους βάλουν σε μεγαλύτερη κατηγορία και θα πληρώνονται πιο καλά.

Ύστερα ο Φεγγάρης Φεγγάροβιτς μου μίλησε για τη «φτερωτή βιβλιοθήκη». Αυτό ήτανε κάτι τόσο συγκλονιστικό – έτσι λέμε με τα κορίτσια τα πολύ μεγάλα νέα –, που δεν έβλεπα την ώρα να βρεθώ στο «Τροκαντερό» και να τους το πω.

Η Γιούλια άνοιξε την καταπαχτή και πήγε κι έφερε από το υπόγειο ένα βιβλίο. Λέει πως ο δάσκαλός μου

173

της το διάβαζε κάθε βράδυ.

– Διάβασέ το και συ, Σάσενκα, λέει και τα μαύρα της μάτια πάλι γυαλίζουν. Θα χύσεις μαύρο δάκρυ.

Ο Φεγγάρης Φεγγάροβιτς δεν αφήνει τη Γιούλια ν' αποτελειώσει, γιατί είναι αργά κι όπου να 'ναι θα 'ρθει η Ντούνια να με πάρει. Μου λέει πως αυτό το βιβλίο είναι απαγορευμένο από την αστυνομία, γι' αυτό πρέπει να το ντύσω με μπλε κόλλα σαν να 'ναι βιβλίο σχολικό. Το 'χει γράψει ένας συγγραφέας που τον λένε Μαξίμ Γκόρκι. Πρέπει να το διαβάσω όσο μπορώ πιο γρήγορα κι ύστερα να το δώσω κρυφά κρυφά σε μια μια από τις φιλενάδες μου. Θα πληρώνουμε πέντε καπίκια η καθεμιά, που εγώ θα τα μαζεύω και θα τα φέρνω στη Γιούλια.

– Υπάρχουνε τόσες ανάγκες, λέει ο Φεγγάρης Φεγγάροβιτς, που κάθε καπίκι είναι πολύτιμο.

Αν τύχει και δει κανείς το βιβλίο, να πούμε πως το βρήκαμε στο δρόμο. Άμα το διαβάσουμε θα πάρουμε άλλο κι ύστερα άλλο από τα «απαγορευμένα βιβλία».

Το άλλο πρωί πάω σχολείο και μέσα στη σάκα μου έχω ένα βιβλίο ντυμένο με καινούρια μπλε κόλλα. Απάνω έχει μια ετικέτα και γράφει: «Προβλήματα και ασκήσεις της μαθητρίας Αλεξάνδρας Βελιτσάνσκαγια». Έχει το ίδιο σχήμα με το βιβλίο της αριθμητικής μου.

Μόλις σχολάσαμε η Έλα, η Λίντα κι εγώ πάμε να δούμε το γιατρό Ρογκόφ. Μας έπιασε μια ξαφνικιά αγάπη για τα ζωάκια, τα μαμούνια, τα σαμιαμίθια και τα ψαράκια του. Αυτό ήτανε ιδέα δικιά μου, να του ζητήσουμε να πηγαίνουμε σπίτι του να κάνουμε τα μαθήματα στις συμμαθήτριές μας. Ο Ιβάν Κωνσταντίνοβιτς ενθουσιάστηκε, είπε μάλιστα πως όσο θα κάνουμε μάθημα θα στήνει το Σαραφούτ στην πόρτα να φυλάει τσίλιες, μη φανερωθεί στα ξαφνικά η Σανίδα. Μόλις την πάρει το μάτι του, θ' αρχίζει να χτυπάει κάτι ξύλα που τα 'χει για να τρομάζουν τα σπουργίτια όταν πάνε να φάνε τα σπαρτά κι εμείς θα προφταίνουμε να κρύβουμε τα βιβλία κι ο γιατρός Ρογκόφ θα μας δείχνει τάχα τα παράξενα ψάρια που κολυμπάνε μέσα στα ενυδρεία.

Όλα τα κορίτσια είναι ενθουσιασμένα, όχι μόνο γιατί θα διορθώσουν τους βαθμούς τους εκείνες που έχουν κάτω από τη βάση, αλλά γιατί τη σκάσαμε στη Σανίδα και στην Κουρούνα. Τώρα αληθινά κάνουμε «κρυφό σχολειό» και γινόμαστε πραγματικές συνωμότριες. Η Σανίδα πάλι, κάθε πρωί, παραφυλάει εμάς τις τρεις, μην τύχει κι έρθουμε σχολείο πιο νωρίς και μας πιάσει στα πράσα.

Μ' όλ' αυτά δεν πήρα είδηση πως πέρασαν κιόλας δυο βδομάδες που λείπει η Πολίν. Ο παπαγάλος η Κική έρχεται κάθε πρωί στο κρεβάτι μου και με τσιμπάει ελαφριά με το ράμφος του, λες και θέλει να ρωτήσει: «Πότε επιτέλους θα 'ρθει;» Μήπως βρήκε αρραβωνιαστικό και παντρεύτηκε, αναρωτιέμαι.

Ένα απόγευμα, την ώρα που έκανα τα μαθήματά μου, άκουσα ένα αμάξι που σταμάτησε στην πόρτα μας. Σκέφτηκα πως θα στείλανε να φωνάξουνε τον μπαμπά για κανέναν άρρωστο κι όμως, δεν ξέρω γιατί, πήγα και κοίταξα από το παράθυρο και είδα να κατεβαίνει η Πολίν! Έτρεξα σαν τρελή στην εξώπορτα. Η Ντούνια βοηθούσε κιόλας τον αμαξά να κατεβάσουν ένα μαύρο μπαουλάκι, που δε θυμάμαι να το είχε πάρει μαζί της η Πολίν φεύγοντας. Πέφτω στην αγκαλιά της και με σφίγγει κι εκείνη δυνατά δυνατά.

– Έφερες μοντέλα από το Παρίσι; ρωτάει η μαμά που πρόσεξε κι εκείνη το μπαουλάκι.

Η Πολίν γελάει.

– Είναι η κληρονομιά μου, λέει. Ο θείος μου πέθανε και μου άφησε κάτι παλιατσούρες.

Δε φαίνεται λυπημένη, ούτε φοράει μαύρα. Η Ντού-

175

νια της κουβαλάει το μπαουλάκι στην κάμαρά μας και την ακολουθούμε, πάντα αγκαλιασμένες, η Πολίν κι εγώ. Η Πολίν κάτι θέλει να πει, μα δεν τ' αποφασίζει. Ύστερα παίρνει ξαφνικά κουράγιο, γυρίζει και λέει:

– Ντούνιετσκα χρυσή μου, μέσα σ' αυτό το μπαουλάκι έχω κάτι... κάτι χαρτιά, θα 'θελες να μου τα κρύψεις;

Η Ντούνια βάζει τις φωνές:

– Όλο Ντούνιετσκα ετούτο, Ντούνιετσκα εκείνο. Τα ίδια κι ο Μπουζουριασμένος πριν φύγει: «Θα μου τα κρύψεις, Ντούνιετσκα, να δεις καλό». Να δω καλό; Που ούτε ένα τρισάγιο δε θα κάνετε στον τάφο μου εσύ φράγκισσα, αυτός αντίχριστος. Ντούνιετσκα, Ντούνιετσκα κι εγώ η χαζή λιώνω.

Μαλακώνει μετά τη φωνή της και μας λέει εμπιστευτικά πως θα βάλει τα χαρτιά της Πολίν μαζί με του Μπουζουριασμένου σε σίγουρο μέρος.

Έχει, λέει, ένα μπαούλο και μέσα φυλάει την καλή της φορεσιά και μαντίλια με χρυσά κεντίδια και παπούτσια αφόρετα. Τα 'χει για να της τα βάλουμε όταν πεθάνει. Τι να τα κάνει τότε τ' αφόρετα παπούτσια, συλλογιέμαι.

– Το μπαούλο είναι τριπλοκλειδωμένο κι ο ίδιος ο τσάρος να 'ρθει, δεν μπορεί να μου πάρει τα κλειδιά.

Η Ντούνια ξανακουβαλάει το μπαουλάκι της Πολίν και φεύγει να το πάει στο δωμάτιό της. Εγώ πια δεν κρατιέμαι.

– Πολίν, πώς είναι ο αρραβωνιαστικός σου στο Παρίσι;

Η Πολίν βάζει τα γέλια, με πιάνει από τους ώμους με κοιτάζει στα μάτια και λέει με μια φωνή βαθιά βαθιά:

– Είναι ο πιο καταπληκτικός άνθρωπος που 'χω γνωρίσει στη ζωή μου.

– Καλύτερος κι από το Φεγγάρη Φεγγάροβιτς... κι από τον μπαμπά μου;

– Γι' αυτόν, Σασενκά, θα μιλάει μια μέρα ο κόσμος ολόκληρος...

Δε ρώτησα τίποτ' άλλο, έχω καταλάβει πια πως είναι πράγματα που δεν κάνει να τα ρωτάς. Μα μπήκε κι η μαμά στο δωμάτιο και είπε πως αύριο θα καλέσει σε τσάι τις φιλενάδες της, γιατί τους είχε υποσχεθεί πως άμα γυρίσει η Πολίν θα τις φωνάξει για να τους πει εκείνη για την παριζιάνικη μόδα. Εδώ στη μικρή μας πόλη φορούνε ακόμα μανίκια με πιετάκια και λένε πως στο Παρίσι τώρα πια τα μανίκια είναι φουσκωτά με σούρες.

ΑΧ, ΤΙ ΔΥΣΚΟΛΟ ΝΑ ΕΙΣΑΙ ΗΡΩΑΣ ΣΤΟΝ ΞΥΠΝΙΟ ΣΟΥ!

Μπορώ να ονειρεύομαι χίλιες δυο ηρωικές πράξεις. Στον *ξύπνιο* όμως; Πριν πάω σχολείο ήθελα να γίνω θηριοδαμάστρια, να στέκομαι ατρόμητη μέσα στο κλουβί του λιονταριού. Ύστερα σιγά σιγά κατάλαβα πως είχανε δίκιο ο μπαμπάς κι ο Φεγγάρης Φεγγάροβιτς. Έμπαινα δεν έμπαινα στο κλουβί, δεν ωφελούσε κανένα. Τώρα μάλιστα που διαβάζω τα βιβλία της... «φτερωτής βιβλιοθήκης», κάνω όνειρα πως κάποια μέρα θα γίνω κι εγώ σαν μια ηρωίδα στη Γαλλική Επανάσταση που τραγουδούσε όρθια πάνω στο οδόφραγμα ανεμίζοντας μια σημαία. Άλλες φορές πάλι βλέπω τον εαυτό μου ν' ακολουθεί τις ράγιες, να παίρνει το δρόμο όπου τραβάνε αυτές, να φτάνω στην Πετρούπολη, να πηγαίνω στα χειμερινά Ανάκτορα, να σκαρφαλώνω τα χρυσά κάγκελα και να φωνάζω: «Κάτω ο τσάρος», «Κάτω η τυραννία».

Και φυσικά έχω μάθεις κιόλας απέξω την ιστορία του Ντάνκο. Ήταν ένα όμορφο παλικάρι που ξερίζωσε από το στήθος του την καρδιά του και φώτισε μ' αυτήν το σκοτεινό δάσος, για να βγουν στο φως του ήλιου οι σύντροφοί του. Ο Μαξίμ Γκόρκι, που την έγραψε, έχει γίνει ο πιο, πιο, πιο αγαπημένος μου συγγραφέας. Το λέω στο Φεγγάρη Φεγγάροβιτς κι εκείνος με πειράζει: «Μεγαλώνει φαίνεται η κοτσίδα σου, Σάσα Βελιτσάνσκαγια». Να 'ναι αλήθεια;

179

Δε μιλάω σε κανέναν άλλο για όλα αυτά που ονειρεύομαι, ούτε στην Πολίν, ούτε στον μπαμπά, ούτε στις φιλενάδες μου. Σαν ξαπλώνω όμως το βράδυ στο κρεβάτι μου, πριν με πάρει ο ύπνος, βλέπω με τη φαντασία μου πως εγώ, η Σάσενκα, με το μισοφυτρωμένο κοτσίδι, τα κάνω όλα αυτά. Ένα όμως πράγμα μου φαίνεται το πιο δύσκολο απ' όλα: να σηκωθώ πρωί πρωί.

Τρεις φορές τη βδομάδα έρχονται οι μαθητές που μου 'στειλε ο Φεγγάρης Φεγγάροβιτς και πρέπει να τους κάνω μάθημα στις εφτά η ώρα, ενώ το σχολείο αρχίζει στις εννιά.

– Σήκω, υπναρού, φωνάζει η Ντούνια (αφού κάμποσες φορές είχε μπαινοβγεί να με ξυπνήσει με το μαλακό), ήρθανε κιόλας οι μαθητές σου.

Ένα πρωί ο μπαμπάς ήτανε σπίτι, οι μαθητές μου είχανε έρθει κι εγώ ακόμα χουζούρευα στο κρεβάτι. Μπήκε φουριόζος στο δωμάτιό μου. Πρώτη φορά τον είδα τόσο θυμωμένο μαζί μου. Μ' άρπαξε από το χέρι και με σήκωσε έτσι μισοκοιμισμένη που ήμουνα.

– Και θες να γίνεις επαναστάτρια, μου λέει. Αυτά τα παιδιά δουλεύουν όλη τη νύχτα στο τυπογραφείο κι έρχονται κατευθείαν από κει, χωρίς να κοιμηθούνε, να μάθουνε δυο γράμματα παραπάνω κι εσύ δεν μπορείς να σηκωθείς νωρίς.

Ντύθηκα στα βιαστικά και πήγα μισοπλυμένη να κάνω μάθημα. Θαρρώ όμως πως θα μου ήτανε πιο εύκολο να βγω στο δρόμο να φωνάξω «Κάτω ο τσάρος», παρά να σηκωθώ τόσο πρωί. Ο Σουσάμης επιμένει πως άμα δεν αρχίσεις από μικρές «θυσίες», δε φτάνεις ποτέ στις μεγάλες και να φωνάξεις, λέει, στο δρόμο «Κάτω ο τσάρος» είναι κάτι πολύ πολύ μεγάλο.

Οι μαθητές μου, ο ένας είναι Εβραίος και τον λένε Αζρίελ κι ο άλλος Ρώσος και τον λένε Στιόπα. Είναι κι οι δυο τους δεκατριώ χρονώ κι ο Αζρίελ έχει σχεδόν το ίδιο μπόι με μένα. Είναι αδύνατος, μαυριδερός και μαθαίνει αμέσως ό,τι του πω. Ο Στιόπα είναι πολύ πιο ψηλός από μένα, κοκκινομάλλης, γεμάτος πανάδες, μαθαίνει πιο δύσκολα. Πολλές φορές εκεί που κάνουμε μάθημα κουτουλάει πάνω στο βιβλίο. Τα μάτια του μέσα είναι κόκκινα. Δουλεύουν κι οι δυο όλη τη νύχτα, ο Αζρίελ όμως μοιάζει σαν να 'χει κοιμηθεί με τις ώρες. Ο μπαμπάς τούς λέει «η ζωντανή εφημερίδα μου», γιατί σα φτάνουν το πρωί ο ταχυδρόμος δεν έχει φέρει ακόμα την εφημερίδα κι αυτοί λένε στον μπαμπά όλα τα νέα που τυπώνουνε γράμμα το γράμμα.

– Τι νέα, παιδιά; ρωτάει ένα πρωί ο μπαμπάς.

Ο Στιόπα μιλάει σαν να διαβάζει εφημερίδα:

– «... Οι φοιτηταί παρακινούμενοι από εγκληματικά στοιχεία κηρύσσουν απεργία και κατέρχονται εις διαδηλώσεις. Η Κυβέρνησις λαμβάνει αυστηρά μέτρα διά να επαναφέρη εις την τάξιν τους ταραξίας και να εδραιώση την ασφάλειαν και ησυχίαν των πολιτών. Η αυτονομία των Πανεπιστημίων καταργείται και λαμβάνονται αυστηρά μέτρα...»

– Κατάλαβα, κουνάει το κεφάλι του ο μπαμπάς.

Για το Πανεπιστήμιο, για κει που τραβάνε οι ράγιες, για την Πετρούπολη, μας τα διηγήθηκε ο αδελφός της Έλας που ήρθε στις διακοπές των Χριστουγέννων. Είναι δευτεροετής φοιτητής. Είναι από άλλο πατέρα. Ο δικός του πέθανε στη Σιβηρία, στην εξορία. Ο μπαμπάς της Έλας τον αγαπάει σαν δικό του παιδί, παρ' όλο που ο ίδιος είναι Εβραίος κι ο Ματβέι Ρώσος.

– Ελάτε αύριο σπίτι μας που γύρισε ο Ματβέι, μας είπε η Έλα στο σχολείο την παραμονή πριν αρχίσουν οι διακοπές.

– Σπουδαία, ενθουσιάζεται η Λίντα, θα μάθουμε νέα. Ο πατέρας μου λέει πως παραβιάστηκε το Πανεπιστημιακό άσυλο.

Άμα αρχίζει η Λίντα τα «νομικά» της δεν καταλαβαίνουμε λέξη.

Την ίδια μέρα στο τελευταίο μάθημα πήραμε τέτοια λαχτάρα που άρχισα ν' αμφιβάλλω αν η Σάσα Βελιτσάνσκαγια θα μπορούσε να βρει φωνή να φωνάξει «Ζήτω η Επανάσταση» μπροστά στο δήμιο, γιατί μπροστά στη Σανίδα...

Η «φτερωτή βιβλιοθήκη» πετάει σαν διαβατάρικο πουλί και φωλιάζει από σάκα σε σάκα. Σχεδόν όλη η τάξη ξέρει πως υπάρχει ένας μεγάλος Ρώσος συγγραφέας επαναστάστης που τον λένε Μαξίμ Γκόρκι.

Η Αλέσια μου είχε φέρει πίσω το βιβλίο του και θα το 'δινα στη Μάσα να το κρατήσει όλες τις διακοπές, γιατί δεν τρελαινόταν τόσο για διάβασμα. Την είχε πείσει όμως η Λίντα στο «Τροκαντερό» πως δεν μπορεί να περνάει τη ζωή της μασουλώντας μηλόπιτες. Την τελευταία ώρα είχαμε το Φιόντορ Νικήτιτς. Κι εμείς κι εκείνος δεν είχαμε πολλή όρεξη για μάθημα, ξέραμε πως την άλλη μέρα άρχιζαν οι διακοπές. Λίγο πριν χτυπήσει το κουδούνι μπαίνουν στην τάξη η Σανίδα κι η Κουρούνα και από το ύφος τους καταλάβαμε ότι κάτι κακό μας περιμένει. Εγώ μια στιγμή σκέφτηκα πως μπορεί να μη συμβαίνει τίποτα, να 'ρθανε απλούστατα να μας ευχηθούνε «Καλές γιορτές». Άμ, πώς!

Η Κουρούνα ανέβηκε κατευθείαν στην έδρα και στήθηκε πλάι στο Φιόντορ Νικήτιτς. Η Σανίδα έκλεισε την πόρτα και στάθηκε με την πλάτη ακουμπισμένη γερά πάνω της.

– Φιόντορ Νικήτιτς, λέει η Κουρούνα με την ψεύτικη μελένια φωνή της, μας συγχωρείτε που διακόπτομε την παράδοσή σας, όμως βρισκόμεθα προ εκρύθμου καταστάσεως.

Αναρωτιέμαι τι θέλει να πει, δεν καταλαβαίνω λέξη.

– Ερευνήσαμε σε πολλές τάξεις, του Β΄ τμήματος φυσικά, συνεχίζει η Κουρούνα, και ανακαλύψαμε σε αρκετές σάκες και άλλα βιβλία εκτός των σχολικών. Και μάλιστα βιβλία απαγορευμένα και επαναστατικά. Η καρδιά μου άρχισε να χτυπάει τόσο δυνατά, που φοβήθηκα πως θα φτάσει ο χτύπος μέχρι την Κουρούνα. Πρόλαβα και είδα το απελπισμένο βλέμμα της Αλέσια και το τρομοκρατημένο της Μάσα. Η Λίντα καθότανε πίσω από μένα και δεν μπορούσα να γυρίσω το κεφάλι μου να τη δω. Ξέρουν κι οι τρεις πως μέσα στη σάκα μου ήταν θρονιασμένο το βιβλίο του Γκόρκι ντυμένο με μπλε κόλλα και με την ετικέτα: Προβλήματα και ασκήσεις.

– Διά να τελειώνουμε το ταχύτερον, ακούω σαν απόμακρα τη φωνή της Κουρούνας, σας παρακαλώ, Φιόντορ Νικήτιτς, να βοηθήσετε να γίνει έρευνα στις σάκες.

– Τι συμβαίνει, Αλεξάνδρα Βελιτσάνσκαγια; ακούγεται τώρα η φωνή της Σανίδας που δεν της ξεφεύγει τίποτα.

Γυρνώ και τη βλέπω μ' απλωμένα τα χέρια να κρατάει πίσω της την πόρτα, λες και ξάφνου φοβήθηκε μη θελήσω να το βάλω στα πόδια να βγω από την τάξη.

– Πονούσε το δόντι μου και δεν κοιμήθηκα όλη νύχτα, Εβγένια Ιβάνοβνα, απαντώ με φωνή που μόλις ακούγεται.

Δε μίλησε κανείς άλλος πια. Δεν ακουγότανε άλλος θόρυβος παρά οι κλειδαριές από τις σάκες μας που ανοιγόκλειναν και το ξεφύλλισμα των βιβλίων. Ο Φιόντορ Νικήτιτς ψάχνει στη σειρά που είναι το δικό μου θρανίο, η Κουρούνα στη διπλανή και η Σανίδα φρουρά στην πόρτα. Το θρανίο μου είναι τρίτο. Ο Φιόντορ Νικήτιτς έχει κιόλας τελειώσει τα δύο πρώτα. Τον βλέπω που ανοίγει βαριεστημένος τις σάκες και ρίχνει μια γρήγορη ματιά στα βιβλία.

– Να ελέγχετε και μέσα τα βιβλία, σας παρακαλώ, Φιόντορ Νικήτιτς, λέει η Κουρούνα από την άλλη σειρά

183

που βρίσκεται. Δεν τολμώ να σας πω τι βρήκαμε ανάμεσα σε βιβλία της τρίτης τάξεως του Β΄ τμήματος.

Ο Φιόντορ Νικήτιτς ανοίγει τη σάκα της διπλανής μου, της Κάτιας, και ξεφυλλίζει ένα ένα τα βιβλία. Έχω τόσο παγώσει, που δεν τρέμω, είμαι ακούνητη σαν ένα κομμάτι πάγος. «Και ονειρεύεσαι να γίνεις ηρωίδα, Σάσα Βελιτσάνσκαγια.» Ευτυχώς, η Κάτια δεν ξέρει τι έχω μέσα στη σάκα μου, αλλιώς θα λιποθυμούσε. Προσπαθώ να συλλογιστώ κείνη την κοπέλα που την ώρα που θα την τουφέκιζαν φώναξε «Ζήτω η επανάσταση», μα δεν παίρνω καθόλου κουράγιο. Φέρνω στο νου μου τον «Ντάνκο», τίποτα! Τώρα ο Φιόντορ Νικήτιτς ανοίγει τη δική μου σάκα... Γκρατς... γκριτς κάνει η δεξιά κλειδαριά που είναι λίγο ξεχαρβαλωμένη και δεν ανοίγει εύκολα. Τώρα την άνοιξε, τώρα βγάζει τα βιβλία και τ' ακουμπάει πάνω στο θρανίο. Απάνω απάνω είναι το βιβλίο των γαλλικών, το ξεφυλλίζει στα γρήγορα, το κλείνει, ύστερα το πραγματικό βιβλίο της αριθμητικής... Τώρα... πιάνει το τρίτο βιβλίο... Σαν ν' απορεί, πάλι αριθμητική; Όπως είμαι καθιστή, βλέπω στο ύψος της μύτης μου τα παχουλά του δάχτυλα με τις κόκκινες μακριές τρίχες να φυλλομετρούν αργά αργά τον Γκόρκι-αριθμητική. «Ήρθε το τέλος σου, Σάσα Βελιτσάνσκαγια...» Ακούω ένα θόρυβο. Το βιβλίο έκλεισε, τα μαλλιαρά δάχτυλα του Φιόντορ Νικήτιτς το ακουμπούν πάνω στ' άλλα βιβλία.

— Μπορείτε να βάλετε τα βιβλία στη σάκα σας, Αλεξάνδρα, μου λέει με τη βαριεστημένη φωνή του και προχωρεί προς το θρανίο που είναι πίσω από μένα.

Τρέμουν τα χέρια μου καθώς μαζεύω τα βιβλία. Τρέμω ολόκληρη.

— Ποιος θα το πίστευε από το Φιόντορ Νικήτιτς, είπε η Έλα όταν σχολάσαμε και είχαμε βγει πια στο δρόμο.

Ορκιστήκαμε να μην του ξανακάνουμε καζούρα.

184

ΔΙΑΚΟΠΕΣ

Οι μέρες τρέχουνε σαν αφηνιασμένα αλογάκια, προπάντων όταν δεν έχουμε σχολείο. Θαρρείς και μόλις χτες άρχισαν οι διακοπές των Χριστουγέννων κι όπου να 'ναι τελειώνουν. Σε λίγες μέρες πάλι υποκλίσεις και «μάλιστα, Εβγένια Ιβάνοβνα» και «σήμερα έχουμε ημέρα Σάββατο, Λιουμπόβ Γκιόργκεβνα». Αν δεν ήτανε και το «Τροκαντερό», θα μ' έπιανε απελπισία μ' αυτό το «πρότυπό» μας Ινστιτούτο με την Κουρούνα και τη Σανίδα. Ορκιζόμαστε πως θα χορέψουμε γύρω γύρω όλες, σαν τις δούμε κρεμασμένες από τα πόδια στη μεγάλη αίθουσα, όχι εκεί που είναι τα πορτρέτα του τσάρου, αλλά καταμεσής στο ταβάνι, από το μεγάλο πολυέλαιο. Ο Ματβέι, ο αδελφός της Έλας, μας το υποσχέθηκε. Δηλαδή όχι ακριβώς πως θα τις κρεμάσει, αλλά: «Δε θα νικήσουμε κάποια μέρα; Τότε δε θα υπάρχουν πια τέτοια σχολεία με Κουρούνες και Σανίδες». Τι καλά που ήτανε κείνο τ' απόγευμα που μας κάλεσε σπίτι της η Έλα!

Η Μάσα είχε πει στη Λίντα και σε μένα να περάσουμε να την πάρουμε από το ρεστοράν «Νορέικο». Ήθελε να φέρει μια τόσο μεγάλη τούρτα στην Έλα, που με δυσκολία την κουβαλήσαμε και οι τρεις.

Ο Ματβέι μας μαθαίνει επαναστατικά τραγούδια και

185

τα 'χασε την πρώτη φορά όταν του είπαμε πως δεν ξέρουμε κανένα τραγούδι έξω από το «Γλυκό του κόσμου στήριγμα». Τραγουδάμε σιγά σιγά να μην ακουστούμε απέξω κι ύστερα εκείνος τραγουδάει μόνος του τραγούδια που τα 'γραψαν οι φοιτητές.

– Το Πανεπιστήμιό μας βράζει, λέει και τα μάτια λάμπουν. Πετάξαμε τόσες προκηρύξεις, που θα μπορούσε να σκεπαστεί και ο Νέβας ποταμός. Έχετε ακούσει για τις λευκές νύχτες της Πετρούπολης, τις νύχτες του καλοκαιριού που δε νυχτώνει ποτέ. Ε, λοιπόν, θα 'ρθουν και οι λευκές νύχτες του Πανεπιστημίου μας, θα το δείτε που δε θα νυχτώνει ποτέ!

Με την Πολίν, τώρα τις διακοπές, σχεδόν κάθε απόγευμα, πάμε βόλτα στο Βοτανικό κήπο. Εκείνη πιο πολύ λυπάται την Άνια, που μένει ολομόναχη σε ξένη πόλη, παρά το Φεγγάρη Φεγγάροβιτς που κάθεται κλεισμένος κάτω από την καταπαχτή. Η αλήθεια είναι πως ο πρώην δάσκαλός μου είναι πάντα τόσο χαρούμενος, που θαρρείς πως τίποτε δεν μπορεί να συννεφιάσει το φεγγαρίσιο πρόσωπό του. Μα κει που έφεξε κυριολεκτικά ολόκληρος και γέλασε με την καρδιά του, ήταν όταν του διηγηθήκαμε με την Πολίν πως ήρθανε οι φιλενάδες της μαμάς να μάθουνε για την καινούρια παριζιάνικη μόδα.

– Την άλλη φορά που θα πας πρέπει οπωσδήποτε ν' αγοράσεις ένα καινούριο φουστάνι και φιγουρίνια, λέει στην Πολίν ο Φεγγάρης Φεγγάροβιτς και δεν το λέει αστεία.

– Γιατί, θα ξαναπάω στο Παρίσι; απορεί η Πολίν.

– Μπορεί... πού ξέρεις, χαμογελάει εκείνος.

Εγώ δε βαστιέμαι πια και ρωτάω κάτι που 'θελα από καιρό τόσο πολύ να ρωτήσω:

– Φεγγάρη Φεγγάροβιτς, είναι αλήθεια πως για τον αρραβωνιαστικό της Πολίν στο Παρίσι θα μιλάει μια μέρα ο κόσμος ολόκληρος;

Εκείνος δεν απαντάει αμέσως, ύστερα λέει και το πρόσωπό του φέγγει σαν πανσέληνος:

– Αλήθεια είναι, Σάσα Βελιτσάνσκαγια. Εσύ κι οι φιλενάδες σου θα τον γνωρίσετε κάποια μέρα χωρίς να πάτε στο Παρίσι, εδώ στη χώρα μας, κι όχι μονάχα ο κόσμος ολόκληρος θα μιλάει γι' αυτόν, μα κι άλλες πολλές γενιές που θα 'ρθουν μετά από μας.

Αχ, να πήγαινα κι εγώ στο Παρίσι με την Πολίν! Το πιο μακρινό μου ταξίδι είναι ίσαμε κει που μένουν τα Σαμπανοβάκια κι οι ράγιες έξω από το παράθυρό μου τραβάνε πέρα, μακριά. Τα τρένα περνοδιαβαίνουν κι εγώ κάθομαι στο παράθυρο κι ονειρεύομαι μια Σάσα, με μια μακριά κοτσίδα ως τη μέση, που πήρε το τρένο για την Πετρούπολη. Τρέχει αυτή η Σάσα στους δρόμους της Πετρούπολης και στα γεφύρια που περνάνε πάνω από το Νέβα ποταμό και φωνάζει «Κάτω ο τσάρος», «Ζήτω η Επανάσταση». Και δώστου, φρουστ φρουστ, η βαριά κοτσίδα, μια δεξιά, μια αριστερά.

Τα «απερίσκεπτά» μου, όμως, «όνειρα», σταματούν σα συλλογιστώ την τρομάρα που πήρα όταν η Κουρούνα κι η Σανίδα ήρθανε να κάνουν έρευνα στις σάκες. Μπορεί να μην έχει άδικο ο Σουσάμης. Ίσως δεν είναι τόσο εύκολο να γίνεις επαναστάτης. Άμα μεγαλώσω μπορεί να 'χω πιο πολύ κουράγιο. Μπορεί να 'χω μια παχιά κοτσίδα και να κρατάω το κεφάλι μου στητό σαν τη Λίντα Κάρτσεβα.

– Τι αστεία που είσαι, βάζει η Γιούλια τα γέλια, γιατί, καθώς τα συλλογιόμουνα όλα αυτά, είχα αγκαλιάσει τα γόνατά μου και τα έσφιγγα να τ' ακουμπήσω στο πηγούνι μου.

Η Πολίν και ο Φεγγάρης Φεγγάροβιτς μείνανε να κουβεντιάσουν κι εμείς με τη Γιούλια βγήκαμε έξω, μπροστά στην πόρτα της κουζίνας, να παίξουμε σκοινάκι και να 'χουμε το νου μας, αν φανεί κανείς ξένος, να ειδοποιή-

187

σουμε το Φεγγάρη Φεγγάροβιτς να κρυφτεί στην καταπαχτή του.

Να και σε κάτι που ξεπερνώ τη Λίντα, κάτι που δε με φτάνει κανείς. Στο σκοινάκι. Πηδάω τριπλό, ανάποδα, καμάρες, το «ψαράκι κι ένα», «ψαράκι δύο», χωρίς να μπερδευτεί το πόδι μου ούτε μια φορά. Η Γιούλια στέκει και με θαυμάζει κι εγώ δώστου χοπ, χοπ, χοπ! Και νιώθω το κοτσίδι μου που έχει φτάσει στους ώμους και πηδάει κι αυτό σαν τρελό, μια από δω, μια από κει. Αχ, να 'βγαινε τώρα ο Φεγγάρης Φεγγάροβιτς να μ' έβλεπε πώς πηδάω και να μου 'λεγε: «Μπράβο, Σάσα Βελιτσάνσκαγια, θα γίνεις πραγματικός επαναστάτη». Χοπ, χοπ, χοπ!... Όμως εκείνος δε βγαίνει, γιατί δεν κάνει να τον δει κανείς. Χοπ, χοπ, χοπ! συνεχίζω κι εγώ να πηδάω, και σαν να παίρνω κουράγιο και ν' αψηφώ τη Σανίδα, τον Μπουνιά και τον τσάρο τον ίδιο.

Αύριο αρχίζει πάλι το σχολείο και συλλογιέμαι πως περνάει η τελευταία μέρα των διακοπών χωρίς να κάνω τίποτα το σπουδαίο. Όλο το πρωί διάβαζα ένα βιβλίο της «φτερωτής βιβλιοθήκης» και ντράπηκα λιγάκι σαν άκουσα τη μαμά να λέει στην Ντούνια:

– Όλο αριθμητική διαβάζει αυτό το παιδί και κάνει πως δεν της πολυαρέσει κιόλας.

Ήμουνα μισοξαπλωμένη στο ντιβανάκι στο γραφείο του μπαμπά και κρατούσα το βιβλίο έτσι που να φαίνεται η ετικέτα.

– Να της κόψετε τα πολλά διαβάσματα, ακούστε και μένα, συμβουλεύει η Ντούνια, θα κουρκουτιάσει...

Είχα κλείσει το βιβλίο και συλλογιόμουνα τις συμβουλές του Ματβέι – που του διηγηθήκαμε το πάθημά μας – να μην έχουμε στο σχολείο τα βιβλία μέσα στις σάκες μας, αλλά να τα κρύβουμε κάτω από το πατάρι της έδρας και να τα παίρνουμε την τελευταία στιγμή πριν σχολάσουμε.

— Έρχεσαι μαζί μου, Κουκούτσι; μπήκε φουριόζος ο μπαμπάς στο γραφείο. Θα στείλουνε αμάξι να με πάρουν, πάω να δω το Σεργκέι Στεπάνοβιτς.

— Έτοιμη κιόλας, Σουσάμη, πετιέμαι όρθια όλο χαρά.

Η μαμά όμως και η Ντούνια χάλασαν τον κόσμο πως δεν μπορώ να πάω σε ξένο σπίτι με τέτοια χάλια, πως πρέπει να ντυθώ, πως δεν είμαι πια μικρό παιδί να βγαίνω όπως όπως, κι η μαμά που ονειρευότανε πάντα να 'χει ένα κοριτσάκι να το ντύνει όμορφα, να το χτενίζει κι εγώ...

— Ντύστε την όπως θέλετε, λέει ο μπαμπάς, μόνο γρήγορα.

Μου βάζουν το καλό μου το φουστάνι, εγώ κάθομαι σαν ξύλο και με ντύνουν. Μου το 'ραψαν για τις γιορτές. Η Λίντα μου είπε πως μοιάζω μ' αυτό σαν το αμπαζούρ που είχε η Κουρούνα στο σπίτι της στη λάμπα πάνω στο στρογγυλό τραπεζάκι. Είναι βελούδο βυσσινί και μου το έραψαν με φουσκωτά μανίκια, όπως είπε η Πολίν πως φοράνε τώρα στο Παρίσι. Έχει δαντελάκια στο λαιμό που με γαργαλάνε και τα μανίκια είναι τρουακάρ, πάλι με δαντελάκια που γαργαλάνε. Η μέση με σφίγγει, που πάνω να σκάσω. Πίσω κουμπώνει με κόπιτσες, που κάνει μια ώρα η Ντούνια να τις κουμπώσει. Μα η πιο μεγάλη φρίκη είναι τ' άσπρα δαντελωτά γαντάκια που μου χάρισε η μαμά την Πρωτοχρονιά κι αν δεν τα βάλω, λέει, δεν έχει να πάω πουθενά, γιατί φτάνει πια να μου περνάνε όλα τα καπρίτσια. Κι εγώ τα βάζω, γιατί θέλω πολύ να πάω με τον μπαμπά με το αμάξι. Ευτυχώς μέσα στη φούρια της η μαμά δεν πρόσεξε πως μέσα από το δαντελένιο γαντάκι φέγγιζε η μουντζούρα από το μελάνι, που λέρωνε σχεδόν πάντα από μέσα το μεσαίο δάχτυλο στο δεξιό μου χέρι.

— Έτσι να σε δω κι εγώ να σε καμαρώσω, λέει η μαμά.

– Μη στέκεις σαν ξύλο, γκρινιάζει η Ντούνια.

– Πάμε, πάμε, με τραβάει από το χέρι ο μπαμπάς, που άκουσε το αμάξι που ήρθε και σταμάτησε έξω από την πόρτα μας.

Ο Σεργκέι Στεπάνοβιτς είναι μηχανολόγος, πολύ φίλος του μπαμπά, και μένει σ' ένα σπίτι με μεγάλο κήπο στην άκρη άκρη της πόλης, σχεδόν στην εξοχή. Έχει ένα γιο, το Βολόντια. Είναι δεκάξι χρονώ και τελειώνει φέτος το Γυμνάσιο. Σαν ήμουνα πιο μικρή ο Βολόντια όλο με πείραζε. Πότε με κλείδωνε στο κοτέτσι και κρυβόταν να νομίζω πως έφυγε και μ' άφησε μέσα, πότε χωνόταν σ' ένα σκυλόσπιτο παρατημένο σε μια γωνιά του κήπου τους, γάβγιζε ίδιος σκύλος και μου 'λεγε με γουρλωμένα αγριωπά μάτια: «Άμα λυσσάξω, εσένα θα πρωτοφάω».

Άλλη φορά μου 'παιρνε από την τσέπη μου το φρεσκοσιδερωμένο μαντιλάκι που μου 'χε δώσει η μαμά κι έτρεχε να σκουπίσει τη μύτη της κατσίκας. Εγώ τσίριζα κι έτρεχε ο πατέρας του να τον μαλώσει.

– Τι σου 'κανε, Σάσενκα;

– Τίποτα, έλεγα εγώ – γιατί, όλα κι όλα, μαρτυριάρα δεν είμαι –, τσιμπήθηκα σε μια τσουκνίδα.

Παρ' όλα τα παιδέματα, μ' άρεσε να πηγαίνω στο μεγάλο περιβόλι του Σεργκέι Στεπάνοβιτς με το Βολόντια γιατί, όσο και να με πείραζε, καταδεχότανε να παίζει μαζί μου.

Στην άκρη του περιβολιού είναι ένας μεγάλος αχυρώνας κι εκεί ο Βολόντια ξετρύπωνε κάτι χάμουρα με γαλάζιες και κόκκινες χάντρες, μ' έζωνε σαν αλογάκι και τρέχαμε πηλαλώντας σ' όλο το περιβόλι.

Ο Βολόντια δεν έχει μαμά. Ίσως δε θα 'χα γεννηθεί εγώ άμα πέθανε, ή θα 'μουνα μωρό, γιατί ποτέ δεν τη θυμάμαι. Μένει μόνος του με τον πατέρα του και μια υπηρέτρια Πολωνέζα που δε μιλάει ρωσικά, κι άμα μ' έβλεπε μου 'λεγε πολωνέζικα: «Τι κάνει η βρομορωσίδα σας η Ντούνια; Πες της τα σεβάσματά μου».

Όταν μεγάλωσα τον έβλεπα πολύ σπάνια το Βολόντια, γιατί άμα πήγαινα με τον μπαμπά στο σπίτι τους εκείνος έλειπε σχολείο. Μια μέρα, τον συνάντησα στο δρόμο την ώρα που σχολνούσαμε. «Γεια σου, Σάσενκα», μου φώναξε κι η Λίντα απόρησε πώς ξέρω ένα τόσο μεγάλο αγόρι που με φωνάζει μάλιστα «Σάσενκα».

Όση ώρα ο μπαμπάς εξετάζει σ' ένα άλλο δωμάτιο το Σεργκέι Στεπάνοβιτς, κάθομαι στο σαλόνι σαν καλό κοριτσάκι, με τα γαντοφορεμένα μου χεράκια ακουμπισμένα πάνω στα γόνατα. Ευτυχώς δεν έμεινα και πολλή ώρα και τους ακούω που έρχονται. Μιλάει ο Σεργκέι Στεπάνοβιτς στο μακρύ διάδρομο που πάει στο σαλόνι κι η φωνή του είναι σαν να βγαίνει μέσα από χωνί:

— Τρέμω για το Βολόντια, Ίγκορ Λβόβιτς! Έχει μπει ίσαμε το λαιμό στην επανάσταση... Όλο κάτι εργάτες έρχονται και τον βρίσκουν... κάτι άγνωστοι. Φοβάμαι πως θα βρει τον μπελά του. Συμβουλέψτε τον κι εσείς που τον ξέρετε από παιδάκι.

— Τι να τον συμβουλέψω, Σεργκέι Στεπάνοβιτς; Να γίνει σαν και μας; Που δεν τολμήσαμε ποτέ...

Έχουν φτάσει σχεδόν στην πόρτα του σαλονιού.

— Ήμουνα γι' αυτόν και πατέρας και μάνα, μιλάει πάλι ο Σεργκέι Στεπάνοβιτς. Δεν ξαναπαντρεύτηκα, για να μην έχει μητριά. Τρέμω κάθε νύχτα ώσπου να γυρίσει σπίτι. Εσάς η Σάσενκα είναι παιδί ακόμα, μα σα μεγαλώσει...

Εγώ κάθομαι ακούνητη και ακούω το Σουσάμη που απαντάει με ήρεμη φωνή, όμως λιγάκι με τη μύτη, όπως όταν είναι συγκινημένος:

— Σίγουρα θα κάνω σαν και σας, Σεργκέι Στεπάνοβιτς. Θ' ανησυχώ όσο να γυρίσει σπίτι... δε θα κοιμάμαι τις νύχτες... Εδώ είσαι, Σάσενκα; κάνει μόλις με πήρε είδηση που δεν είχα κουνήσει από το σαλόνι.

– Άντε να σεργιανίσεις στο περιβόλι όσο να μας ετοιμάσει το τσάι η Σλάβα, μου λέει καλοσυνάτα ο Σεργκέι Στεπάνοβιτς. Πήγαινε στο κοτέτσι να δεις τα παπάκια που μόλις βγήκανε από τ' αυγό. Ο Βολόντια λείπει, συνεχίζει γελώντας, και δε θα σε κλείσει μέσα.

Σεργιάνισα στο περιβόλι. Είδα τα παπάκια μέσα στο κοτέτσι και βρήκα σε μια γωνιά αναποδογυρισμένο, χωρίς τη στέγη του, το σκυλόσπιτο που χωνότανε μέσα ο Βολόντια και με φόβιζε. Πήγα και ίσαμε τον αχυρώνα. Η ξύλινη πόρτα του ήτανε γυρτή. Την έσπρωξα, δεν μπόρεσα να την ανοίξω καλά, σαν να 'τανε κάτι από πίσω και να εμπόδιζε.

– Άμα λυσσάξω εσένα θα πρωτοφάω!

Πρόβαλε το κεφάλι του Βολόντια από το άνοιγμα της πόρτας.

– Τι μου δίνεις να σ' αφήσω να μπεις; λέει και τα μάτια του έχουν γίνει πονηρά πονηρά.

– Δεν έχω ούτε καπίκι, του κάνω, γιατί μικρή του έταζα όλο μου το χαρτζιλίκι, αν ήθελα να μου κάνει ένα χατίρι.

– Άντε, μπες και τζάμπα, ψευτοσοβαρεύει εκείνος και ανοίγει μια σταλιά ακόμα την πόρτα, ίσα ίσα που χωρώ να περάσω λοξά.

Μέσα στον αχυρώνα, πάνω σε κάτι αναποδογυρισμένα κασόνια, καθόντανε τρεις άγνωστοι. Στη μέση, ένα άλλο κασόνι ήτανε γεμάτο χαρτιά, άλλα γραμμένα κι άλλα άγραφτα. Εγώ τα 'χα χαμένα και στάθηκα έτσι λοξά όπως είχα μπει. Έβλεπα μονάχα προς τη μια μεριά και δεν ήξερα αν πίσω από την πλάτη μου ήτανε και κανένας άλλος.

– Παιδιά, λέει ο Βολόντια μισοαστεία, η δεσποινίς είναι φίλη της οικογένειας, μπορεί να μείνει λίγο μαζί μας;

Εγώ στο μεταξύ είχα τα χέρια μου πίσω στη ράχη μου και προσπαθούσα να βγάλω τα γαντάκια.

– Αν εγγυηθεί κανείς γι' αυτήν, κάνει σοβαρά ένας από τους άγνωστους.

– Εγγυούμαι εγώ, ήρθε πίσω από την πλάτη μου μια φωνή που γνώριζα τόσο καλά.

Έκανα απότομα μεταβολή. Πάνω σ' ένα κασόνι καθότανε ο Φεγγάρης Φεγγάροβιτς! Πρίν προλάβω να τρέξω στην αγκαλιά του άκουσα το Βολόντια να λέει:

– Δε σου φαίνεται, Πάβελ Γκρηγκόρεβιτς, πως αυτό το φουστανάκι είναι ό,τι πρέπει;

Κοκκίνισα ολόκληρη. Κορόιδευε το φουστάνι μου κι είχε δίκιο. Το 'ξερα πως είμαι σαν αμπαζούρ!

– Έτσι όπως είναι φουσκωτό θα χωρέσουν μια χαρά, ξαναμιλάει ο Βολόντια.

– Σάσα, λέει ο Φεγγάρης Φεγγάροβιτς κι έρχεται και μ' αγκαλιάζει ο ίδιος από τους ώμους. Έχουμε κάτι «σκονάκια» που πρέπει οπωσδήποτε απόψε να τα παραλάβει ο Ματβέι, γιατί αύριο φεύγει ξανά για την Πετρούπολη. Να του τα πάει κανείς από μας είναι επικίνδυνο, γιατί σταματάνε στο δρόμο κάθε ύποπτο και τον ψάχνουν.

– Σάσενκα, πουλάκι μου, παίρνει το λόγο ο Βολόντια, αν σου βάζαμε τα «σκονάκια» σ' ένα σακουλάκι και τα 'δενες στη μέση σου κάτω από αυτό το χαριτωμένο φουστανάκι και περνούσες μια στιγμούλα από το Ματβέι...

Παρ' όλο που κορόιδεψε το φουστάνι μου ένιωθα πως δε με πείραζε πια, σαν όταν ήμουνα μικρή, και πως μου 'χε εμπιστοσύνη. Οι τρεις άγνωστοι με κοίταζαν πάντα περίεργα σαν να 'βλεπαν κανένα παράξενο ζωάκι.

– Θα πω στον μπαμπά, λέω με τόσο σίγουρη φωνή, που παραξενεύομαι κι εγώ η ίδια, πως πρέπει να περάσω μια στιγμούλα από την Έλα να της ζητήσω ένα τετράδιο.

– Αυτή είναι ατσίδα, πετιέται ένας από τους άγνωστους, και δεν της φαινότανε καθόλου.

Ένιωσα για πρώτη φορά πως ξένοι άνθρωποι με παίρνανε στα σοβαρά! Μου δώσαν το σακουλάκι, που είχε μια μακριά κορδέλα, για να το δέσω στη μέση μου. Έκανα να φύγω πάλι λοξά από τη μισανοιγμένη πόρτα κι ενώ ήμουνα κιόλας η μισή έξω άκουσα την ειρωνική, έτσι μου φάνηκε, φωνή του Βολόντια:

– Δεσποινίς Σάσενκα, ξεχάσατε τα γαντάκια σας.

Τα 'χα αφήσει, φαίνεται, πάνω στο κασόνι όση ώρα μου μιλούσε ο Φεγγάρης Φεγγάροβιτς. Ο Βολόντια μου τα δίνει, τα μάτια του είναι πονηρούτσικα και πειραχτικά, όπως όταν παλιά μου άρπαζε το μαντιλάκι από την τσέπη για να σκουπίσει τη μύτη της κατσίκας. Ύστερα όμως η φωνή του έγινε χαϊδευτική:

– Σάσενκα, μην πεις σπίτι πως μας είδες...

– Αυτό το ξέρει, τον κόβει η φωνή του Φεγγάρη Φεγγάροβιτς.

Εγώ ορκίζομαι μέσα μου να μην τα ξαναβάλω τα δαντελένια γαντάκια, όσο και να χαλούνε τον κόσμο η μαμά κι η Ντούνια.

Η ΣΑΣΕΝΚΑ ΜΑΣ ΜΠΑΙΝΕΙ ΣΤΑ ΔΩΔΕΚΑ

Κάθε χρόνο περιμένω με ανυπομονησία τα γενέθλιά μου. Ίσαμε πέρσι που δεν πήγαινα σχολείο και δεν είχα τόσες φιλενάδες, καλούσαμε τα Σαμπανοβάκια και δυο τρία άλλα παιδιά της γειτονιάς, που δεν ήμασταν και τόσο πολύ φίλοι.

Περίμενα, λοιπόν, ανυπόμονα αυτή τη μέρα, γιατί ένιωθα πως αληθινά είναι σπουδαίο να γιορτάζεις κι όλοι να λένε: Μα πόσο μεγάλωσε! Κάθε χρόνο όλο και παρακαλούσα να μην αρρωστήσει κανείς εκείνη τη μέρα κι έτσι ο μπαμπάς να γυρίσει νωρίς νωρίς και να παίξει μαζί μας, μα θαρρείς και γινότανε επίτηδες κι όλοι βρίσκανε ν' αρρωστήσουνε βαριά, ακριβώς τη μέρα που είχα τα γενέθλιά μου. «Να δεις, Σάσενκα, τι θα γίνει του χρόνου που θα 'σαι μεγάλη κοπέλα, θα το κάψουμε», με παρηγορούσε ο Σουσάμης, όταν γύριζε πια τόσο αργά, που είχα πέσει κιόλας στο κρεβάτι και με είχε μισοπάρει ο ύπνος.

Φέτος όμως σίγουρα θα το κάψουμε. Δεν έχω την Τσιτσίλχεν να μου παίζει κάτι κουτά παιχνίδια που γυρνάμε γύρω γύρω σαν μύγες κι όποιος πει πιο γρήγορα «κρχτγκς» κερδίζει. Φέτος δεν έχει ούτε Σαμπανοβάκια. Δε θα τα καλέσω. Όχι μόνο γιατί με πρόδωσαν τότε που δεν κάηκαν με τη ζάχαρη, μα γιατί είναι «αριστοκρατία». Θα καλέσω πρώτες και καλύτερες τις στενές μου φιλενάδες, μα κι όσα κορίτσια από την τάξη κάνουμε παρέα. Άραγε θα 'ρθει ο Σουσάμης; Θέλω τόσο πολύ να τον δείξω σ' όσες φίλες μου δεν τον ξέρουν.

Λογάριαζα το μεσημέρι που θα γύριζα από το σχολείο να πω στη μαμά για τα Σαμπανοβάκια κι ήμουνα σίγουρη πως θα γίνει καβγάς. Γιατί κάθε τόσο μου το λέει πως λυπάται πολύ που έχω ξεκόψει μαζί τους. «Πώς γίνεται να μην τις αγαπάς πια», απορεί η μαμά. Πώς γίνεται, αναρωτιέμαι κι εγώ, που δε νιώθω τίποτα, μα τίποτα, για τα Σαμπανοβάκια. Πού πήγε εκείνη η αγάπη που τους είχα; Πώς γίνεται να ξαγαπάει κανείς; Λες να 'ρθει μια μέρα που θα ξαγαπήσω τη Λίντα, την Έλα, τη Μάσα, την Κάτια; Τρεις όμως ανθρώπους είμαι σίγουρη πως δεν μπορεί ποτέ στη ζωή μου να τους ξαγαπήσω: Το Σουσάμη, το Φεγγάρη Φεγγάροβιτς και την Πολίν.

Εκείνο το πρωί, λίγες μέρες πριν τη γιορτή μου, ξύπνησα αμέσως μόλις με φώναξε η Ντούνια για να παραδώσω το μάθημά μου. Όταν μπήκα στην τραπεζαρία η «ζωντανή εφημερίδα», δηλαδή ο Στιόπα κι ο Αζρίελ, κουβέντιαζαν με τον μπαμπά.

— Έχουμε νέα; ρωτούσε κείνος.

— Θα ξαναεξεταστεί η υπόθεση Μουλτάν.

— Αχά! κάνει ο μπαμπάς σαν να ξαφνιάστηκε με το νέο.

Ύστερα άρπαξε την τσάντα του κι έφυγε λες και τον κυνηγούσαν. Εγώ ήθελα να ρωτήσω τους μαθητές μου ποιος είναι αυτός ο Μουλτάν, αλλά η ώρα που κάναμε μάθημα ήτανε τόσο λίγη, που δεν ήθελα να τους χασομερήσω. «Να θυμηθώ να ρωτήσω το βράδυ τον μπαμπά», είπα μέσα μου.

Την ώρα που πήγαινα σχολείο συνάντησα τη Μάσα λίγο πριν στρίψω το μεγάλο δρόμο. Η σάκα της ήτανε τόσο φουσκωμένη, θαρρείς που κόντευε να σκάσει.

– Φτερωτή βιβλιοθήκη; ρωτάω τρομαγμένη καθώς θυμήθηκα τη λαχτάρα που είχαμε πάρει.

– Φτερωτές λιχουδιές, σκάει στα γέλια η Μάσα κι ύστερα παίρνει ψευτοεπίσημο ύφος. Προσφορά του ρεστοράν «Νορέικο».

Βέβαια η Μάσα είπε σ' όλη την τάξη τι έχει μέσα στη σάκα της και δε βλέπαμε την ώρα πότε να γίνει το μεγάλο διάλειμμα και να πάμε στο «Τροκαντερό».

Οι λιχουδιές της Μάσας είναι μέσα σ' ένα μεγάλο χαρτονένιο κουτί που είναι τυλιγμένο σ' ένα σωρό εφημερίδες για να μην τρέχουν τα σιρόπια. Την έχουμε περιτριγυρίσει και τη βοηθάμε να ξετυλίξει το κουτί. Μια, δυο, τρεις εφημερίδες και η μέσα μέσα πασαλειμμένη με σιρόπια. Το σιρόπι κάνει τα γράμματα να φεγγρίζουν. «ΥΠΟΘΕΣΙΣ ΜΟΥΛΤΑΝ» διαβάζω με μεγάλα γράμματα κι από κάτω με πιο ψιλά. «Το ακέφαλον πτώμα.»

– Κορίτσια, δείτε τι γράφει, λέω και αρπάζω την εφημερίδα που κολλάει πάνω στα δάχτυλά μου. Βρέθηκε ένα πτώμα χωρίς κεφάλι.

Η Λίντα τρώει ένα γλυκό που στάζει σιρόπι, μα τα καταφέρνει να μην πασαλείβεται. Καταπίνει την μπουκιά της και γυρίζει σε μένα:

– Είναι η υπόθεση Μουλτάν. Ο πατέρας λέει πως πέτυχαν την αναψηλάφιση της δίκης.

– Πώς το 'πες αυτό, Λίντα;

– Κορίτσια, φωνάζει η Μάσα και σηκώνει ψηλά με το χέρι μια πάστα με παράξενο σχήμα που πάνω πάνω έχει ένα τρούλο από σοκολάτα. Ιδού η καινούρια σπεσιαλιτέ «Νορέικο». Σε λίγο όλος ο κόσμος θα μιλάει γι' αυτή.

Την μπουκώθηκε ολόκληρη και το στόμα της πασαλείφτηκε γύρω γύρω σοκολάτα.

– Πες μου, λοιπόν, επιμένω στη Λίντα.

Χτύπησε όμως το κουδούνι και βιαστήκαμε να τρέξουμε στην τάξη μας, γιατί η Κουρούνα έχει τη μανία να μην αργεί ούτε δευτερόλεπτο στο μάθημά της.

Έτσι δεν έμαθα εκείνη την ώρα για την υπόθεση Μουλτάν, μα πού να το φανταζόμουνα πως θα είχε σχέση με τα γενέθλιά μου.

Δυο φορές τη βδομάδα έρχεται σπίτι μας ένα κοριτσάκι που του κάνει η Πολίν μάθημα γαλλικά. Κάθονται στο δωμάτιό μας κι εγώ είμαι όλο χαρά, γιατί μαζεύω τα βιβλία μου και πάω στο γραφείο του μπαμπά. Έτσι σα γυρίζει εκείνος σπίτι και παίρνει έναν υπνάκο στο ντιβανάκι του γραφείου – όσο να ξαναφύγει πάλι –, εγώ κάθομαι εκεί και παραφυλάω ν' ανοίξει τα μάτια του.

– Λοιπόν, Σουσάμη;

– Λοιπόν, Κουκούτσι;

Όση ώρα μισοκοιμάται ετοίμαζα τη φράση με κείνη την μπερδεμένη λέξη.

– Τι θα πει αναψηλάφηση;

Δεν είχε όμως καλοανοίξει ο μπαμπάς τα μάτια του κι ένιωσα απέξω τη φωνή της Ντούνιας «Τα πόδια σας» και σε λίγο μπήκε στο γραφείο ο «Κατέβα να φάμε».

Εμένα ούτε που με πρόσεξε. Πήγε κατευθείαν στον μπαμπά που ετοιμαζότανε να φορέσει τα παπούτσια του.

– Θα γίνει αναψηλάφηση της δίκης, Ίγκορ Λβόβιτς, λέει χαρούμενος, αυτό κερδίθηκε. Ο κόσμος όμως δεν ξέρει τίποτα, εκτός από την πτωματολογία που καλλιεργούν οι εφημερίδες.

– Τι θα πει «αναψηλάφηση», πετάχτηκα εγώ που είχα πια σκάσει να μάθω.

– Εδώ είσαι, Σάσενκα, γύρισε και με είδε ο Αλεξάντρ Στεπάνοβιτς, μα ούτε που μου έδωσε απάντηση.

Τσιτώνω τ' αυτιά μου μήπως και καταλάβω τίποτα.

– Πρέπει να γίνουν διαλέξεις, Ίγκορ Λβόβιτς, να φωτιστεί ο κόσμος.

– Θα το απαγορέψει η αστυνομία, λέει ο μπαμπάς ενώ

βάζει το δεύτερο παπούτσι του.

Ο «Κατέβα να φάμε» απλώνει τις χεράρες του και χαμηλώνει τη φωνή του:

– Δε θα της ζητήσουμε την άδεια γι' αυτό. Θα μαζευτούμε στα σπίτια και κάθε οικοδεσπότης θα ζητάει άδεια για κάποια οικογενειακή γιορτή.

Ο μπαμπάς γυρίζει απότομα σε μένα:

– Σάσενκα, πότε είναι τα γενέθλιά σου;

– Το Σάββατο, απαντάω απορημένα που τα θυμήθηκε τώρα δα τα γενέθλιά μου.

– Σπουδαία, ενθουσιάζεται εκείνος, θα πάω στην αστυνομία και θα τους πω: Η Σάσενκά μας μπαίνει στα δώδεκα, στη γιορτή της θα καλέσουμε πάνω από πέντε άτομα (πέντε άτομα επιτρέπονται χωρίς άδεια), θα 'ρθει πολύς κόσμος, όλη της η τάξη με τους γονείς τους. Να μπεις στα δώδεκα είναι μεγάλο γεγονός στη ζωή σου, ψέματα, Σάσενκα;

Τι να πω εγώ που δεν έχω καταλάβει τίποτα, που ο «Κατέβα να φάμε» φεύγει σαν σίφουνας κι ο μπαμπάς αρπάζει την τσάντα του, «οχ, πώς άργησα», πρόλαβε να πει κι ήτανε κιόλας στην πόρτα.

Πριν πάει ο μπαμπάς στην αστυνομία για την άδεια, έπρεπε να πείσει τη μαμά που είχε άλλα γενέθλια στο νου της. Ας έφερνα, λέει, όσες συμμαθήτριες ήθελα, μα τα Σαμπανοβάκια θα τα καλούσε η ίδια. Η μαμά τους της είχε πει πως μου είχαν αγοράσει κιόλας ένα ακριβό δώρο.

– Λένοτσκα, της λέει ο μπαμπάς με τρυφερή τρυφερή φωνή, εδώ πάει ν' αλλάξει ο κόσμος ολόκληρος κι εσύ μη θιγούν τα Σαμπανοβάκια.

Η μαμά στην αρχή έκλαψε (που τη λυπήθηκα), ύστερα πήγαν και κλείστηκαν με τον μπαμπά στο γραφείο. Η Ντούνια, η Πολίν κι εγώ καθόμαστον στην κουζίνα κι η Πολίν μας έλεγε πως σ' αρκετά σπίτια άρχισαν κιόλας

199

να «γιορτάζουν» γενέθλια, αρραβώνες, ονομαστικές γιορτές, γιατί είναι ένα σωρό πράγματα που δε γράφουν οι εφημερίδες κι ο κόσμος πρέπει να τα ξέρει.

– Και τι θα τους ταΐσουμε τριάντα τόσους ανθρώπους; σταυρώνει τα χέρια η Ντούνια.

Η μαμά πήγε στην κουζίνα. Δεν ήτανε πια κλαμένη, μας κοίταξε και τις τρεις, δεν είπε λέξη και ξανάφυγε.

Όταν την άλλη μέρα άρχισαν κιόλας τα ψώνια και πήγαινε η μαμά στην αγορά, πότε με την Ντούνια, πότε με την Πολίν, ακόμα και με μένα, όλοι τη ρωτούσανε: «Πώς ψωνίζετε τόσα πολλά σήμερα, Ελένα Μιχαήλοβνα;» Απαντούσε: «Η Σάσενκά μας μπαίνει στα δώδεκα κι ετοιμάζουμε μεγάλη γιορτή».

Στο «Τροκαντερό» δε μιλούσαμε για τίποτ' άλλο αυτές τις μέρες παρά για τα γενέθλιά μου. Εκτός από τις πολύ στενές μου φίλες, κάλεσα κι όσα κορίτσια διάβαζαν τη «φτερωτή βιβλιοθήκη».

– Πολύς εκνευρισμός υπάρχει σήμερα στην τάξη, τσίριξε η Σανίδα που μας παρακολουθούσε ν' ανταλλάζουμε ματιές και να κάνουμε νοήματα.

Η Λίντα σηκώθηκε από το θρανίο της ν' απαντήσει:

– Σήμερα, Ευγενία Ιβάνοβνα, η συμμαθήτριά μας Αλεξάντρα Βελιτσάνσκαγια μπαίνει στα δώδεκα.

Η Σανίδα έμεινε μια στιγμή αμίλητη κι ύστερα είπε με μια άχρωμη και κρύα φωνή:

– Ε, λοιπόν;

Τα «γενέθλια» άρχισαν από τις τέσσερις. Εγώ φόρεσα χωρίς να γκρινιάσω το φόρεμα-αμπαζούρ. Από τη μέρα που είχα κρύψει κάτω από τη φούστα του τα «σκονάκια» του Βολόντια δεν το αντιπαθούσα πια και τόσο. Πρώτος κατέφτασε ο γιατρός Ρογκόφ και πίσω του ακολουθούσε ο Σαραφούτ μ' έναν τεράστιο τέντζερη με μαγειρεμένα κουνέλια. Ανοίξαμε τις πόρτες του γραφείου του μπαμπά, της τραπεζαρίας και του σαλονιού κι έγινε

200

όλο το σπίτι σαν μια μεγάλη αίθουσα. Το πιάνο ήτανε ανοιχτό, η μαμά θα καθότανε στο ταμπουρέ κι όταν ο γιατρός Ρογκόφ, που θα στεκότανε κοντά στο παράθυρο, έδινε το σύνθημα η μαμά θ' άρχιζε να παίζει το παντε-κατρ και το πα-ντι-πατινέρ κι ο κόσμος θ' άρχιζε να χορεύει ζευγάρια ζευγάρια. Οι φίλοι του Βολόντια δε θα 'ρθουν στα γενέθλια, αλλά θα κόβουν βόλτες έξω από το σπίτι και από την καλή πόρτα και από το στενάκι που βγαίνει η πόρτα της αυλής. Άμα πάρει το μάτι τους κανέναν Μπουνιά ή κανέναν ύποπτο, θα γνέφουν στο γιατρό Ρογκόφ κι εκείνος στη μαμά.

Μαζευτήκαμε γύρω στους τριάντα. Σχεδόν όλοι οι γιατροί από το νοσοκομείο του μπαμπά κι άλλοι ακόμα γνωστοί του. Η Μάσα ήρθε μόνο με τον μπαμπά της (η μαμά της, λέει, δεν είναι για τέτοια) με τρεις τεράστιες τούρτες «Νορέικο». Ήτανε ντυμένη μ' ένα καφέ βελούδινο φόρεμα και δαντέλες – ίδια τούρτα σοκολάτα με σαντιγί. Τα περισσότερα κορίτσια ήρθαν μόνο με τον μπαμπά τους, εκτός από την Έλα και τη Λίντα που ήρθαν και οι μαμάδες τους. Η Λίντα ήταν όμορφη – αχ, όμορφη – με τα μαλλιά ξέπλεκα, πιασμένα μόνο πίσω με μια αγκράφα. Μόλις μπήκε όλα τα μάτια γύρισαν καταπάνω της, κι εγώ ένιωθα πολύ περήφανη, ευτυχισμένη, που έχω φίλη ένα τέτοιο κορίτσι με τόσο ξανθά μακριά μαλλιά, τόσο ψηλή, με τόση χάρη και που ξέρει τόσα πράγματα, ακόμα και τι θα πει α-να-ψη-λά-φη-ση.

Ο γιατρός Ρογκόφ, που είχε στηθεί κιόλας κοντά στο παράθυρο, κατέβασε ένα ποτηράκι βότκα και φώναξε δυνατά ν' ακουστεί απέξω:

– Χρόνια πολλά, Σάσενκα, να μας ζήσεις, ψυχούλα μου.

– Χρόνια πολλά.

– Να ζήσεις.

– Να προκόψεις.

– Να σε χαίρονται οι γονείς σου.

Κι όσο λέγονταν αυτά, ο Αλεξάντρ Στεπάνοβιτς έγνεφε σ' όλους να καθίσουν. Και αφού βολεύτηκαν όλοι, άλλοι στους καναπέδες, άλλοι σε καρέκλες και μεις τα παιδιά χάμω στα μαξιλάρια, πήγε εκείνος και στάθηκε κάπου που να τον βλέπουν όλοι, έγνεψε με το χέρι, οι φωνές σταμάτησαν κι ακούστηκε το σύρσιμο από τις παντόφλες της Ντούνιας που ήρθε κι ακούμπησε στο άνοιγμα της πόρτας του σαλονιού. Τότε, εκείνος άρχισε να μιλάει:

– Καθημερινά συμβαίνουν στη χώρα μας γεγονότα συγκλονιστικά και μεις σε τούτη δω την άκρη που ζούμε δε μαθαίνουμε τίποτα. Οι άνθρωποι πεθαίνουν από πείνα και χολέρα και οι εφημερίδες γράφουν στα ψιλά πως η κυβέρνηση απαγορεύει τους ιδιωτικούς εράνους για βοήθεια στους... «υποσιτιζομένους». Τώρα τελευταία μάθαμε και για το περιβόητο «ακέφαλο πτώμα», που του έλειπαν και τα εντόσθια κι ο κόσμος έχει τρομοκρατηθεί, γιατί δεν ξέρει τι κρύβεται πίσω απ' αυτή την ιστορία.

»Πριν λίγο καιρό, στο χωριό Μουλτάν, στα βάθη της επαρχίας Βιατσκ, βρέθηκε ένα πτώμα χωρίς κεφάλι και χωρίς εντόσθια. Εκεί κατοικεί ένας μικρός ήσυχος λαός, οι Βιτιάκοι κι αρκετές οικογένειες Ρώσων που ζούσαν πολύ αρμονικά μεταξύ τους. Οι τσάροι μας όμως δεν αγαπούν να ζουν αρμονικά οι λαοί και, όπως εδώ στη μικρή μας πόλη σπέρνουν ζιζάνια ανάμεσα στους Ρώσους, στους Πολωνούς, στους Εβραίους, έτσι κι εκεί κατηγόρησαν τους Βατιάκους πως κάνουν κρυφά θυσίες στο θεό τους μ' ανθρώπινα εντόσθια. Πιάσανε τρία δύστυχα παιδιά, τα δικάσανε χωρίς μάρτυρες και χωρίς υπεράσπιση και τα καταδίκασαν σε θάνατο. Νόμιζε η κυβέρνηση πως η δίκη θα περνούσε στα μουλωχτά. Υπάρχουν όμως κι άνθρωποι στη χώρα μας που αγρυπνούν. Στην αίθουσα του δικαστηρίου βρισκόντανε δύο δημοσιογράφοι κι ένας συγγραφέας που καταγράψανε λέξη τη λέξη τη δίκη. Έτσι κυκλοφόρησε μια προκήρυξη που την έχω εδώ στα χέρια μου. Θα σας διαβάσω ένα μικρό απόσπασμα.

...Αυτό που έγινε στο δικαστήριο ήταν μια οργανωμένη σφαγή αθώων από μια ομάδα αστυνομικών, με την ανοχή του εισαγγελέα και τις ευλογίες του προέδρου του δικαστηρίου. Δεν υπήρχαν μάρτυρες υπερασπίσεως, μονάχα ψευτομάρτυρες κατηγορίας – οι αστυνομικοί – που είπανε τόσα ψέματα, ώστε ο ίδιος ο πρόεδρος αναγκάστηκε να τους αφαιρέσει το λόγο.

Δεν μπορεί, δεν πρέπει να εκτελέσουν τρία αθώα παιδιά ενός μικρού λαού κι όλη η Ρωσία να στέκει με δεμένα χέρια. Καθένας από μας που βλέπει και δε μιλάει είναι συνυπεύθυνος του εγκλήματος... συ-νυ-πεύ-θυ-νος...

»Ναι, λέει ο Αλεξάντρ Στεπάνοβιτς και σταματάει το διάβασμα, από δω και πέρα όποιος βλέπει και δε μιλάει είναι *συνυπεύθυνος*, από τον πιο μεγάλο ως τον πιο μικρό, ας είναι και μαθητής του σχολείου. Η κυβέρνηση για να καταλαγιάσει το θόρυβο που ξεσηκώθηκε αναγκάστηκε να επιτρέψει να ξαναγίνει η δίκη. Και την έπαθε. Ο νέος εισαγγελέας, που διόρισε, έτυχε να 'ναι ένας τίμιος δικαστικός. Άρχισε την αναψηλάφηση, δηλαδή την επανεξέταση της υπόθεσης, και είδε πως η προηγούμενη δίκη είχε γίνει έξω από κάθε έννοια νόμου. Τώρα ετοιμάζεται νέα δίκη κι ο εισαγγελέας παίρνει γράμματα απειλητικά πως θα τον δολοφονήσουν και θα σκοτώσουν τα παιδιά του, μα κείνος μένει ακλόνητος. Τέτοιους ανθρώπους χρειάζεται η Ρωσία που κι αν δεν είναι επαναστάτες, με την τιμιότητά τους....

Η φωνή του Αλεξάντρ Στεπάνοβιτς σκεπάστηκε, γιατί ξαφνικά η μαμά άρχισε να παίζει στο πιάνο το πα-ντε-

κατρ. Προσοχή κίνδυνος!
– Εμπρός, Σάσενκα, ν' ανοίξουμε το χορό, φωνάζει ο μπαμπάς.

Ο Σουσάμης δεν ξέρει κανένα χορό, κάνει ένα δυο άτσαλα βήματα μπρος, άλλα τόσα πίσω και μοιάζει σαν αρκούδα. Εγώ κάτι έχω μάθει στο μάθημα του χορού στο σχολείο, μα ο Σουσάμης με μπερδεύει και χοροπηδάμε κι οι δυο όπως λάχει. Οι άλλοι γίνανε ζευγάρια και χορεύουν. Μα, στη μέση, είναι ένα ζευγάρι που χορεύει με τόση χάρη, που όλοι γυρίζουν το κεφάλι και τους κοιτάζουν. Είναι ο Αλεξάντρ Στεπάνοβιτς και η Λίντα.

Αχ, αυτή η Λίντα Κάρτσεβα! πώς λυγάει τη μέση της, πώς απλώνει το χέρι της και τα μακριά της δάχτυλα μόλις αγγίζουν απαλά τα δάχτυλα του «Κατέβα να φάμε», κι όταν παίρνει βόλτες δεν μπερδεύονται τα πόδια της κι ούτε σκύβει το κεφάλι της μπροστά να πάρει φόρα, παρά το κρατάει στητό ή το γέρνει ελαφρά όταν κάνουν τη φιγούρα, πλησιάζουν ο ένας τον άλλο και κοιτάζει μ' ένα χαμόγελο τον καβαλιέρο της. Κι ο «Κατέβα να φάμε» παρ' όλο που είναι τόσο μεγάλος – τριάντα οχτώ χρονώ – είναι ανάλαφρος σαν παλικάρι και παίρνει στροφές συνέχεια, χωρίς να χάνει την ισορροπία του, ενώ ο Βολόντια που 'ναι δεκάξι χρονώ, στην πρώτη στροφή μπουρδουκλώθηκε με την ντάμα του, τη Μάσα, και βρέθηκαν κι οι δυο σκασμένοι στα γέλια φαρδιά πλατιά κατάχαμα.

Πέρασε ο κίνδυνος, μας γνέφει από το παράθυρο ο γιατρός Ρογκόφ, τέλειωσε ο πρώτος χορός, κι ο μπαμπάς σηκώνει ένα ποτήρι και φωνάζει:
– Στην υγεία της Σάσενκα!
– Στην υγειά της, να ζήσει, λένε όλοι και με βάζουν στη μέση.

Εγώ ένιωθα άβολα με το αμπαζούρ-φουστάνι μου και το κοτσίδι μου που είχε μισολυθεί, τα χέρια μου που κρέμονται και δεν ξέρω πού να τα βάλω.

Χίλιες δυο σκέψεις περνάνε από το μυαλό μου. Πέρσι ακόμα έπαιζα στα γενέθλιά μου με τα Σαμπανοβάκια τα κουτά παιχνίδια της Τσιτσίλχεν και φέτος... παράνομη διάλεξη με αφορμή τα γενέθλια.

Εμπρός, Σάσα Βελιτσάνσκαγια, τι στέκεις σαν ξύλο, είσαι μεγάλο κορίτσι πια, μπήκες στα δώδεκα.

— Αλεξάντρ Στεπάνοβιτς, λέω με μια σίγουρη φωνή που κι εγώ η ίδια απορώ, υποσχόμαστε πως θα κάνουμε ό,τι μπορούμε.

Δυο χέρια σαν κλωνάρια λυγαριάς μ' αγκαλιάζουν.

— Η Σάσα είναι το πιο σπουδαίο κορίτσι της τάξης μας, είναι η Λίντα που μιλάει.

Όλοι χειροκρότησαν κι όλοι υποσχέθηκαν να βοηθήσουν κι η μαμά άρχισε να παίζει τώρα στο πιάνο ένα βαλς.

Το βράδυ έπεσα στο κρεβάτι μου ψόφια στην κούραση. Η Πολίν δεν είχε ξαπλώσει ακόμα, βοηθούσε την Ντούνια και τη μαμά να μαζεύουν. Προσπαθούσα να μη με πάρει ο ύπνος, ώσπου να 'ρθει να πλαγιάσει και κείνη. Αύριο, Κυριακή, θα κοιμόμουνα όσο ήθελα. Από την ανοιχτή πόρτα της κάμαρας άκουγα τον μπαμπά που ταχτοποιούσε τις καρέκλες. Αχ, πονηρέ Σουσάμη! Πώς τα κατάφερες και δεν αρρώστησε κανένας σήμερα βαριά. Πρώτα γενέθλια που ήταν ο μπαμπάς όλη τη γιορτή στο σπίτι. Ας μην ήτανε η υπόθεση Μουλτάν... Μόνο ο Φεγγάρης Φεγγάροβιτς έλειπε...

— Κοιμάσαι, Σάσενκα; μπήκε η Πολίν στο δωμάτιο.

— Όχι, Πολίν, ονειρεύομαι ξύπνια.

— Έχεις ένα δώρο, λέει και μου ακουμπάει πάνω στα σκεπάσματα ένα πακετάκι.

Ανακάθομαι στο κρεβάτι και το ξετυλίγω. Είναι ένα ολοκαίνουριο σκοινάκι με σκαλιστά χερούλια. Η Πολίν μου δίνει κι ένα γράμμα που το ανοίγω με φούρια.

«Χρόνια πολλά και κάθε φορά που θα έχεις σκοτούρες... πήδα σκοινάκι – κάνει καλό. Κατάλαβες τι σπουδαίο είναι να μπεις στα δώδεκα, Σάσα Βελιτσάνσκαγια! Ο δάσκαλός σου Φ.Φ.»

– Κανένα κορίτσι στον κόσμο δεν πέρασε ποτέ τέτοια γενέθλια, λέω στην Πολίν, και πέφτω στο μαξιλάρι με τα χερούλια του σκοινιού σφιγμένα στις χούφτες μου.

«ΤΑΡΑΞΙΕΣ» ΚΑΙ «ΨΙΘΥΡΟΙ»

Ο Μπουνιάς, η Σανίδα κι η Κουρούνα έχουν κυριολε-
χτικά τρελαθεί. Όλη η πόλη μας γέμισε προκηρύξεις με
την υπόθεση Μουλτάν. Γέμισε και το σχολείο μας. Βρέ-
θηκε μάλιστα μια παράξενη προκήρυξη στην τσέπη της
Σανίδας! Η αστυνομία κάνει έρευνες στα σπίτια μα δε
βρίσκει τίποτα. Η Κουρούνα κι η Σανίδα κάνουν έρευνα
στις σάκες μας. Το μόνο που βρίσκουν είναι κάτι ζωγρα-
φιές: σγουρόμαλλα αγγελάκια με φτερούγες που τους
φυτρώνουν από τους ώμους. Μας τα μοίρασε η Μάσα να
τα χώσουμε ανάμεσα στα βιβλία μας για να «αφρίσει» η
Σανίδα, που ελπίζει να βρει προκηρύξεις. Τώρα πια δεν
είμαστε όπως όταν ήρθαμε σχολείο που δεν μπορούσαμε
να πούμε ψέμα χωρίς να κοκκινίσουμε ή ν' ανοίξουμε τις
σάκες μας, όταν διέταζαν για έρευνα, χωρίς να τρέμουν
τα χέρια μας. Τώρα μάθαμε πάρα πολλά. Από τη μια
μεριά η Κουρούνα κι η Σανίδα μάς μαθαίνουν «τρό-
πους» κι εμείς, για να δουν πως είμαστε καλά και ήσυχα
κοριτσάκια, «μάθαμε» τους «τρόπους». Δε λέμε πια
«έχω πονόκοιλο, Εβγένια Ιβάνοβνα», αλλά «έχω στομα-
χική διαταραχή». Μπορούμε να κοιτάμε κατάματα την
Κουρούνα με «αθώα» μάτια και να λέμε το πιο μεγάλο
ψέμα. Από την άλλη, κάτι άλλοι δάσκαλοί μας, ο Αλε-
ξάντρ Στεπάνοβιτς, ο Φεγγάρης Φεγγάροβιτς, ο Βολόν-

τια, μας μαθαίνουν άλλους «τρόπους», για χάρη μιας με-
γάλης αλήθειας που τη λένε «Ε-πα-νά-στα-ση». Κι αυτό
ακόμα το «σγουρόμαλλο αρνάκι», όπως λέει η Λίντα την
Κάτια Κονταούροβα, έμαθε σαν τον πιο μεγάλο πορτο-
φολά της πόλης μας να χώνει το χέρι της στην τσέπη της
Σανίδας και, χωρίς κείνη να την πάρει μυρωδιά, να της
βάζει μέσα την προκήρυξη.
 – Στο σχολείο μας υπάρχουν ταραξίες, αφρίζει η Σα-
νίδα.
 – Θα τους συλλάβουμε και θα επιβληθεί η τάξις,
μουρμουρίζει η Κουρούνα.
 «'Αμ', δε!» χαμογελάμε μέσα μας εμείς. Γιατί τις προ-
κηρύξεις δε θα τις βρούνε απάνω μας.
 Όλα τα κορίτσια στο πρώτο τμήμα, δηλαδή η αριστο-
κρατία, κουβαλάνε για να πίνουν στο διάλειμμα από ένα
μπουκάλι γάλα η καθεμιά. Πόσες φορές δεν τσακωθήκα-
με με την Ντούνια και τη μαμά που θέλανε να μου δώ-
σουνε και μένα να πάρω γάλα στο σχολείο, γιατί είναι
δυναμωτικό και γιατί «έτσι κάνουν και τα Σαμπανοβά-
κια».
 Εγώ θύμωνα κι έλεγα πεισμωμένα: «Δεν πά' να κά-
νουν τα Σαμπανοβάκια». Ξαφνικά όμως ένα πρωί ζήτη-
σα μόνη μου το γαλατάκι μου κι όχι μόνο εγώ, μα κι η
μισή πρώτη τάξη τμήμα Β΄, δηλαδή η «κατωτέρα τάξις».
Το γάλα μας το βάζουνε σε κάτι μπουκάλια σκούρα κα-
φέ που δεν φαίνεται αν έχει ή δεν έχει γάλα μέσα. 'Αμα
αδειάσεις κρυφά το γάλα στο αποχωρητήριο και χώσεις
στο μπουκάλι ένα ρολό με προκηρύξεις δεν το παίρνει
είδηση κανείς.
 Στο μεγάλο διάλειμμα στο «Τροκαντερό», η Μάσα μι-
σοκλείνει το μάτι και μας ρωτάει:
 – Το 'πιατε το γαλατάκι σας, βυζανιάρικα;
 Το μόνο που πρέπει να προσέχουμε είναι να μη μας
πιάσουν «επ' αυτοφώρω», που λέει η Λίντα. Αυτό θα

πει να μη μας πιάσουν στα πράσα, με την προκήρυξη στο χέρι. Αυτό έλειπε! Δεν είμαστε νιάνιαρα. Οι πιο πολλές μπήκαμε κιόλας στα δώδεκα.

Εκείνο το πρωί η Έλα ήρθε στενοχωρημένη στο σχολείο.

– Διώξαν το Ματθέι από το Πανεπιστήμιο και φτάνει σήμερα από την Πετρούπολη.

– Κορίτσια, μας λέει η Λίντα στο «Τροκαντερό», έχουμε να γράψουμε για αύριο έκθεση: «Η αγάπη προς τον πλησίον». Αραδιάστε όλες τις «μπούρδες» που τρελαίνεται γι' αυτές η Σανίδα, να ξεμπερδεύουμε στα γρήγορα και να πάμε το απόγευμα να δούμε το Ματθέι. Μας καλείς, δε μας καλείς, Έλοτσκα;

– Και βέβαια, χαμογέλασε για πρώτη φορά από το πρωί η Έλα.

– Θα φέρω μια τούρτα, πετιέται η Μάσα.

– Ώρες ώρες θαρρώ πως το μυαλό σου είναι κρέμα σαντιγί, την πειράζει χωρίς κακία η Λίντα, κι η Μάσα ξεκαρδίζεται πρώτη και καλύτερη.

Το απόγευμα στους Φέιγκελ δεν πήγαμε μόνο εμείς τα παιδιά να δούμε το Ματθέι. Ήρθε ο Αλεξάντρ Στεπάνοβιτς, ο Βολόντια κι ο πατέρας του, ο θείος της Κάτιας, ο μπαμπάς της Λίντας κι ο Σουσάμης που είχε κοντά εκεί να επισκεφτεί έναν άρρωστο, έτσι τουλάχιστον είπε. Ο Ματθέι δεν είναι καθόλου στενοχωρημένος, γελάνε και τ' αυτιά του.

– Τι θα κάνεις τώρα; ρωτάει ο μπαμπάς της Λίντας.

– Θα μεταγραφώ στο Πανεπιστήμιο του Κίεβου.

– Κι άμα σε διώξουν κι από κει; αστειεύεται ο μπαμπάς.

– Από κει δε θα με διώξουν, θα τους έχουμε διώξει στο μεταξύ εμείς, λέει μ' ενθουσιασμό ο Ματθέι.

– Σαν πολύ βιάζεσαι, μιλάει σοβαρά ο «Κατέβα να φάμε».

209

– Δε μας λες καλύτερα τι έγινε, πετιέται ανυπόμονα ο Βολόντια που καθότανε δίπλα μου κι όλη την ώρα μου τραβούσε το κοτσίδι.

– Αχ, και να ήσασταν από καμιά μεριά στη μεγάλη αίθουσα, αρχίζει ο Ματβέι και τα μάτια του γυαλίζουν σαν τις χρυσόμυγες που μαζεύουμε την άνοιξη από τις τρανταφυλλιές. Η ιστορία ξεκίνησε έτσι: Συλλάβανε μερικούς από τους συμφοιτητές μας με την κατηγορία ότι είναι «ταραξίες» και δημιουργούν «ανωμαλίες» στο Πανεπιστήμιο. Αμέσως αρχίσαμε τις διαμαρτυρίες, όλο το Πανεπιστήμιο μούγκριζε σαν αφρισμένη θάλασσα. Ο πρύτανης έγινε κουφός και μουγκός σαν τοίχος. Το μόνο που μας ανακοίνωσαν ήτανε ότι θα γίνει μια μεγάλη και επίσημη γιορτή για την επέτειο της ίδρυσης του Πανεπιστημίου μας. Στην αρχή πήγαμε να διαμαρτυρηθούμε, μα ύστερα μας ήρθε μια φαεινή ιδέα.

Ο Ματβέι σταματάει να διηγιέται και σκάει στα γέλια.

– Γιορτή θέλετε; συνεχίζει ξεκαρδισμένος, γιορτή θα 'χετε. Φανταστείτε τη μεγάλη αίθουσα των γιορτών καταστολισμένη, μ' όλους τους επίσημους με τις βελάδες τους και τα παράσημά τους και τον πρύτανή μας με το στήθος γεμάτο χρυσά κι αργυρά παράσημα και παρδαλές κορδέλες, μόνο που το πρόσωπό του ήτανε χλωμό χλωμό, γιατί κάτι φαίνεται δεν του πήγαινε καλά. Ανεβαίνει στην έδρα, εμείς κάτω ησυχία, φύλλο δεν κουνιέται, κάνει ν' ανοίξει το στόμα του και τότε έγινε της κακομοίρας. Σφυρίξαμε, χτυπούσαμε τα πόδια μας, φωνάξαμε: «Κάτω ο πρύτανης», «Λευτεριά στους συμφοιτητές μας», «Κάτω τα προσωρινά μέτρα», «Ανεξαρτησία στο Πανεπιστήμιο». Οι επίσημοι σηκώνονται ένας ένας και φεύγουν από την αίθουσα «εις ένδειξιν διαμαρτυρίας». Ο πρύτανης κάτι φωνάζει, μα πού ν' ακουστεί με το κακό που γίνεται. Γιορτή δε θέλατε; Εμείς έτσι γιορτάζουμε. Σηκωθήκαμε κι εμείς και ξεχυθήκαμε στους δρόμους

210

τραγουδώντας επαναστατικά τραγούδια. Εκεί μας περίμενε εμάς άλλη γιορτή. Το Πανεπιστήμιό μας είναι χτισμένο πάνω σ' ένα νησί, καταμεσής στο Νέβα ποταμό. Για να βγεις στην πόλη πρέπει να περάσεις πάνω από γεφύρια.

Τώρα πια τα μάτια του Ματβέι δε γελάνε κι όλοι εμείς κρατάμε την ανάσα μας.

– Στην έξοδο κάθε γεφυριού μας περίμεναν οι κοζάκοι πάνω στ' άλογα και η αστυνομία. Η παρέα μου κι εγώ σταθήκαμε σειρά πιασμένοι από τα μπράτσα, απέναντί μας σειρά οι κοζάκοι. «Τραγουδάτε, παιδιά», φωνάζει ένας κοντούλης φοιτητής, τόσος δα, κι εμείς αρχίσαμε:

Χτυπάτε με το κνούτο, χτυπάτε,
η τελευταίας σας ώρα σημαίνει,
για μας χαράζει η λευτεριά.

Τα άλογα μένουν κάμποση ώρα ακούνητα. Ύστερα, όπως στο τσίρκο, τα βλέπουμε να φέρνουν βόλτες επί τόπου σαν να χόρευαν και ξαφνικά ορμούν καταπάνω μας κι αρχίζουν οι κοζάκοι να μας χτυπούν όπου λάχει με τα κνούτα. Ο κοντούλης της παρέας μας πηδάει κι αγκαλιάζει ένα άλογο από το λαιμό. Εκείνο τινάζει το λαιμό του και τον πετάει στο ποτάμι. Άλογα και μεις μπλεχτήκαμε κι οι κοζάκοι όλο και βαρούσαν. Μερικά παιδιά έπεσαν κάτω τραυματισμένα. Όσοι προλάβαμε τρέξαμε πίσω στο Πανεπιστήμιο, σύραμε και όσους μπορέσαμε από τους πιο πληγωμένους. Κλείσαμε την καγκελένια πόρτα της αυλής και φωνάξαμε: Α-συ-λί-α. Α-συ-λί-α. Οι κοζάκοι και η αστυνομία έφτασαν έξω από τα κάγκελα. Ήταν πολύ πιο πολλοί από μας, είχανε όπλα. Μερικοί φοιτητές σκαρφάλωσαν στις κολόνες που στηρίζουν την καγκελόπορτα. Είχαν πάρει χωνιά από το εργαστήριο της χημείας και φώναζαν: «Λαέ, χτυπάνε τα παιδιά σου», για να περάσει η φωνή το ποτάμι, τις γέφυρες και να φτάσει στην πόλη. Τότε άρχισαν απέξω να πυροβολούν. «Λαέ, χτυπάνε τα παιδ...», το βρήκε η σφαίρα το παιδί πάνω στην κολόνα. Στο κούτελο... ανάμεσα στα φρύδια. Έριξαν την πόρτα, την γκρέμισαν με τ' άλογα, μπήκαν στην αυλή, μας κυνήγησαν, συλλάβανε ένα σωρό στην τύχη. Με πιάσανε και μένα. Δεν ξέρω πόσοι μείνανε πληγωμένοι στο προαύλιο. Οι πλάκες είχαν γεμίσει αίματα. Μας πήγαν στα κρατητήρια. Άλλους στείλανε φυλακή, άλλους στα σπίτια μας, μακριά από την Πετρούπολη.

Ο Ματβέι σταμάτησε. Δε μιλάει κανένας. Ύστερα εκείνος μας κοίταξε έναν έναν και τα μάτια του άστραψαν ξανά.

— Τώρα θα δείτε τι θα γίνει! Όλα τα Πανεπιστήμια θα ξεσηκωθούν για τα γεγονότα της Πετρούπολης. Το παιδί με το χωνί που σημάδεψαν πάνω στην κολόνα θα το πληρώσουν ακριβά.

— Να ξεσηκωθούν και τα σχολεία, πετιέται ο Βολόντια που όση ώρα μιλούσε ο Ματβέι στριφογύριζε ανήσυχος στην καρέκλα του.

— Για σιγά, Βολόντια, του σταματάει την κουβέντα ο μπαμπάς του, ο Σεργκέι Ιβάνοβιτς, κι ύστερα γυρίζει στο Ματβέι: Δεν καταλαβαίνω πού το πάτε σεις οι φοιτητές. Αυτοί έχουν όπλα κι εσείς τετράδια, κοντυλοφόρους και χωνιά από το χημείο. Θα πάτε σαν το σκυλί στ' αμπέλι. Καλά οι εργάτες, οι αγρότες πεινάνε, ξεσηκώνονται, οπλίζονται. Μα σεις τι ζητάτε; Τι σας λείπει; Αγωνίζεστε για να πετύχετε κι άλλη περίοδο εξετάσεων; Τι τ' ανακατεύετε τ' άλλα συνθήματα; Κοιτάξτε τις σπουδές σας...

— Ξέρεις τι λες, πατέρα; πετάχτηκε σαν κοκοράκι ο Βολόντια, μα ο Ματβέι τον σταμάτησε.

— Ίσως έκανα λάθος. Έπρεπε ν' αρχίσω απ' αυτό.

Έβγαλε από την τσέπη του ένα χαρτί κι άρχισε να διαβάζει:

Συνάδελφοι!
Είναι πια απαράδεχτο ν' αγωνιζόμαστε μόνο όταν πρόκειται για τα φοιτητικά μας συμφέροντα. Γύρω μας ο λαός υποφέρει, πεινάει, γίνεται αντικείμενο της πιο αισχρής εκμετάλλευσης, της πιο ωμής καταπίεσης.
Παράλληλα η εξουσία έχει οργανώσει συστηματική εξόντωση κάθε κοινωνικής εκδήλωσης, κάθε πνευματικής αξίας και προοδευτικής σκέψης.
Ως πότε θα παραμένουμε αδιάφοροι θεατές, αντί ν' αγωνιστούμε για να ξεριζώσουμε τη ρίζα του κακού – το καθεστώς που κυβερνά τυραννικά την πατρίδα μας.
Συνάδελφοι, η ζωή τραβάει μπροστά το δρόμο της. Η εργατική τάξη πολιτικοποιείται όλο και πιο επαναστατικά. Ως κι η μάζα της αγροτιάς, που ως χτες αδρανούσε, άρχισε να δίνει σημάδια αναβρασμού.
Βρισκόμαστε στις παραμονές μεγάλων γεγονότων που θα γραφτούν στην ιστορία.
Εμείς οι φοιτητές, πάντα ευαίσθητοι σε κάθε δίκαιο αγώνα, δεν μπορεί να λείψουμε από τον παλλαϊκό αγώνα για λευτεριά.
Ενωμένοι, αδελφωμένοι μ' όλο το λαό, θ' ανατρέψουμε τη βάρβαρη απολυταρχία που καταδυναστεύει την πατρίδα μας.
Συνάδελφοι! μια καινούρια αυγή χαράζει. Ζήτω η επανάσταση!

«Ζήτω!» λέει η Σάσα Βελιτσάνσκαγια από μέσα της. Και πάλι, για λίγο, κανείς δε μιλάει.
– Δεν ξέρω, ίσως εσείς τα νιάτα να 'χετε δίκιο! Εγώ φοβάμαι πως παίζετε λίγο με τον κίνδυνο, τρέμει η φωνή του Σεργκέι Ιβάνοβιτς.

– Δεν είμαστε και τόσο τρελοί να πάμε να βάλουμε μόνοι μας το κεφάλι κάτω από το μαχαίρι, τον καθησυχάζει ο Βολόντια και δώστου πάλι μου στριφογυρίζει νευρικά το κοτσίδι. Παίρνουμε τα μέτρα μας... όσο μπορούμε τουλάχιστον.

Την ώρα που τρώγαμε την τούρτα της Μάσας, ο θείος της Έλας που δεν είχε μιλήσει καθόλου, είπε με τη βραχνή φωνή του:

– Η αστυνομία ψάχνει ένα ένα τα σπίτια να βρει παράνομους.

– Όχι, δεν είναι αλήθεια!

Εγώ ήμουνα που ξεφώνιζα έτσι κι όταν το κατάλαβα θα 'θελα ν' άνοιγε η γη να με καταπιεί, γιατί μου φάνηκε πως με κοίταζαν όλοι ζητώντας να μαντέψουν το μυστικό μου.

– Έλα, Κουκούτσι, λέει σαν να μη συμβαίνει τίποτα ο μπαμπάς, να σε πάω σπίτι, γιατί πρέπει να γυρίσω στον άρρωστό μου κι είναι αργά.

Έχει σκοτεινιάσει. Μέσα από τα τζάμια των σπιτιών φαίνονται οι λάμπες που ανάβουν μια μια. Ο μπαμπάς μου κρατάει το χέρι μέσα στο δικό του. «Εσάς η Σάσενκα είναι ακόμα μικρή, μα σα μεγαλώσει και πάρει το δρόμο με τους επαναστάτες...» «Θα τρέμω όσο να γυρίσει σπίτι...»

– Δε μιλάς, Κουκούτσι;

– Λες να ψάξουν και στις καταπαχτές, Σουσάμη;

– Ελπίζω όχι.

Το βράδυ η Πολίν γύρισε αργά. Τα καλά της γοβάκια ήτανε καταλασπωμένα. Φαινότανε πολύ κουρασμένη, μα πιότερο λυπημένη λυπημένη.

– Έφυγε; τη ρωτώ σα μείναμε οι δυο μας στο δωμάτιο.

Κουνάει το κεφάλι της χωρίς να πει λέξη.

«Εμπρός, Σάσα Βελιτσάνσκαγια, χαμογέλα...» Δεν

μπορώ... μου φάνηκε ξαφνικά πως όλα γίνανε πιο δύσκολα και πιο σκοτεινά, γιατί δεν υπάρχει πια κάτω από την καταπαχτή της Γιούλιας το γελαστό φεγγαροπρόσωπο του πρώτου δασκάλου της ζωής μου, του Φεγγάρη Φεγγάροβιτς.

Όταν βλέπω στο γραφείο του μπαμπά το γιατρό Ρογκόφ και τον «Κατέβα να φάμε» καταλαβαίνω πως κάτι συμβαίνει, κάποιο σπουδαίο νέο έχουνε να του αναγγείλουν. Τόσο μεγάλοι άνθρωποι, συλλογιέμαι, και μοιάζουν σαν και μας, που μόλις έχουμε κάτι, δε βλέπουμε την ώρα να τρέξουμε στο «Τροκαντερό» να το κουβεντιάσουμε. Από τότε που μπήκα στα δώδεκα είναι λίγες οι φορές που ο μπαμπάς με στέλνει στο δωμάτιό μου, μπορώ τώρα να κάθομαι στο γραφείο του και να τ' ακούω όλα. Κι ας επιμένει η μαμά πως «δεν είναι κουβέντες για παιδιά» κι ας μουρμουρίζει η Ντούνια πως «θα κουρκουτιάσει» το μυαλό μου.

Εκείνο το απόγευμα ήμουνα στις ανάποδές μου. Η μαμά είπε πως δε γίνεται άλλο, πρέπει να καλέσει τη Σεραφίμα Πάβλοβνα και βέβαια και τις κορούλες της, τη Ζόγια και τη Ρίτα.

Διάλεξε ένα Σάββατο απόγευμα, να μην έχουμε μαθήματα την άλλη μέρα, για να ευχαριστηθούμε παιχνίδι. Να ευχαριστηθώ εγώ παιχνίδι με τα Σαμπανοβάκια! Θα ερχόντανε στις τέσσερις. Στις τρεις, ο γιατρός Ρογκόφ κι ο Αλεξάντρ Στεπάνοβιτς πίνανε κιόλας το τσάι τους στο γραφείο του μπαμπά. Εγώ μπαινόβγαινα τάχα για να πάρω κάτι, πότε ένα πενάκι, πότε το χάρακα του μπαμπά και καρδιοχτυπούσα μην αργήσει εκείνος κι έρθουν στο μεταξύ τα Σαμπανοβάκια. Ο γιατρός Ρογκόφ κι ο Αλεξάντρ Στεπάνοβιτς ρουφούσανε το τσάι τους αμίλητοι. Στην τραπεζαρία η μαμά κι η Ντούνια ετοίμαζαν το τραπέζι για το τσάι. Αν αργήσει κι άλλο ο μπαμπάς, θα τους ρωτήσω να μου πούνε τι τρέχει. Για να έχουνε τόσο σουφρωμένα φρύδια, κάτι πολύ σοβαρό συμβαίνει.

— Ο μπαμπάς! λέω και τρέχω στο παράθυρο, γιατί άκουσα τη σιδερένια πόρτα της αυλής να τρίζει.

— Επιτέλους! έκανε ο γιατρός Ρογκόφ.

Μόλις μπήκε ο μπαμπάς στο γραφείο του, τους κοίταξε ανήσυχα.

— Λοιπόν;

— Λοιπόν, λέει ο Αλεξάντρ Στεπάνοβιτς, η τανάλια όλο και σφίγγει. Συλλάβανε εκατόν ογδόντα φοιτητές στο Κίεβο και τους στέλνουν να υπηρετήσουν στο στρατό. Είναι κι ο Ματθέι Φέιγκελ ανάμεσά τους.

— Πώς, ο Ματθέι; πετάγομαι εγώ. Το πρωί στο σχολείο μας διάβαζε η Έλα μια κάρτα του αδελφού της πως είναι μια χαρά στο Κίεβο.

— Τώρα έρχομαι από το σπίτι τους, μου κάνει τρυφερά ο «Κατέβα να φάμε», μόλις μάθαν το νέο.

— Δε βάζει ο νους τι θα πει να 'σαι στρατιώτης στο στρατό του τσάρου, κάτι ξέρω εγώ απ' αυτό, κουνάει το κεφάλι του ο γιατρός Ρογκόφ. Όσο γι' αυτούς του φοιτητές που τους ντύσανε στρατιώτες, ούτε θέλω να σκεφτώ τι τους περιμένει. Θα τους τσακίσουν την ανθρώπινη υπόστασή τους, γι' αυτό τους κάλεσαν, όχι για να υπερασπίσουν την πατρίδα. Ακούτε με... κάτι ξέρω...

— Καλώς τες, καλώς τες! Αχ, τι ομορφούλες! ακούγεται από μέσα η φωνή της μαμάς. Σάσενκα, οι φιλενάδες σου!

— Πήγαινε, μου λέει ο μπαμπάς.

Βροντάω το χάρακα που κρατούσα πάνω στο γραφείο και πάω να υποδεχτώ τις «φιλενάδες μου». Η Ζόγια και η Ρίτα δεν πέφτουν απάνω μου να μ' αγκαλιάσουν όπως άλλοτε, μου δίνουν άκρη άκρη το χέρι τους και με φιλάνε στον αέρα. Μονάχα η Σεραφίμα Πάβλοβνα μ' αγκαλιάζει και με φιλάει σφιχτά τρεις φορές στα μάγουλα.

– Πηγαίνετε με τα κορίτσια στο δωμάτιό σου να πείτε τα δικά σας, μου λέει η μαμά, ώσπου να σας φωνάξουμε για το τσάι.

Να πούμε τα δικά μας! Ποια δικά μας; Πως στέλνουν το Ματθέι στο στρατό του τσάρου; Πως ο γιατρός Ρογκόφ λέει... Καθόμαστε στο δωμάτιό μου. Δε μιλάμε. Πώς τις έβρισκα κάποτε όμορφες και καλοντυμένες! Αυτά τα καπέλα με τα λουλούδια και τις κορδέλες μοιάζουνε σαν τούρτες «Νορέικο».

– Έκανες τα μαθήματα για τη Δευτέρα; ρωτάει η Ζόγια.

– Ναι, απαντάω ξερά.

– Εμάς, η Λιουμπόβ Γκεόργκεβνα μας είπε ότι το τμήμα μας είναι πολύ γερό και θα περάσουμε όλες την τάξη, κάνει η Ρίτα όλο περηφάνια. Μερικές θα πάρουμε και βραβεία στο τέλος του χρόνου.

– Α, κάνω εγώ.

– Ποια είναι εκείνη η καμήλα που όλη ώρα σε βλέπω μαζί της στο διάλειμμα, ρωτάει η Ζόγια.

– Ποια καμήλα; πετάγομαι.

– Μια ψηλολελέκω, ξανθιά, μπαίνει στην κουβέντα η Ρίτα, νομίζω τη λένε Λίντα.

– Μια πολύ όμορφη, με μακριά κοτσίδα; ρωτάω τονίζοντας επίτηδες μια μια τις λέξεις.

– Άχαρη είναι, κάνει με κακία η Ζόγια.

– Άχαρη η Λίντα Κάρτσεβα! γελάω ψεύτικα εγώ. Το πιο όμορφο κορίτσι του σχολείου. Να τη δείτε πώς χορεύει. Είναι πρώτη μαθήτρια και τι δεν ξέρει. Καμήλα η Λίντα Κάρτσεβα!

– Εμείς έχουμε μια πραγματική καλλονή στη τάξη μας, τη Λούσια, είναι κόρη του φον Βαλ του κυβερνήτη.

– Και της Λίντας ο μπαμπάς είναι νομικός, λέω όλο περηφάνια.

– Νομικός; κακαρίζει η Ζόγια, δικηγόρος θες να πεις.

– Είναι πολύ σπουδαίος ο μπαμπάς της, πεισμώνω, και σαν τη Λίντα δεν υπάρχει άλλη καμιά.

– Σιγά, γελάει με κακό γέλιο η Ρίτα. Κάτι φιλενάδες που διαλέγεις! Μια άχαρη καμήλα, μια Εβραία.

– Για την Έλα Φέιγκελ λες, ανάβω τώρα για καλά. Ξέρεις τι κορίτσι είναι η Έλα Φέιγκελ; Και στην αριθμητική δεν έχει δεύτερη σαν κι αυτή.

– Ξέρουμε πάντως πως είναι Εβραία, τσιρίζει τώρα η Ζόγια.

– Ε, και; λέω έξω φρενών πια εγώ. Τι Εβραίοι, τι Πολωνοί, τι Ρώσοι, όλοι το ίδιο είναι.

– Αυτό πια είναι κι αν είναι.

Αν δε φοβόταν μη στραπατσάρει την τούρτα-καπέλο της θα μ' είχε αρπάξει από τα μαλλιά η Ρίτα, που έχει κοκκινίσει σαν παντζάρι.

– Κορίτσια, ελάτε για τσάι, είναι έτοιμα, φωνάζει η μαμά από την τραπεζαρία.

Στο τραπέζι μιλούσαν η μαμά και η Σεραφίμα Πάβλοβνα και θυμόντανε τι κάνανε σαν ήτανε μικρές στο σχολείο... Θαρρείς και δεν περνούσε η ώρα. Από το γραφείο του μπαμπά ησυχία. Φαίνεται, είχανε φύγει από την πίσω πόρτα ο γιατρός Ρογκόφ και ο Αλεξάντρ Στεπάνοβιτς. Ο μπαμπάς ή θα 'χε φύγει κι αυτός ή θα 'χε ξαπλώσει να ξεκουραστεί. Να τονε, όμως, που μπαίνει στην τραπεζαρία. Χαιρέτησε τη Σεραφίμα Πάβλοβνα και τα κορίτσια κι όπως ήτανε όρθιος με το καπέλο και την τσάντα στο χέρι είπε στη μαμά:

– Λένα, δώσε μου σε παρακαλώ ένα φλιτζάνι τσάι. Απόψε θ' αργήσω. Θα περάσω από τους Φέιγκελ. Κάλεσαν το Ματβέι κι άλλους εκατόν ογδόντα φοιτητές στο στρατό.

– Τι νομίζετε κι εσείς, Ίγκορ Λβόβιτς, λέει η Σεραφίμα Πάβλοβνα, καιρός ήτανε πια να παρθούν ριζικά μέτρα. Έτσι που πηγαίναμε, σε λίγο θα μας κυβερνούσαν τα παιδαρέλια. Οι φοιτητές πρέπει να κοιτούν τις σπουδές τους κι όχι...

– Σεραφίμα Πάβλοβνα, μιλάει ήρεμα κι αυστηρά ο μπαμπάς, όταν αυτά τα παιδαρέλια, όπως τα λέτε, τα καλούν στο στρατό θα πει πως δεν είναι πια και τόσο παιδαρέλια. Κι άμα μπορούν να υπηρετούν την πατρίδα, δεν ξέρω γιατί δεν μπορούν και να την κυβερνούν.

Ο μπαμπάς ήπιε στα όρθια λίγες ρουφηξιές τσάι, χαιρέτησε κι έφυγε.

– Καημένη μου Λένοτσκα, είπε με λύπηση στη μαμά η Σεραφίμα Πάβλοβνα.

«Ουφ» έκανα μέσα μου μόλις άκουσα από μακριά να χτυπάει ένα καμπανάκι και κατάλαβα πως ήτανε ο Γιαν, το Αμίλητο Νερό, που ερχότανε με το αμάξι να τις πάρει. Σε λίγο τρίξανε οι ρόδες του αμαξιού που σταμάτησε μπρος στην πόρτα μας.

– Μη μου ξαναπείς για Σαμπανοβάκια, λέω θυμωμένα της μαμάς, μόλις φύγανε.

Και παράξενο! Η μαμά δεν είπε τίποτα.

Με τη Λίντα, την Έλα και την Κάτια πάμε κάθε πρωί παρέα στο σχολείο. Η Έλα και η Κάτια, που κάθονται πιο μακριά, περνάνε μπρος από το σπίτι της Λίντας, που τους περιμένει στη πόρτα του κήπου της κι ύστερα έρχονται από μένα που τους περιμένω στην πόρτα της αυλής μας. Έτσι, εκτός από το «Τροκαντερό», έχουμε λίγο ακόμα καιρό να φλυαρήσουμε ή να ρωτήσουμε καμιά απορία η μια την άλλη για τα μαθήματα. Τώρα προσπαθούμε να κάνουμε την Έλα να χαμογελάσει. Ακόμα δεν πήρανε είδηση από το Ματβέι που θα πρέπει πια να ντύθηκε στρατιώτης.

– Κορίτσια! φωνάζει η Λίντα, κοιτάξτε! και μας δείχνει στο βάθος του δρόμου.

Μένουμε πετρωμένες στη θέση μας. Έρχεται από πέρα κόσμος με κόκκινες σημαίες. Μπροστά μπροστά και δυο παιδιά που τα γνώρισα αμέσως, ο Στιόπα κι ο Αζρίελ, οι μαθητές μου. Κρατάνε ένα πλακάτ που γράφει: «Ζήτω η εργατική Πρωτομαγιά». Εδώ, στη Ρωσία, έχουμε 18 του Απρίλη, μα παντού αλλού, το ξέρω, είναι δεκατρείς μέρες πιο μπροστά. Ο κόσμος προχωρεί και φωνάζει: «Κάτω η τυραννία», «Ζήτω η Επανάσταση», «Σοσιαλ-δημοκρατία». Θα 'ναι καμιά πενηνταριά, όλο νέα παιδιά, κι ανάμεσά τους σαν καμπαναριό, ψηλός ψηλός, ο «Κατέβα να φάμε»! Τώρα τραγουδούν τη *Μασσαλιώτιδα* και σηκώνουν τις γροθιές τους. Σίγουρα θα χτυπάει κι η δική μου καρδιά τόσο δυνατά, όπως ακούω γκαπ γκουπ την καρδιά της Κάτιας που έχει κολλήσει απάνω μου. Τώρα το τραγούδι δυναμώνει, περνάνε από κοντά μας, ο Στιόπα κι ο Αζρίελ μας χαιρετάνε χαρούμενα, εγώ πετρωμένη, μας προσπερνάνε κι εμείς γυρίζουμε τα κεφάλια, βλέπουμε να ξεμακραίνουν οι κόκκινες σημαίες που ανεμίζουν. Δεν πρόλαβαν να φτάσουν στη γωνιά του δρόμου. Χίμηξαν ξάφνου απάνω τους οι κοζάκοι καβάλα στ' άλογα! Απ' όλες τις μεριές ξεχύθηκαν οι χωροφύλακες κι ο Μπουνιάς πρώτος πρώτος. Ακούμε πιστολιές, χτυπούν με τα κνούτα, ακούμε φωνές, έχουμε αγκαλιαστεί και οι τέσσερίς μας κι έχουμε κολλήσει στον τοίχο ενός σπιτιού.

– Α, τους χτυπάνε, πνίγει τη φωνή της η Έλα.

Ύστερα δεν ακουγόταν τίποτ' άλλο, παρά το κλαπ κλαπ από τα πέταλα των αλόγων στο πλακόστρωτο...

Πού νους για μάθημα! Ο καημένος ο Φιόντορ Νικήτιτς τραβάει τα μαλλιά του. Ως και η Έλα έλυσε λάθος το πρόβλημα στον πίνακα. Η Σανίδα τα προλαβαίνει στην Κουρούνα, η Κουρούνα μπαίνει στην τάξη κι απλώνει τις μαύρες φτερούγες της.

– Δεσποινίδες, η περίοδος των εξετάσεων πλησιάζει. Πού έχετε το νου σας;

«Το νου μας τον έχουμε στη διαδήλωση, Λιουμπόβ Γκεόργκεβνα», λέω από μέσα μου. «Το νου μας τον έχουμε στο Στιόπα και στον Αζρίελ και στον Αλεξάντρ Στεπάνοβιτς που περίσσευε το κεφάλι του και τον έβλεπαν από παντού.»

Το βράδυ ο μπαμπάς βγήκε βόλτα αλαμπρατσέτο με την Πολίν. Έβαλε εκείνη πάλι το γουνάκι που κούμπωνε το κεφάλι του με την ουρά, και τις γόβες με τα τακούνια. Σ' ένα σπιτάκι, σε μια απόμερη γειτονιά ήτανε ένας πολύ σοβαρά τραυματισμένος. Ο μπαμπάς ξαγρύπνησε στο προσκέφαλό του, μα τα χαράματα τον άφησε και γύρισε σπίτι, γιατί ο πληγωμένος ξε-ψύ-χη-σε. Έτσι ψιθύρισε, σαν να 'λεγε κάποιο μυστικό η Πολίν που είχε μείνει ως το τέλος κι αυτή μαζί με τον μπαμπά. Ο πληγωμένος ήτανε ο Αλεξάντρ Στεπάνοβιτς, ο «Κατέβα να φάμε»... Πέθανε κι ο παπαγάλος η Κική. Τα χαράματα, μόλις γύρισε η Πολίν, τον βρήκε πάνω στο μαξιλάρι του κρεβατιού της. Όλη νύχτα ο παπαγάλος η Κική πήγαινε κι ερχόταν πάνω κάτω, περίμενε την Πολίν. Η Ντούνια κι η μαμά περίμεναν κι αυτές τον μπαμπά να γυρίσει. Εμένα μ' έστειλαν με το ζόρι στο κρεβάτι...

Ο Στιόπα ήρθε στο σπίτι λαχανιασμένος.

– Πιάσανε πολλούς, πιάσανε τον Αζρίελ.

Είναι χαράματα. Είμαστε όλοι μαζεμένοι στο γραφείο του μπαμπά, εγώ με το νυχτικό, και κανένας δε μου λέει πήγαινε στο κρεβάτι σου. Κλαίει η μαμά, κλαίει και χτυπιέται η Ντούνια.

– Αχ, τι τα 'θελε ο «Κατέβα να φάμε», γέρος άνθρωπος, να τρέχει με τα παλικαρούδια.

– Τι γέρος, λέει η Πολίν μέσ' από τα δάκρυά της, τριάντα οχτώ χρονώ.

Εγώ δεν κλαίω. Μόνο νιώθω κάτι στο λαιμό μου σαν να 'χω στραβοκαταπιεί. Πρώτη φορά που άκουσα πως ξε-ψύ-χη-σε κάποιος που ήξερα τόσο καλά, που χτες

221

ακόμα καθότανε σ' αυτήν εδώ την πολυθρόνα που κάθομαι εγώ, στο γραφείο του μπαμπά. Κάποιος που φαίνεται αγαπούσα πάρα πολύ.

– Πάρε αυτό το χαπάκι, μου λέει με κουρασμένη φωνή ο μπαμπάς, και μην πας σχολείο σήμερα.

– Γιατί απουσιάσατε χθες, Αλεξάνδρα Βελιτσάνσκαγια; ρωτάει η Σανίδα την άλλη μέρα.

– Απουσίασα χτες, γιατί είχα στομαχική διαταραχή, Εβγένια Ιβάνοβνα.

– Γιατί φορείτε πένθος, Αλεξάνδρα Βελιτσάνσκαγια; ρωτάει η Σανίδα την παράλλη μέρα που βλέπει μια μαύρη κορδέλα στο μανίκι μου.

– Φορώ πένθος, γιατί πέθανε ο παππούς μου, Εβγένια Ιβάνοβνα.

– Εσείς γιατί πενθείτε, Λίντα Κάρτσεβα;

– Πενθώ, γιατί πέθανε η γιαγιά μου, Εβγένια Ιβάνοβνα.

– Κι εσείς πενθείτε; Γιατί, Έλα Φέιγκελ;

– Πενθώ, γιατί πέθανε ο θείος μου, Εβγένια Ιβάνοβνα.

– Γιατί φοράτε μαύρο κρέπι στο μανίκι, Κατερίνα Κονταούροβα;

– Φορώ μαύρο κρέπι στο μανίκι γιατί πέθανε η θεία μου, Εβγένια Ιβάνοβνα, απαντάει με σταθερή φωνή η Κάτια, «το σγουρόμαλλο αρνάκι», χωρίς να κοκκινίζει καθόλου για το τόσο ψέμα.

– Εσείς ποιον πενθείτε, Μαρία Νορέικο; κάνει με στριγκλιά φωνή η Σανίδα.

– Εγώ πενθώ τους δυο παππούδες μου, Εβγένια Ιβάνοβνα, λέει η Μάσα με μια φωνή πιο γλυκιά κι από τις τούρτες «Νορέικο».

Η Λίντα μας το είχε πει, νομικά δεν μπορούν να μας κάνουν τίποτα. Θα λυσσάξουν βέβαια η Κουρούνα κι η

Σανίδα, αλλά δεν μπορούν να μας εμποδίσουν να πενθούμε τους συγγενείς μας, ούτε να πάνε να ανακαλύψουν αν στην άλλη άκρη της απέραντης χώρας μας πέθανε ο παππούς ή η γιαγιά μας. Σπίτια μας δεν είπαμε τίποτα. Αγοράσαμε από το χαρτζιλίκι μας μαύρη κορδέλα, την κόψαμε στα πέντε, η Μάσα είχε φέρει βελόνα και μαύρη κλωστή και στο «Τροκαντερό» ένωσε με μεγάλες βελονιές τις άκρες από τις κορδέλες και τις περάσαμε στο μανίκι μας. Ήτανε η μέρα που γινότανε η κηδεία του Αλεξάντρ Στεπάνοβιτς.

Η Ντούνια είχε φορέσει μαύρη μαντίλα στο κεφάλι.

– Δεν είχες κανέναν, έρημε «Κατέβα να φάμε». Θα τονε κλάψω εγώ σαν μάνα κι αδελφή, λέει και τα μάτια της τρέχουνε βρύσες.

Ο μπαμπάς το 'λεγε πάντα πως ξέρει μόνο να γιατρεύει, πως δεν έχει το κουράγιο να 'ναι επαναστάτης. Μα είμαι σίγουρη πως ο Φεγγάρης Φεγγάροβιτς θα 'λεγε πως κι αυτό είναι «επανάσταση», έτσι όπως απάντησε ο μπαμπάς στον υπασπιστή του κυβερνήτη φον Βαλ.

– «Τα πόδια σας», άκουσα να φωνάζει η Ντούνια κι η καρδιά μου έκανε δυο πήδους, γιατί έτσι έλεγε μονάχα στον «Κατέβα να φάμε».

Η φωνή της όμως τώρα ήτανε ξερή. Μπήκε στο σπίτι μας ένας αξιωματικός με χρυσές επωμίδες και κουμπιά αστραφτερά!

– Έρχομαι να δω το γιατρό εκ μέρους της αυτού εξοχότητος του κυβερνήτου φον Βαλ.

– Είναι άρρωστος κανείς; ρώτησε ευγενικά η μαμά.

– Όχι, απάντησε κοφτά εκείνος.

Ο μπαμπάς ήτανε στο γραφείο του, η Ντούνια οδήγησε εκεί τον υπασπιστή... ακούσαμε την πόρτα που έκλεισε... Σε λίγο ακούσαμε τον μπαμπά να φωνάζει... ύστερα η πόρτα άνοιξε... ο υπασπιστής βγήκε. Χαιρέτησε κι έφυγε. Τρέξαμε κατατρομαγμένες στο γραφείο.

Ένας Σουσάμης αγνώριστος στεκότανε όρθιος στη μέση του δωματίου. Το γενάκι του έτρεμε και τα μάτια του βγάζανε σπίθες.

– Ο φον Βαλ μου παράγγειλε ν' αλλάξω το πιστοποιητικό του θανάτου του Αλεξάντρ Στεπάνοβιτς και να πω ότι πέθανε από πνευμονία. Για να μην υπάρξουν «ψίθυροι!» Χτύπησαν άνανδρα έναν άοπλο άνθρωπο, ένα δάσκαλο, έναν εξαίρετο διανοούμενο, έναν αληθινό άντρα και τώρα τρέμουν τους «ψίθυρους».

– Και συ τι του είπες, Ίγκορ, ρωτάει δειλά η μαμά.

Τώρα του Σουσάμη τα μάτια δε βγάζουν πια σπίθες, γίνονται πονηρά πονηρά, όπως όταν ήθελε να μας πειράξει.

– Του είπα να πάει από κει που 'ρθε, Λένοτσκα. Τι άλλο μπορούσα να του πω;

«Είμαι περήφανη για σένα, Σουσάμη, λέω μέσα μου.»

Οι «ψίθυροι» όμως απλώθηκαν σ' όλη την πόλη. Η Ντούνια κάθε που βγαίνει να ψωνίσει φέρνει κι ένα νέο. «Λένε πως τους λιανίσανε στο ξύλο όσους πιάσανε στη διαδήλωση.» «Λένε πως θα τους κρεμάσουν». «Λένε πως θα τους στείλουν εξορία στη Σιβηρία.»

Και στο «Τροκαντερό», βέβαια, οι «ψίθυροι» δίνουν και παίρνουν. Στα σπίτια, το ίδιο. Θαρρώ ακόμα και τα ψαράκια που κολυμπάνε στα ενυδρεία του γιατρού Ρογκόφ θα ψιθυρίζουν μεταξύ τους: «Λένε πως ο φον Βαλ...»

Την αλήθεια τη μάθαμε από το Στιόπα, το πρώτο πρωί που ήρθε πάλι για μάθημα. Αφήσανε, λέει, ελεύθερο τον Αζρίελ γιατί είναι ανήλικος. Η πλάτη του όμως είναι ολόμαυρη από τις βουρδουλιές.

– Ο Αζρίελ είπε, λέει ο Στιόπα, πως ο ίδιος ο φον Βαλ ήτανε μπροστά όταν τους χτυπούσαν. «Τσακίστε τους» διέταξε. Ήτανε κι ένας γιατρός...

– Ο Μιχαήλοφ; ρωτάει ο μπαμπάς.

– Ναι, κουνάει το κεφάλι του ο Στιόπα. Έπιανε το σφυγμό των δαρμένων κι έλεγε σ' αυτούς που τους χτυπούσαν: «Αντέχει ακόμα, συνεχίστε». Κι εκείνοι δώστου βουρδουλιές.

– Να σκεφτείτε πως με το Μιχαήλοφ ήμαστε από παιδιά μαζί, μαζί στο Πανεπιστήμιο, και έδωσε κι αυτός τον όρκο του Ιπποκράτη, μονολογεί σχεδόν ο μπαμπάς.

– Αχ, μέρες που ζούμε, σταυροκοπιέται η Ντούνια.

ΣΤΟ ΤΣΙΡΚΟ

— Πάρε τις φιλενάδες σου, Σάσενκα, μου λέει ο γιατρός Ρογκόφ, να σας πάω απόψε στο τσίρκο. Αρκετά πράγματα ζήσατε αυτές τις μέρες κι ακόμα μόλις πατήσατε τα δώδεκα.

Ο μπαμπάς υπόσχεται, πως αν όχι από την αρχή, μα οπωσδήποτε στο τέλος, θα 'ρθει κι αυτός. Γιατί, λέει, από φοιτητής ονειρεύεται να πάει στο τσίρκο και ποτέ δεν τα κατάφερε. Η μαμά δε θα 'ρθει. Δεν της αρέσει το τσίρκο, προτιμάει τις συναυλίες και την όπερα.

— Αφού σας πάει ο Ιβάν Κωνσταντίνοβιτς κι ο μπαμπάς να μην έρθει είμαι ήσυχη, λέει η μαμά.

Τι «ήσυχη», αναρωτιέμαι. Αν είναι να μας φάνε τα λιοντάρια, τι θα μας κάνει ο γιατρός Ρογκόφ!

Η Λίντα, η Μάσα, η Έλα, η Κάτια κι εγώ περπατάμε κι οι πέντε μαζί αλαμπρατσέτο και λίγα βήματα πιο μπροστά ο Ιβάν Κωνσταντίνοβιτς.

— Πού κατάντησα στα γεράματα, γελάει εκείνος, να συνοδεύω στο τσίρκο κοριτσούδια.

— Ε, και να μας έβλεπε η Σανίδα που δεν περπατάμε «κοσμίως», θα πάθαινε συγκοπή, λέει η Μάσα.

Γιατί στο σχολείο μας απαγορεύουν στο διάλειμμα να κάνουμε βόλτες στο μεγάλο χολ «αγκαζέ», δεν είναι «κόσμιο».

Καθόμαστε στο θεωρείο που έχει νοικιάσει ο γιατρός Ρογκόφ και μασουλάμε τις καραμέλες, που έχει κουβαλήσει σακουλάκια ολόκληρα η Μάσα και περιμένουμε ανυπόμονα ν' αρχίσει το θέαμα. Βλέπουμε στο βάθος, στα παρασκήνια, τ' άλογα με τα λοφία και τις πλουμιστές σέλες, έτοιμα από ώρα να βγούνε στην πίστα.

– Φαίνεται, περιμένουν κάποιον επίσημο, μας εξηγεί ο γιατρός Ρογκόφ, γι' αυτό δεν αρχίζουν ακόμα, και μας δείχνει λίγο λοξά απέναντί μας ένα άδειο θεωρείο.

Μα, να, βγαίνει στην πίστα κάποιος με φράκο και ψηλό καπέλο. Ο κόσμος χειροκροτάει, εκείνος κάνει νόημα να σταματήσουν, βγάζει το καπέλο του, γυρνάει προς το θεωρείο που ήταν άδειο και κάνει μια βαθιά υπόκλιση. Τα μάτια μας γυρίζουν κατά κει. Το άδειο θεωρείο έχει γεμίσει. Μπροστά κάθεται ο κυβερνήτης φον Βαλ με την κόρη του Λούσια. «Αυτή λένε όμορφη τα Σαμπανοβάκια, πιο όμορφη μάλιστα από τη Λίντα!» Όλο το θεωρείο και τα διπλανά του έχουν γεμίσει αξιωματικούς και αστυνομία.

– Κοιτάτε την πίστα, μας διατάζει ο γιατρός Ρογκόφ σαν να 'δινε παράγγελμα στους στρατιώτες του.

Γιατί εμείς οι πέντε έχουμε σχεδόν γυρίσει τη ράχη στην πίστα και κοιτάμε το φον Βαλ και τη Λούσια. Η πόλη μας είχε γεμίσει προκηρύξεις. «Δολοφόνε φον Βαλ». Τώρα εκείνος θρονιάζεται καμαρωτός καμαρωτός μ' αυτή την αντιπαθητική την κόρη του, που είναι στολισμένη σαν φρεγάδα. Άκου καλύτερη από τη Λίντα Κάρτσεβα! Κοιτάζω τη Λίντα. Κάθεται στητή και λυγερή, έχει ακουμπήσει το ένα χέρι στο μάγουλό της, κοιτάζει κατά την πίστα. Κοιτάμε και μεις οι άλλες, μα στριφογυρνάμε στη θέση μας και δεν ξέρουμε πού να βάλουμε μια τα πόδια, μια τα χέρια μας.

Ο μπαμπάς μπήκε στις μύτες στο θεωρείο κι ήρθε και κάθισε δίπλα μου στην άδεια θέση. «Σςςς» μου έγνεψε με το δάχτυλο στα χείλη.

Στην πίστα έχουν βγει οι κλόουν. Γελάμε όλες, γελάει όλος ο κόσμος και κάποιος πλάι μου ξεκαρδίζεται στα γέλια. Χτυπάει τα χέρια του πάνω στα πόδια του και το γενάκι του τρέμει. Ποτέ δεν έχω δει το Σουσάμη να γελάει έτσι. «Από φοιτητής ονειρευόμουνα να πάω στο τσίρκο, μα δεν τα κατάφερα.»

Ένας κλόουν είναι ανεβασμένος πάνω σ' ένα τεράστιο μπαλόνι και κάνει πως περπατάει κι όλο πάει να γκρεμιστεί. Ακούγεται ένας ξερός κρότος... κι άλλος ένας. Δεν είναι το μπαλόνι που έσκασε κι ο κρότος δεν έρχεται από την πίστα. Ακούμε φωνές και γυρνάμε το κεφάλι. Στο θεωρείο του φον Βαλ έχουν ανακατωθεί οι αξιωματικοί με την αστυνομία. Δε βλέπω τη Λούσια.

– Χτύπησαν τον κυβερνήτη, ακούγεται μια φωνή.

– Πιάστε τους!

– Κλείστε την έξοδο!

– Καθίστε στις θέσεις σας, μας διατάζει ο γιατρός Ρογκόφ.

Είχαμε σηκωθεί και οι πέντε κι έσπρωχνε η μια την άλλη για να δούμε καλύτερα. Ο μπαμπάς είχε ζαρώσει στη θέση του σαν να 'θελε να κρυφτεί.

– Ελπίζω να μη ζητήσουνε γιατρό, λέει και συνεχίζει να μιλάει μοναχός του. Άργησα, μα πέτυχα τη μέρα να 'ρθω στο τσίρκο.

Ο κόσμος γύρω μας και κάτω είναι ανάστατος. Το απέναντι θεωρείο άδειασε χωρίς να δούμε τίποτα, γιατί οι αξιωματικοί και η αστυνομία είχαν κάνει τοίχο με τις γυρισμένες πλάτες τους.

– Τον πιάσανε, ακούστηκε μια τσιριχτή γυναικεία φωνή.

Δεν μπορούσε πια κανείς να μας κρατήσει. Πεταχτήκαμε κι οι πέντε και κρεμαστήκαμε στη βελουδένια κουπαστή του θεωρείου μας. Δυο χωροφύλακες σέρνουν από τις μασχάλες έναν αδύνατο μελαχρινό άντρα.

– Μη, βάζει μια φωνή η Κάτια, το «σγουρόμαλλο αρνάκι», που είδε ένα χωροφύλακα να του δίνει μια γροθιά κι ύστερα άλλη.

Ο γιατρός Ρογκόφ κι ο μπαμπάς μάς υποχρέωσαν με το ζόρι να καθίσουμε στις θέσεις μας. Φύγαμε όταν είχε πια αδειάσει όλο το τσίρκο.

– Τι θα του κάνουν, Σουσάμη;

– Δεν ξέρω, λέει ο μπαμπάς. Δεν ξέρω, Κουκούτσι μου.

Παρ' όλο που η Ντούνια έκανε σταυρούς και μετάνοιες στις εικόνες πλάι στα τηγάνια και στις κατσαρόλες για να ψοφήσει το κακό σκυλί, ο φον Βαλ δεν πέθανε.

Οι εφημερίδες γράφουν με τεράστια γράμματα για τη «στυγνή απόπειρα δολοφονίας κατά της ζωής του Κυβερνήτου Φον Βαλ. Η αυτού εξοχότης διέφυγε ευτυχώς τον κίνδυνο και φέρει ελαφρά μόνον τραύματα».

Η Ντούνια κλαίει και χτυπιέται για το παλικάρι που πιάσανε για «δολοφόνο» του δολοφόνου φον Βαλ. Ο Στιόπα και ο Αζρίελ τον ξέρουν, είναι τσαγκάρης και είναι είκοσι χρονώ.

– Τι θα του κάνουν, Σουσάμη, ξαναρωτάω.

– Δεν ξέρω, Κουκούτσι, αλήθεια σου λέω, απαντάει ο μπαμπάς.

Κι όμως ξέρω πως ξέρει. Η Λίντα μας το 'πε: Θα τον κρεμάσουν. Κι ο φον Βαλ, που διέταξε να τσακίσουν στο ξύλο και στα βασανιστήρια τους διαδηλωτές, δεν πέθανε. Και τα Σαμπανοβάκια σουλατσάρουν καμαρωτές καμαρωτές στο διάλειμμα με τη φιλενάδα τους τη Λούσια φον Βαλ. Έμαθα πολύ γρήγορα τι το κάνανε τον Γιούρι Καμπανόφ (έτσι μαθεύτηκε πως τον λέγαν), τον τσαγκάρη, που ήθελε να σκοτώσει το δολοφόνο φον Βαλ.

Εκείνη τη μέρα όταν σχόλασα και γύρισα σπίτι, παραξενεύτηκα που βρήκα την πόρτα ανοιχτή.

— Ντούνια, μαμά! φώναξα, μα δε μου απάντησε κανένας.

Πήγα στην κουζίνα, στην τραπεζαρία, ψυχή. Τότε μόνο άκουσα από το γραφείο του μπαμπά σαν να έκλαιγε κάποιος. Μισοάνοιξα την πόρτα και κρυφοκοίταξα. Στην πέτσινη πολυθρόνα καθότανε ένας άνθρωπος με το πρόσωπο μέσα στις παλάμες. Ο μπαμπάς στεκόταν όρθιος πλάι του, με το γενάκι ανασηκωμένο, όπως όταν ήταν πολύ θυμωμένος. Η μαμά, η Ντούνια και η Πολίν καταχλωμές.

— Σουσάμη!

— Φύγε, φύγε αμέσως, Σάσενκα, φωνάζει η μαμά μόλις με βλέπει.

— 'Οχι, κάνει με τη βροντερή φωνή του ο μπαμπάς, αυτό πρέπει να το ακούσει η Σάσενκα και να μην το ξεχάσει *ποτέ σ'* όλη της τη ζωή.

Δεν καταλάβαινα τίποτα.

— Λοιπόν; έκανε απότομα ο μπαμπάς στον άνθρωπο που έκλαιγε. Λοιπόν, *γιατρέ* Μιχαήλοφ, γιατί ήρθες σπίτι μου;

Εκείνος σήκωσε το κεφάλι του. Είχε κάτι μικρούτσικα μάτια σαν κουμπότρυπες.

— Δεν αντέχω, δεν αντέχω άλλο..., μιξόκλαιγε. 'Επρεπε σε κάποιον να εξομολογηθώ... ξέρω τι γνώμη έχεις για μένα, 'Ιγκορ..., ας είναι... ήρθα σε σένα... που ήμαστε από παιδιά μαζί...

— Λοιπόν, μίλα, λέει με ξερή φωνή ο μπαμπάς.

Ο γιατρός Μιχαήλοφ μας κοιτάζει τρομαγμένα έναν έναν.

— Πήγαμε να τον πάρουμε από το κελί, ακούγεται χαμηλή η φωνή του. «Πού με πάτε», ρώτησε. «Στο σταθμό να πάρεις το τρένο για τη Σιβηρία», του είπε ένας φύλακας. Σαν είδε πως το κάρο που ήμασταν απάνω έστριβε

231

κατ' αλλού κατάλαβε. «Με κοροϊδέψατε», είπε μονάχα. «Βέβαια και σε κοροϊδέψαμε, σε πάμε σε πανηγύρι», γελάει ένας άλλος από τους φύλακες. Φτάσαμε στο πεδίο των ασκήσεων. Η κρεμάλα ήτανε στημένη. Ο παπάς περίμενε. «Τέκνον μου», λέει. «Παρέβεις την εντολήν του Κυρίου ημών: "Ου φονεύσεις"», «Παπά μου», του απαντάει εκείνος «γιατί το λες μόνο σε μένα κι όχι σ' αυτούς; Δε βλέπεις που με σκοτώνουν;...» Όταν του πέρασαν τη θηλιά στο λαιμό φώναξε: «Κάτω η τυραννία», «Ζήτω η Επανάσταση». Ύστερα χαμογέλασε και κοίταζε πέρα, λες κι ήθελε να χαρεί τον ήλιο που μόλις είχε αρχίσει ν' ανατέλλει.

Ο γιατρός Μιχαήλοφ έγειρε πάλι το κεφάλι μέσα στις παλάμες του. Για πολλή ώρα κανένας μας δε μιλούσε, ως κι ο μπαμπάς θαρρείς κι είχε πάψει να 'ναι θυμωμένος.

Ύστερα δεν ξέρω τι έγινε. Η μαμά και η Ντούνια κι η Πολίν με πήραν από το γραφείο. Με πήγανε θαρρώ στην κουζίνα και μου δώσανε ένα φλιτζάνι ζουμί ζεστό, καυτό σχεδόν. Τα χέρια μου είναι παγωμένα. «Εμπρός, Σάσα Βελιτσάνσκαγια, κουράγιο!» Αχ, Φεγγάρη Φεγγάροβιτς, το πιο δύσκολο πράγμα στο κόσμο είναι να είσαι επαναστάτης, ακόμα κι από να βάλεις το κεφάλι σου στο στόμα του λιονταριού, σαν την Ίρμα τη θηριοδαμάστρια.

Τ' «ΑΠΕΡΙΣΚΕΦΤΑ» ΜΑΣ ΟΝΕΙΡΑ

– Γεια σου, Σάσενκα!
– Γεια σου, Σάσενκα! κουνάνε κι οι τρεις Καθρεφτού-λες μαζί το κεφάλι.
– Σήμερα τελευταία μέρα που έχουμε μαθήματα.
– Σήμερα τελευταία μέρα που έχουμε μαθήματα, συμ-φωνούνε οι Καθρεφτούλες.
– Σαν να σουλουπώθηκες λιγάκι, Σάσα Βελιτσάνσκα-για.
– Σαν να σουλουπώθηκες λιγάκι, Σάσα Βελιτσάνσκα-για, κουνάνε τα χείλια τους οι Καθρεφτούλες.
Γυρνώ το κεφάλι απότομα, μια από δω, μια από κει και το κοτσίδι μου πηδάει ξετρελαμένο. Ο άσπρος για-κάς, βέβαια, της ποδιάς μου όλο και μου στρίβει πότε δεξιά, πότε αριστερά και ποτέ το κουμπάκι του δε στέ-κεται στη μέση όπως της Λίντας. Δεν μπορεί όλοι να 'ναι σαν τη Λίντα Κάρτσεβα! Ψήλωσα φυσικά κι εγώ πολύ και τα πόδια μου γίναν σαν της ακρίδας, που λέει η Ντούνια, μα πού το παράστημα της Λίντας! Δεν πά' να μου 'χεις φορτώσει, Σουσάμη, τη σάκα σαν γάιδαρο στην πλάτη, μόλις τη βγάλω οι ώμοι μου γέρνουν κι όσο και να παιδεύομαι, δεν μπορώ να κρατήσω στητό το κορμί μου. Τελευταία μέρα που 'χουμε μαθήματα, ύστε-ρα θα καθίσουμε μια βδομάδα να προετοιμαστούμε κι

233

αρχίζουν οι εξετάσεις. Η πρώτη τάξις τμήμα Β΄ πιστεύω πως θα τα πάει καλούτσικα. Δε θα μας δώσουνε βέβαια τόσα βραβεία όσα στο πρώτο τμήμα, αλλά δε θα μείνει καμιά μας στην ίδια τάξη. Στο σπίτι του γιατρού Ρογκόφ, τρεις φορές την εβδομάδα, ανάμεσα στα σαμιαμίθια, στη χελώνα τη Σόνια, στον παπαγάλο Σιγκαπούρ και στα χρυσόψαρα, είχαμε στήσει το «κρυφό σχολειό μας». Ακόμα και η Ζένια, που ήτανε πάτος σ' όλα τα μαθήματα, καταφέρνει να πάρει τη βάση. Πετάει πάντα τα χαρτάκια πάνω από το πορτρέτο του τσάρου όταν πηγαίνουμε για μάθημα χορού στη μεγάλη αίθουσα κι έμαθε τόσο καλά να σημαδεύει που τα χαρτάκια δε γυρίζουνε πίσω. «Τσάρε μου, μεγαλόψυχε, κάνε κάτι να πάρω τη βάση στην αριθμητική.» Όσο και να της λέει η Λίντα πως το βαθμό τον χρωστάει στην Έλα που τη βοηθάει, εκείνη κουνάει το κεφάλι της: «Δε λέω, το χρωστώ στην Έλα, μα κι ο τσάρος έχει βάλει το χέρι του».

– Γίνεται, Σουσάμη, να 'ναι η Ζένια τόσο καλό κορίτσι και ν' αγαπάει τον τσάρο;

– Γίνεται, Κουκούτσι, όλα στη ζωή δεν είναι μαύρο άσπρο.

Έχει δίκιο ο μπαμπάς. Όλα στη ζωή δεν είναι μαύρο άσπρο. Έχει και τις λύπες και τις χαρές της. Και σήμερα έχει μεγάλες χαρές, γιατί τελειώνουμε τα μαθήματα.

Για τελευταία φορά φέτος άπλωσε η Κουρούνα τη μαύρη φτερούγα της και τραγουδήσαμε το «Γλυκό του κόσμου στήριγμα» όσο πιο παράφωνα μπορούσαμε. Στο «Τροκαντερό» η Μάσα κουβάλησε ένα σωρό γλυκά για τ' αποχαιρετιστήρια. Ο Φιόντορ Νικήτιτς μισοκοιμάται στην έδρα του. Τελευταίο μάθημα. Μας βαρέθηκε και τον βαρεθήκαμε. Δεν ξεχνάμε όμως ποτέ, που δε με πρόδωσε τότε με τη «φτερωτή βιβλιοθήκη». Μάθημα χορού δε θα κάνουμε σήμερα κι έτσι σχολάμε μια ώρα πιο νωρίς. Στεκόμαστε μπροστά στην πόρτα του σχολείου.

234

– Κορίτσια, προτείνει η Λίντα, πάμε μια βόλτα στο λοφάκι;

– Ουρά, ξεφωνίζει η Μάσα κι αμέσως βουλώνει μόνη της το στόμα της μην τύχει και παραφυλάει η Σανίδα πίσω από την πόρτα.

Περπατάμε κι οι πέντε μας «κοσμίως», ώσπου να στρίψουμε τη γωνιά, κι εκεί αρχίζουμε να τρέχουμε και να χοροπηδάμε.

Κρέμα, καϊμάκι παγωτό... σοκολάτα, κρεμ μπριλέ.

– Ο Αντρέι, ο Αντρέι, τσιρίζουμε όλες μαζί.

10 Μαΐου και μπήκε για τα καλά η άνοιξη.

– Βρε, βρε, πώς μου μεγαλώσατε σ' ένα χρόνο, μας κάνει χαρές ο Αντρέι. Αυτή με το κοτσίδι ποια να 'ναι; Μη μου πεις! Η Σάσενκα! Μα εσύ, παιδί μου, έγινες δεσποινίς!

Η χαρά μου δεν περιγράφεται που πρόσεξε το κοτσίδι μου ο Αντρέι. Παίρνουμε όλες από ένα παγωτό κι η Μάσα δύο.

– Δεν ξέρετε τι χάνετε, μας λέει.

Κρατάει στο ένα χέρι παγωτό κρέμα και στο άλλο σοκολάτα και τρώει μια γλειψιά από το ένα, μια γλειψιά από το άλλο.

Φτάσαμε στο λοφάκι και κοιτάμε κάτω την πόλη. Οι σφενταμιές έχουν ανθίσει και το λοφάκι έχει γεμίσει «μη με λησμόνει» «ω, φεργκισμαϊνίχτ!» Η Ντούνια μαζεύει «μη με λησμόνει» και τα βάζει κάθε μέρα μπροστά στα εικονίσματά της. «Είναι για τον "Κατέβα να φάμε"», λέει.

Το πιο φοβερό θα είναι να μην μπορείς να δεις ανθισμένες σφενταμιές, ποτέ πια. Αυτό δεν είναι το πιο φοβερό, Φεγγάρη Φεγγάροβιτς;

– Το χωνέψατε, βρε κορίτσια, λέει η Μάσα, πως τελειώνουμε κιόλας ένα χρόνο σχολείο!

– Μας μένουν άλλα έξι, κάνει συλλογισμένα η Έλα.

235

– Θα περάσουν γρήγορα, μιλάει σιγανά η Κάτια.

– Κι ύστερα, λέει η Λίντα κι απλώνει τα χέρια της και μας δείχνει κατά κει που τραβάνε οι μαύρες γυαλιστερές ράγιες, θα βρεθούμε εκεί πέρα φοιτήτριες στο Πανεπιστήμιο.

«Του-του-του», έρχεται από το σταθμό το τρένο που έχει ξεκινήσει για την Πετρούπολη. Η μηχανή του είναι μαύρη, σιδερένια και πίσω της στριφογυρίζουν σαν φίδια τα βαγόνια. «Πά-με, πά-με στην Πε-τρού-πο-λη... Στην Πε-τρού-πο-λη...», μοιάζει να λένε με ρυθμό οι ρόδες που κυλάνε.

Έχουμε πιαστεί κι οι πέντε η μια πίσω από την άλλη, με τη Λίντα μπροστά για μηχανή, και τσαφ τσουφ, τσαφ τσουφ κάναμε το τρένο. «Κοτζάμ κορίτσια», που θα 'λεγε και η μαμά.

«Πά-με στην Πε-τρού-πο-λη. Στην Πε-τρού-πο-λη, τσαφ τσουφ τσουφ.»

Κι ύστερα, δεν ξέρω ποια πρωτάρχισε, μας ήρθανε στο νου κάτι λέξεις που μας έλεγε ο Ματβέι, κι ύστερα κάτι άλλες που φώναζαν οι διαδηλωτές την Πρωτομαγιά και τις λέγαμε με το ρυθμό, έτσι όπως κυλούσανε οι ρόδες.

Α-συ-λί-α... Α-συ-λί-α... Κάτω η Τυ-ραν-νί-α η τυ-ραν-νί-α... Ζή-τω η Σο-σιάλ-δη-μο-κρα-τί-α. Ε-πα-νά-στα-ση! Ε-πα-νά-στα-ση! Ε-πα-νά-στα-ση! Το τρένο βρισκόταν κιόλας μακριά, χάθηκε.

Σταματήσαμε τότε και μεις λαχανιασμένες, σωπάσαμε κι αγκαλιαστήκαμε από τους ώμους. Κοιτάζουμε τις ράγιες που τραβούνε πέρα, πέρα, πέρα μακριά, ατέλειωτα και παίρνουν μαζί τους και τα «απερίσκεφτά» μας όνειρα.

ΠΕΡΙΕΧΟΜΕΝΑ

Φωτοστοιχειοθεσια ΦΩΤΟΚΥΤΤΑΡΟ, Ε.Π.Ε.
ΑΡΜΟΔΙΟΥ 14, ΤΗΛ. 32.44.111
ΕΚΤΥΠΩΣΗ ΟΦΣΕΤ
ΕΥΑΓΓΕΛΙΑ Π. ΠΑΡΑΣΚΕΥΟΠΟΥΛΟΥ
ΑΓΙΑΣ ΠΑΡΑΣΚΕΥΗΣ 46. ΤΗΛ. 57.69.100
ΓΙΑ ΛΟΓΑΡΙΑΣΜΟ ΤΗΣ ΕΚΔΟΤΙΚΗΣ ΕΤΑΙΡΙΑΣ
«ΚΕΔΡΟΣ»
Γ. ΓΕΝΝΑΔΙΟΥ 3, 106 78 ΑΘΗΝΑ, ΤΗΛ. 38.09.712
ΦΕΒΡΟΥΑΡΙΟΣ 2002